亞連空有才能卻缺乏毅力，
要是加上毅力特別堅強、
書呆子上班族的上輩子記憶會如何……？
亞連
劍與魔法與
學歷社會1
～前世是書呆子的我，
今生要隨心所欲自由自在地活～

「小鬼，你一開始平凡無奇的上段……是在誘我上鉤吧？」
「因為我想盡可能限縮選項啊。」
杜
在實戰測驗中
計誘強硬考官！

不論對方是誰，
都不屈服於無理要求！
「這就是你想到的，
證明自己價值的方法嗎？」
「我會擊垮任何阻礙我前進的人，
才不管對方是誰——」
葛多芬

菲倫
茱葉
只是活得自由自在，
結果同學與教師們都在
不知不覺中迷上亞連？

劍與魔法與學歷社會

～前世是書呆子的我，今生要隨心所欲自由自在地活～

西浦真魚

Illustration まろ

1

Kadokawa Fantastic Novels

CONTENTS

「找到亞連少爺了～！」
一座橋跨在貫穿城鎮中央的小河，領民稱其為眼鏡橋。我在這座拐了兩圈的石橋旁悠哉地釣魚，此時青梅竹馬蕾娜出現。她穿著格子花紋的襯衫，以及褐色的圍裙。
「少爺這兩個字就免了，蕾娜，我不適合。還有聲音也太大了……妳送東西回來嗎？」
她手上拎著籃子，負責幫老家麵包店送烤好的麵包，應該是批發給幾間旅館與餐廳後，回家的路上跑來找我。
「嗯，送完回來了。因為我已經十二歲啦，今年要準備進入上級學校了嘛。即使領主老爺文雅大方，也不能老是這麼親近地稱呼老爺的公子，這樣太不成體統了。」
她口中的領主老爺是我老爸，名叫貝爾伍德・馮・羅威努，爵位是子爵。也就是說，我是子爵家的公子。
不過這個國家的子爵多到不值錢。而且我還是這種超偏僻鄉下的子爵家三男，總有一天得離開家門，所以幾乎與平民無異。
「什麼不成體統啊，別再模仿路阿姨的口氣了。之前妳不是還穿內衣在附近游泳嗎？」
我這麼說著，用下頜示意面前的小河後，蕾娜頓時氣得滿臉通紅。

「什、什麼之前，那是幾歲時候的事啊！話說亞連少爺才是，您又翹課了吧？剛才佐爾德先生一臉嚇人地到處找您喔？」

佐爾德佐爺是侍奉我老家，羅威努家族的管家兼家教。從我老爸那一代開始到下一代，羅威努家族的小孩都由他負責教導。

「每天每天都在念書念書，我早就厭煩透了。早知道要念書，我就該誕生在悠哉度日的平民家中。」

我如此嘆了一口氣後，蕾娜便手扠腰抗議：

「少爺，您又說這種話，佐爾德先生會難過喔？他明明這麼努力教書。您在羅威努家歷代子嗣中，不是天生具備強化身體魔法的才能嗎？腦筋也聰明，只要您認真念書，甚至能考上王城的『王立學園』。那可是從王國中脫穎而出的天才雲集的地方呢。」

我嘆了一口氣。雖然是以鄉下子爵領地的水準而言，我的魔力值與強化身體魔法的才能確實都還算優秀。蕾娜說得沒錯，我的腦筋也並不壞，不過——

「別為難我了。我反而想看看那些人的腦袋裡裝了什麼，為什麼能天天為了自己沒興趣的考試，默默念書幾小時啊……在我看來，能辦到這種事情的傢伙才是與生俱來的超人。有毅力的人應該多得去，可是我就是沒有。大多數人都這樣吧？所以到頭來——我就是缺乏才能嘛。」

浮標在我面前的小河漂流。我看準浮標稍微下沉的剎那，稍微發動強化身體魔法，瞬間轉一下手腕輕輕拉鉤。

下一瞬間魚竿突然一沉，上鉤的魚開始往橫向游。我再度略為發動強化身體魔法，輕易釣起上鉤的魚。

「哇～好久沒見到亞連哥……不對，亞連少爺釣魚了。您控制強化身體的魔法還是一樣，堪稱神技呢。大家都這麼說喔？鎮上這條河裡的魚警戒心這麼強，只有您才能在這裡輕易釣魚。不愧是玩耍的天才，亞連哥！不對……少爺！努力念書吧！」

我斜眼瞪著蕾娜。

「我才不想讓別人用天才定義我。這身釣魚技術是努力與忍耐的結晶。」

我一臉認真地這麼表示後，蕾娜一瞬間愣住，然後咯咯發笑。

「亞連哥，你真的從以前就是這樣，對喜歡的事物熱衷到難以想像耶。為什麼就不能發揮那股專注在念書上呢？」

這種事情我哪知道。與其說為何辦不到，我更不明白，怎麼有人能專心為了考試而念書？

「……要是我考上王立學園，妳會高興嗎？」

我一時興起隨口一問。結果蕾娜的表情在短短一瞬間顯得陰沉，隨後臉上掛著虛假的笑容。

「當、當然會高興啊！那個堪稱念書狂的住處、怪物的巢穴，只有克服了重重考驗的天才們才能就讀的『王立學園』耶？換作是我，肯定會忍不住向兒孫們自誇。這可是羅威努領地開創以來的宏願！首次考上王立學園的亞連．羅威努是我的青梅竹馬。我說不定還會說，他是我一手教出來的呢。」

她這麼說著，然後閉起一隻眼睛。這番話彷彿事先準備好的違心之論。我決定裝作沒聽見，自蕾娜身上撇開視線後起身。

「魚就送妳當禮物吧。伯母和妳姊姊都喜歡吧？畢竟我要是帶回去，佐爾德肯定會囉嗦。魚竿就幫我放在老地方。」

我這麼說著拍拍屁股上的泥土，然後邁開腳步。結果蕾娜從我身後開口說：

「……抱歉，亞連哥！其實……我會有點寂寞。總覺得亞連哥要是考上那間學園，就會變成不同世界的人，最後肯定會忘記我。但是我的確一直都在為你加油。我認為這座城鎮太小，不足以容納你，將來你肯定能在更寬廣的世界展翅翱翔。不只是多勒袞地區，將來你的名氣肯定會響徹整個王國。所以努力念書，不要讓自己後悔！」

我苦笑著回頭。

「……我盡力啦。」

一臉黯淡的我垂頭喪氣地這麼回應後，蕾娜便露出天真的笑容。一反剛才皮笑肉不笑的假笑，見到她發自內心的表情，我稍微激起幹勁。

我真是丟臉，不敢立下自己一定要考上的宏願。

……其實我腦袋裡明白，現在最好認真念書。這座城鎮很無聊。自從我會用魔法後，甚至找不到能好好打一架的對象。

拜託——

拜託哪個人教我怎麼念書吧！

緊接著四個小時過後——

第一章 書呆子覺醒

轉生（1）

「少爺……亞連少爺！」

我聽見家教佐爾德的怒吼聲。

突然發現，我轉生到劍與魔法的奇幻世界，還成為子爵家的三男。

不對，應該說我想起前世的記憶吧。起因是我為了通過三個月後舉辦的王立騎士魔法士學園（簡稱「王立學園」）入學考，被迫從早到晚從事最討厭的念書，臨考壓力大到突破了極限。

「距離考試剩不到三個月了啊！您還有時間發呆嗎？」

一下子想起前世的記憶，彷彿夢境與現實交換一般，頭腦中感覺好神奇，然而佐爾德依然毫不留情地說教。

前世在父母的方針下，我將青春都獻給了考試。雖然已經沒人使用這個詞，其實就是所謂的書呆子。

父母的狹隘思想很老套，認為「這世界上學歷就是一切」。而我小時候居然當真，毫不考慮自己的興趣與必要性，變成了一臺念書機器。

也許有人會覺得，我發現自己轉生後，第一個想到的居然是這個？可是我真的就是這樣，前世都在念書。

簡單來說就是與現在的我完全相反。我甚至懷疑是前世的副作用，導致我天生就討厭念書。

附帶一提，儘管我異於常人地拚命念書，依然沒有考上第一志願。那裡同時也是學歷的代名詞，是首都的國立大學。重考一年後，我考上都內還算有名的私立大學。

大概是因為我的腦筋本來就不太好。

小時候的習慣真可怕。上大學後我一旦不念書，就莫名感到不安，體質甚至變成出去遊玩就會產生罪惡感。

念大學時，我的興趣是念書，喘息則是為了考取證照而用功。

我漫無目的的考得一大堆沒什麼用處的各式證照。這已經不是喜不喜歡念書的問題，念書對我而言就像刷牙一樣是一種習慣。儘管因為腦筋不好，缺乏亮眼的成果……

……我居然能漫無目的，那麼死腦筋地念書……在我看來那樣簡直難以理解。啊，我在說我自己。

「少爺今年已經十二歲了。考慮到還要前往王城，實際上我只剩下兩個半月的時間教您了啊！即使少爺有幸考上王立學園，也要看第幾名上榜，分發到哪一班。這對之後的成績、找工作、升職，以及整個人生都有重大的影響！就算說這場考試重要到足以左右一生也不為過呀！可是我從少爺身上完全看不出危機感。少爺，您有在聽嗎！」

聽到佐爾德的怒吼，我露出遠望的眼神。

這和我前世想像的轉生異世界不一樣……

姑且不論子爵家三男的待遇，我應該擁有超強才能，卻懷才不遇在邊境悠哉度日，然後勇者啦、聖女啦、王子和公主殿下頻頻來找我，對我百般奉承才對吧？

就算我不要求這麼多，影響人生的重大測驗突然迫在眉睫，這樣未免太過分了。困難模式也就算了，毫無夢想的模式是怎麼回事？誰會這麼愛虐待自己啊，神明！

順帶一題，前世的我應該三十六歲時就病死了。

連大學都當書呆子的我，只有成績保持得不錯，所以好不容易才擠進大型食品飲料公司，對以前的努力開花結果感到放心。

可是現實社會與父母的口頭禪相差甚遠，根本不是學歷最大的世界。

那種時代早就過去很久了。

倒不是說學歷毫無意義，而是更看重其他能力。舉凡溝通交流、找出任務並解決，甚至包括求知的好奇心、關心與業務無關的事情，以及平時流露的個人修養。

過去我對這些都一竅不通。

這點對當時的我而言，簡直等於叫我砍掉重練。

剛出社會的時候，什麼「等待指示哥」或是「ＡＩ哥（特別擅長處理不要求創造力的固定業務）」，評價當然很慘。

過了三十歲以後，晚輩不斷超越我。終於產生危機感的我，心想必須培養念書以外的興趣，結果我心急如焚，甚至可悲到在網路上搜尋「如何培養興趣」。

當時我完全無法理解，專注在某件事情上是什麼感覺。

前世的我身體瘦弱，除了念書以外一無是處，根本不可能參加積極的戶外活動。於是我首先盯上室內派最常見的興趣，也就是看書。

我看了許多以前從來沒看過的書籍，從純文學到推理小說都看。

閱讀對我而言本來就不辛苦。可是要說樂趣，我也沒什麼感覺。準確來說，我不知道從何處發掘興趣。

後來我甚至看商業或知識書籍，包括《實踐公司內的溝通技巧》、《如何避免感情用事》，或是《受歡迎男人的幕後定理》。現在回想起來，這些書名光聽就很可疑，我還蠢到在筆記本寫下重點。寫到一半才發現，這麼做和以前念書有什麼區別，頓時大受挫折。而且在現實社會中完全感受不到成果，應該也是我放棄的原因之一。

後來我在半強迫症驅使下，嘗試手邊的遊戲和動畫，這樣總該有充足的遊玩成分了吧。要說有趣的確有趣，可是遊玩成分實在太強，我難掩罪惡感。

其中我在網路上遇見奇幻小說。雖說內容主打奇幻，小說畢竟屬於閱讀，可以降低罪惡感。而且當時流行轉生到異世界展開全新人生的故事，前世的我在內心深處感到不滿，希望人生可以重來，因此看這種故事感到真的很滿足。

現在回想起來，除了苦笑還是苦笑。

何況現在的我大聲吹噓「我的興趣是念書！」，就能立刻解決所有問題。能專注在念書上的才能有多珍貴……我最心知肚明。換句話說，「興趣是什麼」對我而言不再是問題。

「嗯？我怎麼這麼冷靜啊……」

突然恢復前世的記憶，我反倒出奇地冷靜。應該說我的頭腦也異常靈敏，還能自我分析。

一般而言可能會陷入混亂，以為自己終於承受不了考試壓力，導致神經衰弱。不過記憶中出現這個世界不存在的詞彙與習慣，讓我冷靜地分析這並非作夢。

另外自己莫名理解也是主因之一。比起「這怎麼可能」，感覺更接近「原來是這樣」。我無法解釋為何會這麼想，但是我好像明白自己始終無法為考試念書的原因……

「我的意思是希望少爺有危機感！現在不是冷靜的時候！少爺距離及格線還很勉強！」

真囉嗦……

「既然誕生在羅威努子爵家，每一代人照慣例都要挑戰王立學園入學考，可是至今還沒有人能開啟沉重的及格大門。這是羅威努家七百年來的宏願！眼看光榮的未來就近在咫尺！若是蹧蹋家族血脈的努力與充滿淚水的歷史，我哪有臉面對老爺！身為專任家教，我只能一死謝罪！」

這、這是什麼詛咒嗎？

再怎麼說也太沉重了……

我的表情抽筋，同時先安慰佐爾德。

「抱歉，佐爺，我剛才在想事情。我當然有危機感，請繼續上課吧。」

伸手制止滔滔不絕的佐爾德後，我低頭致歉。

不過見到我終於有反應，佐爾德對我露出疑惑的眼神。

「……少爺明白就好。那麼我就繼續講課了。」

儘管一臉不解，他依然這麼說著，再度開始上課。

其實我能體會佐爾德為何會困惑。因為老實回答一點都不像我。

子爵家的環境相較之下還算優渥，我又是家族的么子，捧在眾人手心長大的我，短短三分鐘前還是更天真任性的屁孩。

換作以前的我，剛才應該會這樣回答：

「少囉嗦！從早到晚念書念個沒完，煩死了！而且騎士的工作最看重規律，其次則是實力。然後就是下班後去酒吧暢飲，結交可以出生入死的夥伴，有這種溝通能力就夠了啦。王國的歷史？我敢說這對我的人生一點幫助都沒有！轉換魔力數理學？我又沒有體外魔法的才能，只能憑感覺記住強化身體魔法啦！難道佐爺以為我能當魔法技師或魔器士嗎？就算我今天手斷了當不了騎士，也絕不可能走這兩行！知道沒用還逼我念，只因為考試要考，到底有什麼意義嘛！難道默默死讀書的傻子能派上什麼用場嗎？何況大體上啊……」

大概會像這樣強詞奪理。標準的放牛班思想，瞧不起社會的屁孩幹話。

不過這些事情都不重要了。

稍微整理一下情況後，首先，我剛剛恢復前世的記憶。

由於解釋很麻煩，就當成轉生後在十二歲「覺醒」吧。

我擁有以「亞連」的身分活了十二年的記憶，不過可能是恢復前世記憶的影響，至少人格與思考有一定的變化，這一點毫無疑問。

另外我前世的自稱比較缺乏自信，所以並非前世的人格直接附身，應該是「頭腦簡單的亞連」摻雜「書呆子的自己」，變成合成人格。

想到這裡時，我的腦海裡莫名浮現打掃浴室用的清潔劑容器背面，上頭以鮮紅色的文字標示「請勿混合，以免危險」。

……頭腦簡單與書呆子混在一起會變成什麼呢？

轉生（2）

我甩了甩頭，忘掉強鹼性清潔劑的外觀，然後重新整理自己的周遭環境。

雖然覺醒前的十二年記憶還清晰地留在我腦中，事到如今我可不想讓家人以為我的腦袋有問題，因此必須磨合前世與這輩子的常識。

我是在這片大陸上擁有超過一千兩百歷史，尤格利亞王國的羅威努子爵家三男。

儘管哥哥和姊姊都挑戰過王立學園，依然輕輕鬆鬆便在家族七百年的血淚史上增添一筆。不過大哥在多勒袞侯爵領地的貴族學校念官吏科，畢業成績相當優秀。二哥在同一間學校念騎士科，畢業成績同樣優異。

這個國家的爵位並未明確規定由長男來繼承，不過慣例上以出生順序排名，經由現任當家與國王的承認後採世襲制。

家人關係不錯，接班人選幾乎已經確定由體貼的大哥繼任當家，二哥則是萬一時的保險，同時輔佐經營領地。

因此不太需要擔心自己會被捲入麻煩的繼承人爭奪戰。

我已經確定將來要離家，然而要是考上王立學園，不論是家族殷殷期盼的王國騎士團，還是出任王國官員，幾乎等於前途一片光明。

王立學園畢業生的耀眼履歷不勝枚舉。

例如默默無名的鄉下男爵家之子，畢業後進入王國騎士團，率領上萬大軍成為戰爭英雄；或是當官推動地區的路平專案，大幅振興地區經濟實力，這些都司空見慣。

假如我成功擠進王立學園，肯定能透過龐大的權力，明裡暗裡扶持老家，所以我肩上的壓力不是普通地大。

順帶一提，大我四歲的姊姊也進入貴族學校就讀魔法士科（專攻魔器士），後來以榜首的成績畢業。

姊姊被稱為神童，毫無疑問能通過王立學園的測驗。

當時全家都這麼想，然而結果很不幸，當年魔力值的及格線特別高，姊姊最後落榜了。

唯有這一點無法靠努力彌補，所以無可奈何。測驗之神在任何世界都很殘酷。

姊姊從貴族學校畢業後，擠進王城內超難考的特級魔器研究學院。目前天天忙著研究，好一段時間沒見到她了。

不過姊姊以前在老家時，視我為心頭肉疼愛。不對，現在覺醒後我才明白，她應該是俗稱的重度弟控……

由於來信太多，我嫌麻煩沒回信，她好像還哭著央求父母。

不過父母認為頻繁來信會影響彼此念書，反而規定一個月只能寄一封信，而且內容不能超過三張信紙。還說如果姊姊不聽話，沒等我看就會燒掉，這讓姊姊氣得不得了。

之後姊姊的來信寫滿三張信紙，字跡小到得用放大鏡來看，簡直就像詛咒信一樣嚇人。

以上三男一女就是我現在這個家裡的手足成員。

接下來關於尤格利亞王國——

在我如此心想時，正好與佐爾德四目相接。

「少爺……您又在想與目前課程內容無關的事情了吧？我佐爾德從少爺出生就看著您長大，一眼就知道您心不在焉。少爺，您為什麼……」

眼看他又要再度碎碎唸，我伸手制止他。

「放心吧，佐爺。我有仔細聆聽上課內容，還詳細做了筆記。」

我這麼說著，然後秀出整理了大約三張紙的筆記給他看。

前世不論多麼無聊的課，我都不會聽膩，還每天花好幾小時超級認真地抄筆記。

即使出了社會，我也始終負責製作會議紀錄……

以前世的標準而言，王國的歷史與地緣政治學頂多只有高中程度，即使我稍微思考別的事情，手依然會自動抄下重點。

起先佐爾德還一臉狐疑地看著那份筆記，不久後表情開始激動地顫抖。

筆記上簡明地整理了上課內容的要點，而且還很簡潔扼要。

「怎麼樣，佐爺？如果我有哪些重點寫錯，直接說出來別客氣。」

我一臉得意地如此詢問佐爾德，他隨即激動地滿臉通紅並面露笑容。

「……終於，我佐爾德的誠意終於傳達給少爺了嗎！」

「傳到了、傳到了，我都快窒息了。所以趕快繼續講課吧。」

我隨口應付佐爾德，催促他繼續上課。

他目前在教王國歷史與地緣政治學。恢復前世的經驗後，即使是聽過的內容，我卻有完全不同的印象。

雖然我前世對歷史不感興趣，書呆子結合頭腦簡單後，我便愛上了歷史。至於原因就別問了。畢竟地球上也規定負負得正嘛。

我這麼胡思亂想，同時聽佐爾德上課。他正在從歷史與地緣政治的觀點，說明這個國家的貴族制度。

王國的貴族是常見的公侯伯子男制。

地位僅次於王室的公爵，屬於保存王室血脈的保險機制，據說基本上沒有領地。

取而代之，他們擁有大量特權，而且權限相當大。包括道路與水渠等基礎設施，或是與商人協會和探索家協會相關。

不過在漫長的歷史中增加太多公爵家，壓迫到侯爵以下的貴族權益，導致引發血腥的政治鬥爭，結果現在嚴格限制成三大公爵家族。

我以手托腮向佐爾德發問。

附帶一提，前世「書呆子的自己」可沒有這種壞習慣，手撐頭聽課是今生才這樣。

「我知道公爵家增加太多的壞處了。話說為什麼要限縮成三家？」

佐爾德可能沒料到我會發問，他一瞬間露出猝不及防的表情，然後歪著頭。

「為什麼嗎……儘管明確的原因不得而知，可能當時決定的時候，正好有三家有力的王室血脈吧？」

我對佐爾德的說明感到不解。經過慘烈的政治鬥爭後嚴格限制三大家族，還維持了幾百年，結果居然沒有原因，這是怎麼回事？

目前可能只是依照慣例維持，至少當初在決定時，照理說應該有明確的原因。比方說模仿三國志，藉由三方牽制避免權力一家獨大。話說德川幕府也有水戶、尾張與紀州御三家呢……

雖然跑題了，這種無法回答「為什麼？」就硬灌的歷史，對現實社會毫無幫助。

因為學習過去的用意在於思考其內涵，化為指引未來的方針。

這可能才是今生我討厭念書的原因，以及為何「前世的自己」念了一堆書，出了社會卻沒有什麼用處的理由。

假如是覺醒前的我，可能會在此時立刻失去念書的熱情，或是向佐爾德追根究柢，繼續毫無意義的聊天，但是我現在可沒這麼屁孩。

因為我早就明白，考前衝刺不需要「追根究柢」。測驗是短期的目的，不該與中長期的計畫混淆，這樣太沒效率。

我一邊心想這些事情，同時半自動地整理筆記，接著佐爾德開始複習侯爵家的相關知識。

在寬廣（其實目前還不清楚面積究竟有多大）的尤格利亞王國內，也只有九大侯爵名門。

每個侯爵家理所當然都擁有廣大的領地，還負責領導伯爵以下的周邊貴族。

換個方式形容，就是這個王國內有九個由侯爵家領導的龐大地方勢力，他們可以說彼此一直在爭權奪利。

這九個侯爵領地都各自擁有貴族學校，以及探索家協會的大型分部，集中設有地域內的重要設施。

沒考上王立學園的貴族子女就像我的哥哥姊姊們一樣，多半會進入侯爵領設立的貴族學校。

順帶簡單說明伯爵家以下的情況。身為日本人，首先我想吐槽的應該是這個國家的貴族世家未免太多了。

雖然伯爵家族超過八十家很多，仍舊還在容許範圍內。然而包括我老家的子爵就超過一千家，男爵則超過八千家。

換個超簡略的方式說明，就是九大侯爵家就像治理關東或中部等地區的大領主，伯爵家是縣知事（註：相當於縣長級別），包括我老家在內的子爵家則是市長，而男爵家則類似村長或庄頭（註：江戶時代的村長）。

由於不清楚王國大小，社會體系又不一樣，無法單純地比較，不過日本已經大量整合過市區町村，記得總數應該不滿兩千才對，所以王國的貴族數比日本還要更多。

這類涉及權益的事情，減少比增加困難得多。可能是王國歷史太長，才會逐漸膨脹吧。

附帶一提，由於歷史悠久與貴族數量眾多，不少平民也有貴族血脈。

不對，這不是多不多的問題，而是現在應該找不到沒有貴族血脈的平民了吧。

有這麼多貴族家，卻只有一人能繼承爵位。無法繼承的子嗣除了淪為平民以外別無他法，因此是很正常的事情。假如真要追溯，有王室血脈的平民應該也不足為奇。

當初剛建國時，貴族家沒有如今這麼多，魔法天賦由於深受遺傳影響，能藉此建立特別的地位，但是現在平民與貴族的魔法天賦差距不像以前那麼大。

所以偶爾會出現天生魔力超群的平民，這種情況也有機會成為高階貴族家的養子。

當然，貴族支持這些人以王立學院為目標，從十二歲參加上級學校入學考開始發跡，是為了讓擁有權力的家族晉升。

另外這個國家還有任何人都可以念的幼年學校，是接近義務教育的基礎教育體系，往上還有以王立學園與貴族學校為代表的上級學校。

畢竟有建國一千兩百年的悠久歷史，社會體系相當完整，包含平民在內的升學率相當高。

連蕾娜這樣的鄉下麵包店三女，好像都要進入服飾的職校就讀。

不過要說我想表達什麼，那就是這個世界和日本差不多，學生念完義務教育後，普遍會繼續升學，考上的學校與成績會深刻影響人生，這種超微妙的學歷社會簡直就是社會辛酸的極致。而且我只是鄉下子爵家的三男，經濟上與稍微有錢的平民無異。

好不容易轉生到我所嚮往、有劍與魔法的異世界，實際上卻是學歷社會……

嗯～……換一個！

我像這樣在心中向神明祈禱從頭來過，結果佐爾德不知不覺間又半瞇著眼瞪著我。

我急忙攤開利用書呆子的特殊技能「半自動抄筆記」，整理重點的紙張。與「前世的自己」不一樣，我寫的字很難看，但是我簡潔歸納了重點，還整理了疑問之處，對於這些內容有自信。

確認過內容後，佐爾德瞪大眼睛。

不過他可能認為，此時誇我誇得太過火會前功盡棄，只見佐爾德繃緊神情。

我從小就持續受到他的訓斥，所以只要看一眼，大概就能猜到他在想什麼。

「繼、繼續念書吧。別鬆懈，照這樣再拚命撐三個月！我佐爾德一定一定會！帶領少爺考上王立學院！」

……別對貴族公子說什麼拚命好嗎？雖然我和普通人幾乎無異。

不過佐爺上課這麼無聊，憑之前的我，照理說不可能去蕪存菁地整理重點。

不如說以我天生的性格來說，我甚至連聽一小時的課都辦不到。

那麼現在呢？由於突然覺醒，前後一比較便明白，現在我絲毫不覺得念書很痛苦。雖說如此，想到處玩耍的念頭也並未就此消失。

……看來有必要多加驗證一番。

上課時間

於是我孜孜不倦地反覆進行驗證，轉生究竟帶來什麼樣的影響，還有什麼是轉生後才會想到的事情。

不過佐爺的課從早上八點上到晚上七點，因此自由活動時間只有吃早餐前，以及晚餐後到就寢前。

通常以王立學園為代表的上級學校，入學考包括實戰與學科，所以經常分為上午訓練體能，下午念書。

不過佐爾德認為我的實戰已經穩過及格線，為了提升大幅延遲的念書進度，他向當家（老爸）提出精心策劃的「絕對上榜計畫」，從半年前開始，不論上午還是下午都改成念書。

然而——

絕對上榜
上午八點～上午九點：早餐
上午九點～上午十點半：語言學&文章學
—休息—
上午十一點～中午十二點半：物理學&魔法理論
中午十二點半～下午一點半：午餐
下午一點半～下午兩點半：午睡
下午兩點半～下午四點：歷史&地緣政治學
—休息—

下午四點半～晚間六點：戰略&政治

真寬鬆……

以前重考時，腦筋不好的我一天念書十八個小時，而且全年無休。當年我靠毅力，考上了知名的私立大學。

見到我的書房貼著這樣一張課表，我甚至擔心佐爺到底想不想讓我考上。

國中生才會一天念書六小時吧？

雖然考慮到我現在十二歲，這樣安排或許很妥當……

不過實在太鬆散了，所以我覺醒隔天便要求修改課表。上課時間從上午八點到晚上七點，並且削減休息與午睡時間，午餐則只要十五分鐘應該就足夠了。

以前我是書呆子時，甚至可以從早上六點念到深夜十二點。由於我還得驗證能力，以及思考一大堆想確認的其他事情，只能忍痛將念書時間縮短至現在這樣。

況且騰出時間，我也有自信能高效率地自習。

「可是少爺，念書時間可不是越長越好啊。要是發呆耗時間，成績可不會因此進步。時間排得這麼緊，我不認為少爺能打起精神念書。」

儘管佐爾德見到我提出的課表，認為我很有幹勁，卻也委婉地提出年輕人容易犯下的錯誤。

原來如此，一般而言他說得沒錯。倘若是昨天之前的我，胡亂延長時間應該只會有反效果。

然而我實在不想再減少念書時間了。因為我不知道這個測驗成敗的衝擊，實際上會帶來多少影響。

覺醒前我還天真地以為，落榜也能去念多勒袞地區的貴族學校。反正那裡優待貴族，等下次就職測驗再努力就好。

不過現在不努力的人，不論給他多少時間大概都不會努力。

我的人生藍圖一片空白，完全不理解這個社會的結構。某種意義上來說，那樣與前世的自己如出一轍。

前世我相信學歷就是一切，而且完全不懷疑，結果我後悔不已。

轉生後又聽別人說學歷很重要，這次我絲毫不想照單全收。可是難得轉生，人生的選項卻一下子少得可憐，我可不希望將來猛然發現，自己除了當社畜以外沒別的路可走。

「……還這麼悠哉……這三個月的努力會影響一輩子，一點都不誇張好嗎！我的肩上扛著羅威努子爵家七百年來的宏願耶？危機感強一點好不好！」

佐爾德一瞬間愣住，似乎不知道我在說什麼，但是不久後他滿臉通紅，同時開始顫抖。

「少爺昨天念書的態度已經讓我感動不已，想不到有一天能聽少爺親口說出這番話……少爺，您是認真的吧！」

「你終於了解我啦，佐爺！」

「我明白了！我佐爾德會負起責任，針對上榜擬定念書計畫！以後休息縮減成課程之間的十分鐘，午餐一小時沒辦法，不過午睡取消！我還會寄信向目前人在王城的老爺報告，要改變念書計畫，所以就算少爺後悔也不能賴皮了！」

我失落地垂頭喪氣。佐爺怎麼這麼瞧不起考試啊……

「佐爺……為何午餐要吃一小時？我現在哪有時間悠哉地前往餐廳，慢慢喝廚子幫我加熱的熱湯啊？做點三明治或便當什麼都好，迅速送到這間房間來解決，十五分鐘就夠了吧？」

「咦？可是貴族家的公子怎麼能吃冷飯——」

「佐爺，你仔細想想，我念書是為了什麼？假如考不上，以後我就只能淪為平民，沒辦法在這麼重要的時期徒具形式地裝貴族吧？」

即使我像這樣說得冠冕堂皇，佐爺還是一臉疑惑地反對。

「您、您說得沒錯，可是如果不間隔適度的休息，以少爺的個性而言——」

我再度伸手制止他的話。

「測驗只有上榜與落榜之分。不論怎麼努力，考不上就沒意義。所以念書強度不能設定成『我能接受的程度』，只能訂在『能考上的程度』。畢竟對手不是自己，而是其他人啊。因此承受不了也就罷了，假如不以上榜為目標，還不如一開始就別努力。反正也是浪費時間嘛。而且——我沒辦法接受符合常理的計畫。」

我充滿自信地斷言。

當天光是參加測驗的考生就多達一萬人，只錄取一百人。這樣還沒算上魔力值與學力明顯不夠，連參加資格都沒有的人，否則競爭率會高得如天文數字。就算我在實戰稍微有點優勢，半吊子的念書態度應該也不可能考上。

前世我已經深刻體會過，測驗之神有多麼無情。

「可、可是——」

有完沒完啊！

佐爾德顯然不認為我能堅持自己提出的課表。畢竟我以前一直翹課嘛……我知道是我自作自受，但是我一臉厭煩地加強語氣。

難得轉生到異世界，想做的事情多不勝數，我哪有時間在念書的空檔花時間吃飯。

「真囉嗦耶！假設我將來進入騎士團，抽到要野外紮營的討伐任務。在戰地中面臨魔物不知何時攻擊的危險，怎麼可能隨時都吃熱食？考上王立學園終究只是中繼點，而不是終點！從現在為**今後**著想，才是人生的分水嶺！」

這是我的真心話。前世的人生已經證明，沒有理想、盲目念書一點意義都沒有。何況偶爾吃點奢侈的大餐倒無妨，單純費工夫才不會提升滿足感。

佐爾德一臉茫然，表情彷彿在說：「您哪位？」眼看機不可失，我決定再加碼。

「聽好了，佐爺，現在就拋棄半吊子的想法！這裡可是被逼入絕境的戰場！我們孤立無援，面臨入學考這種強敵陷入劣勢。可是我們只有打敗他，才能活著回去，而且期限已經迫在眉睫……其實人生也需要放鬆，不過是為了什麼呢？為了非拚不可的時候，設法竭盡自己的潛力。我什麼時候必須堅持下去？而且不能妥協？就是現在啊！所以我決定了！從明天開始，我午餐就吃野外紮營用的便攜式緊急固體食物！這樣就能邊預習下午的課程邊吃了，沒意見吧！」

我巧舌如簧，像前世的熱血補習班老師一樣堆砌話術。佐爾德原本還狐疑的眼神隨即充滿了鬥志。

咯咯咯。

我早就摸透佐爺的個性了，他喜歡聽這種熱血沸騰的話。

「從早上八點到晚上七點沒有休息時間，午餐十五分鐘……這、這樣可以吧……？昨天之前明明動輒就為了小事中斷課程，不是小號就是大號。少爺頻尿的老毛病已經好了嗎？」

雖然佐爺的嘴角揚起笑容，眼神卻絲毫沒有笑意。

「囉嗦！你可是我羅威努子爵家的專任家教，多拿出一點自覺來，聽到沒！」

聽到我這句話的瞬間，佐爺頓時眼神發直。

糟糕，他剛才挖我以前屁孩行徑的瘡疤，導致我說溜了嘴。

從老爸那一代起，他就在我們家培養出優秀的孩子。而且自從知曉我有魔法天賦，就無比期盼我考上王立學園。偏偏我嘲笑了他身為家教的自豪，以及期盼我成材的心情。

這是絕對碰不得的紅線。

◆

於是我順利搞定了萬全的一日課表。可是我太逞一時口快，導致出了一點差錯……

「喂，佐爺，沒必要連你也和我一起吃便攜式緊急固體食物吧？和廚子吩咐一聲，讓他幫你做三明治啦。」

「沒關係，這裡可是戰場。少爺還有心情同情別人嗎？」

他兩眼無神耶……

「佐爺，年紀大了容易尿急吧？我會自己念下去，你好歹上個廁所休息一下。」

「沒關係。我已經穿了尿布，不用擔心出狀況。」

真是可怕……

驗證

過了一個月。

距離入學考還有兩個月。考慮到還要前往王城，我待在老家生活的時間剩下一個半月。

透過這個月，一定程度上我明白了覺醒對自身能力的影響。應該說姑且不論個性，能力沒有什麼變化，所以一天就確認完轉生帶來的影響。

我並非在陌生世界轉生成嬰兒。只要思考自己有多少改變就夠了。

以結論而言，除了頭腦與人格以外差異不大。

原以為感覺上接近這樣，但是我並未透過轉生金手指強大到足以大殺四方。

有點意外的是，我的頭腦強化了不少，是覺醒的唯一優勢。

不過並非單純地增加知識。

我的記憶力與思考力生來就比較容易發揮在自己感興趣的領域上。而我正好轉生到自己所嚮往，劍與魔法的奇幻世界。

覺醒前的「亞連」認為理所當然、稀鬆平常的知識，我現在很感興趣。

轉生至異世界後，深夜偷偷練習魔法算是剛開始的固定套路。可是我即使要練，缺乏知識也無從練起。

我這一個月像海綿吸水一樣，大量學習魔法理論、魔物知識，以及王國地理與歷史。

還有一點，雖然是我的推測，記憶的疊合可能從物理層面提升了我的腦力。

「亞連」討厭念書，但是他的腦筋比原本「前世的自己」好得多。不只單純的記憶力強，連思考的速度與深度都相差懸殊。話雖如此，覺醒後的腦筋比之前又靈光了一兩級。

人的頭腦會越使用越靈敏。比方說讀書多寡與組織語言、組織邏輯和詞彙量等能力直接相關。這就是為什麼一眼就看得出來不念書的笨蛋。

另外計算能力等方面也是。那些從小練習閃電心算等才藝的小孩，他們的心算能力快得難以置信。

而且年紀越小，越容易培養這些頭腦能力。

十二歲的我，大腦還很新鮮。今生我有十二年經驗，前世則有三十六年。如今就像強行壓縮這兩段時間後，累積在我的腦內。

一般而言，不論教育的效率有多高，大概都不可能達成。畢竟時間是平等的。

十二歲之前，我的大腦承受了大約常人四倍的負荷，肯定皺褶很多。雖然這終究不過是我的推測，再想也不會有結論，所以我決定如此接受。

接下來是運動能力，這倒是沒有太多變化。

不過我前世體弱多病，運動神經很差，本來有點擔心與今生一平均，會大幅降低運動能力，幸好最後並沒有。

然後我個人特別關心的就是魔法天賦。很可惜，沒有太大的變化。

「亞連」只能使用強化身體的魔法，利用累積在體內魔力器官的魔力來強化體能。

任何人都能學會這種魔法，而且非常容易上手，因此不論身分貴賤，誰都會使用，堪稱基礎素質。

不論搬貨還是耕田，能高效率使用強化身體魔法，產量就有差距。

但是能達到什麼程度，就非常因人而異。

強化身體魔法有兩項重要的魔法要素。

其一是吸收魔素至體內所需要的器官大小，亦即魔力值；其二則是自由控制吸收的魔素，與操控魔力有關的能力。

決定魔力值的要素有二，一是魔力器官的基礎容量，據說在十二歲左右會發育完畢，二是魔力壓縮率。

基礎容量是與生俱來的才能，魔力壓縮率則可以靠不斷努力，一點一點累積的樣子。

魔力值越高，當然越容易維持輸出最大值，魔法效果也能持續得更久。

至於操控魔力，說穿了就是憑直覺。

透過訓練當然可以提升到一定程度，但是與生俱來的直覺似乎有壓倒性的優勢。

我呢，雖然魔力值比他人來得優秀，別人稱讚過我操控魔力的直覺特別強。

儘管很難測量自己的直覺在這個世界相當於什麼等級，擔任我的實戰家教、鄉下道場的劍術師父曾經說過，在操控魔力這方面，我有機會媲美王立學園頂級人才雲集的A班。

只能期待鄉下道場的師父沒有奉承我了。不過早在我十一歲時，師父只留下「我沒辦法教你了」，便迅速辭職。這句話聽起來超酷的，所以我也不知道自己的定位如何。

後來頂多只有擅長強化身體魔法的母親與我對練，大致上屬於自我流。

嘮叨了這麼多，總之覺醒並未影響我的魔力值，以及操控魔力的直覺。

魔力值可以透過魔器測量，一測馬上就知道覺醒後也沒有變化。

包含普通人在內的平均基礎容量大約是一百，而我則是兩千左右。

目前我透過壓縮魔力，可以使用的魔力是容量的一．二倍，因此最大魔力值約為兩千四百。

附帶一提，考上王立學園的人，平均魔力值約為兩千，選拔及格線約為一千上下（姊姊報考那一年比較衰，高達史無前例的一千五），每年都有超過一萬的頂級上榜者。

王立學園入學考有一千年以上的歷史，目前的最高紀錄大約在三百年前，有人創下六萬七千的數值，後世尊稱這位偉人為臨床魔法士中興祖師。據說這是他十二歲的紀錄，不過他並未通過入學考。

聽說他對念書毫無興趣，學科成績並未達到及格線。

這些逸聞象徵王立學園的立場，重視包含學科在內的綜合能力，也證明不論實戰能力有多麼優秀，及格線都不會隨便破例。

輕視學科的小孩最常聽到的就是這些教訓。覺醒前的我超級討厭念書，當然聽得耳朵都快長繭了。

另一方面，操控魔力的直覺很難量化。

就像前世測量體育成績，單純的運動很容易量化，肌力這些原本的運動能力會造成很多影響，而且魔力值在許多情況下也很重要。

不過操控魔力的直覺，在內行人眼裡一看就曉得。

似乎是觀察使用魔力時的爆發力，或是與身體動作的一體性等，這部份很難形容和量化。

當然，假如操控魔力的能力有大幅變化，我憑自己就感覺得到。

總而言之，我除了腦筋以外的既有能力沒什麼太大的改變。

不，其實這一個月以來，我還親身感受到一種重大變化，而我不確定這是否算能力。

那就是生命力。

雖然很難具體描述，該說是活下去的力量嗎？我現在清楚感覺得到，自己的全身充滿了類似克服困難的原動力。

憑感覺而論，我的靈魂相當於別人的兩倍大，體內感覺到類似生命力的事物。

那麼這一個月，我究竟發揮全身充滿的生命力，驗證了什麼呢？

當然就是……

「接招吧～火球！」

轟！

……之類的，我之前一直在驗證自己是否辦得到。

畢竟我轉生到有魔法的世界耶？當然想嘗試啊，因為很帥嘛。我前世肯定會選賢者。

……結果再度確認後，發現我要使用體外魔法極為困難。

人生藍圖

這個世界相當看重學歷，而且重要的測驗已經迫在眉睫，再加上現在我不覺得念書辛苦，因此反射性地以考上為目標。

不過仔細一想，前世嘗過血淋淋的教訓，就算告訴我從王立學園畢業可以一帆風順，我也無法輕易相信……

這個世界有提供八歲到十二歲兒童的幼年學校，教導讀寫、計算、歷史地理等一般常識。

我也和普通的子爵家三男一樣，直到去年都還在念在地平民也會就讀的幼年學校，但是我今年都沒去了。

因為我十一歲時，基礎魔力值大幅提升，只要努力念書，甚至有機會考上王立學園，家裡才會安排專任家教，也就是佐爺徹底幫我考前衝刺。

順帶一提，王國每年都會主辦兩次名為王國共通學科測驗的模擬考，其目的是為了廣納優秀人才。

從一個月前最後一次模擬考的成績來看，據說考上的機率不到十％（有可能）。

甚至還仔細分析我能不能考上。

在幼年學校成績出眾的人會成為高階貴族的養子之類的受到網羅。即使沒有受到青睞，平民一般也會選擇考上級學校。

因為這樣對求職與發跡都有利。

附帶一提，若要問為何上級學校規定十二歲須接受測驗，是因為魔力基礎容量從九歲左右開始發展，最遲到十二歲便會停止。

意思就是十二歲便可以看出小孩大致上的才能。

能考的學校包括以王立學園與貴族學校為代表的綜合學校，以及騎士學校、魔法士學校，或是漁業、林業與服飾等方面的技職學校。

如果實在無法負擔學費或生活費，好像還有許多選擇。例如探索家協會營運的探索家培養學校，滿足一定條件就能免費接受技能訓練。

不過連轉生都得經歷考試戰爭啊……

前世我腦筋不好，吃了不少苦頭。

只要再認真拚兩個月，就有機會考上人人嚮往的「學歷的代名詞」，要說完全不吸引我肯定是違心之論。然而，就算順利合格了，還會像前世一樣，在學校也為了求職而拚命念書嗎？比方說，如果我之後進入王國騎士團該怎麼辦？我不禁心生懷疑。

入團後也多半以騎士幹部學校為目標天天念書訓練，還得想盡辦法出人頭地，夾在上司與部下之間飽嘗胃痛之苦，運氣好的話就混個男爵當當，難道這就是我要努力的目標嗎？連轉生都要做這種事情？

如果我什麼都不想，一直隨波逐流，肯定會變成這樣。

自從覺醒之後，我謹慎地摸清楚自己個性的變化，不過我還是不想當什麼少爺，即使貧窮也無所謂。

畢竟「前世的自己」也沒什麼出人頭地的欲望。

只是漫無目的追求穩定……然後無欲無求地結束一生。這什麼無聊生活啊，這傢伙真可憐。

雖然是我就是了。

……嗯。

就做自己喜歡的事情吧！

什麼發跡，什麼穩定，去他的！

這個世界有劍與魔法，有探索家，有魔物，還有大片未知的世界。覺醒前覺得理所當然的事實，如今在我心中澎湃不已。

我突然想起前世臨終的時候，透過醫院窗戶見到雪白的雲輕飄飄地浮在空中。

沒錯，那個時候——

我真希望自己像那朵雲般隨風飄流、隨心所欲，人生中只要思考自己想做什麼就好……

我曾經如此強烈地後悔過。

生活方式應該沒有正確答案。

不過我這輩子想自由自在，「隨心所欲」地活著。下輩子想起這輩子的時候，會覺得「人生過得真開心，好羨慕啊」。

早上五點起床，我一邊訓練跑力，同時暗地下定決心，來到庭院準備每天的空揮。

覺醒前的我喜歡運動，不過偏好練習實踐性質的模擬戰，一直疏於基礎鍛鍊。

至少在這片鄉下，我的實力成長幅度超群，因此我的確有才能吧。

可是……如今覺醒後我才明白，反覆鑽研「型」的意義在哪裡。

以及樸實地反覆練習，不斷累積的樂趣。

於是我充分發揮前世是書呆子時培養出來的禁慾主義，早上以提升體力的運動以及練習基礎的劍技為主，晚上則訓練之前一直偷懶的壓縮魔力。

雖說略有天賦，我沒發現任何轉生後的金手指，要是此時基礎能力太低，我不知道該如何開朗又快樂地度過異世界生活。

我如此心想，手提木刀來到庭院，見到園丁奧利佛在正值花季的樹下修剪植栽。

記得他以前當過探索家，退休後在我家當園丁。

如果轉生到異世界想活得逍遙自在，首先會想到冒險家或探索家之類的職業。

「你還是一樣早起呢。」

我向奧利佛打招呼。

「這不是少爺嗎，今天早上也要訓練吧？」

難道他看見我最近早上開始自我鍛鍊了嗎？

「是啊。最近老是念書，身體都變鈍了。當作轉換心情。」

「因為佐爾德先生說，您最近彷彿變了個人，拚命在念書嘛。」

我苦笑著這麼回答完，奧利弗也彷彿明白我的心情般笑著。

「這棵開花的樹叫什麼名字啊？」

奧利佛一臉意外。他可能沒料到我會問他這個問題。

「噢，這個叫做山茱萸樹吧。」

「哦～原來如此，是淺紅色的啊。」

「淺紅色……的確不是粉紅或朱紅色。聽少爺這麼說，淺紅色的確最貼切。」

他一臉佩服地表示：「少爺的感性真是豐富呢。」不過日本人應該都有相同的感想吧。

「對了，假如打個比方，成為探索家要多久才能出人頭地呢？要是積累一定的成績，就也有機會能夠進入騎士團吧？」

我隨口閒聊地如此詢問，奧利佛卻沉默不語。

他當然也知道，不久前的我討厭念書，老是翹課。他臉上的表情很清楚，不想此時隨便回答我，以免引發莫名其妙的誤會。

「別誤會，我並非討厭念書，或是不想參加王立學院的測驗。不過念書嘛，是否有『為何要念書？』這種動機，會直接影響成果。探索家與園丁也一樣吧？」

我一臉笑容，盡可能輕鬆地補充說明。

聽我說完後，奧利佛可能接受說詞了，表情還有點疑惑地開口說：

「是啊。我確實曾經聽說過，有平民生活困頓，當探索家來維持生計，同時積累成績，最後加入騎士團呢。」

哦？

比起任人安排死讀書，這樣反而更有吸引力。

見到我來勁，奧利佛急忙接著說：

「不過少爺是以王國騎士團為目標，沒辦法靠半吊子的成績擠進去，最少要有B級特殊技能證照。要是想要好一點的待遇，最好要有A級證照吧。」

出現什麼A級、B級了！身為異世界迷，當然得先確認設定才行！

覺醒前的我一直以為探索家＝窮人的日結勞工，所以毫無興趣。

「哦～話說總共有多少級呢？」

「在探索家協會登記的話，一開始會發G級證照，到A級總共有七級。雖然還有更高的S級，那類似名譽階級，會獲頒勳章。」

唔嗯、唔嗯，原來如此。

「提升等級有多困難呢？」

「這個嘛……只要完成的委託達到一定數量，就能升上E級，所以有才能的人只要努力一下，大約兩年就夠了吧。」

奧利佛一臉大鬍子，原本帶有幾分溫柔的圓臉，表情變得嚴肅。

「不過從E級升到D級，不只要完成規定的委託數量，還得完成幾項協會指定，起碼以幾個月起跳的長期委託才行。期間內會審核人品與見識，運氣好的話也要將近五年吧。」

「E到D要至少五年嗎……得拖不少時間呢。」

「一般而言是這樣。至於D級探索家，等於有探索家協會掛保證此人是優秀人才，在哪一行都吃得開。假如D級探索家對本領有自信，還有機會成為高階貴族的傭僱騎士。像我也孜孜矻矻地累積了十五年的成績，升到D級後才受僱於老爺，成為了園丁呢。」

「哦～話說D級探索家很賺錢嗎？」

「嗯——以少爺的眼光來看，這個應該賺不了錢吧。要是有兩個小孩，想讓他們念上級學校，老婆還得工作分擔家計，而且得簡約度日，否則很辛苦呢。」

我想起前世的中小企業股長。

還真是一點夢想都沒有……

「順帶一題，我們家的園丁，或是貴族的私人軍隊，應該可以賺不少吧？」

「相較於D級探索家，我的工資應該略低於平均值。不過不用冒著危險，是很理所當然的事情。我很喜歡現在的工作，而且還是單身，工作又穩定，現在的工資就夠了。貴族的傭僱騎士一開始應該也差不多，假如後來才出人頭地，薪水應該還不錯。」

「哦～這社會不好混呢。話說升到B級或A級有多難？」

「這個嘛～再往上爬的話，我這個鄉下人就不太清楚了。畢竟這一帶頂多只有C級探索家。雖然如此，他們在我眼裡都很了不起。這些人少說都是十五年、二十年的老手了。A級或B級的話，不只需要經驗，幾乎都有特殊才能吧。」

「這樣啊～意思是如果不去王城，就不會碰到這種等級的探索家？」

「嗯～王城肯定有，不過比方說多勒袞侯爵領地的都城多勒袞列德，應該就有幾位A級探索家派駐在該地。因為那附近有遺跡群，不論是魔物數量還是原料品質，在王國內都屈指可數。」

這時候奧利佛忽然一笑，放下花木的修枝剪。

「不過我國的頂級探索家，大多以擠進王國騎士團為目標。如今少爺有機會加入，還真是了不起呢。」

「咦！A級探索家這麼沒有夢想啊！」

這句話我可不能充耳不聞。

畢竟我剛剛才得出「我要活得自由自在！」的結論。

找個適當的時機遠離競爭社會，當探索家跳脫體制生活，應該很有趣……結果現在我完全沒心情了。

「到這種等級，當然不可能賺不到錢，而且社會地位也很高吧。不過王國騎士團畢竟是例外中的例外。不論地位、名譽或待遇都很高，聽說連簸門都與眾不同。廣大的尤格利亞王國也只有千名騎士。他們堪稱王國的王牌，軍閥的頂點啊。」

奧利佛的語氣彷彿在說這是常識，一臉狐疑。

「而且像是A級探索家的工作其實不多。若要討伐強大魔物，派王國騎士團最穩，受害也較少。所以，A級探索家大多幫騎士團的討伐任務開道；要是實力受到認同，待遇就會與小隊長差不多，所以A級探索家的生涯終點就是加入王國騎士團。當然，當中也有些人不適應集體生活，或是刻意一輩子當探索家。總而言之——」

奧利佛再度拿起修枝剪，露出燦爛的笑容下結論：

「少爺，您正準備考取王立學園。這就像一張魔法門票，能讓王國騎士團的大門為您敞開，所以請少爺多加努力。」

……其實我對地位、名譽或金錢沒什麼興趣。

可是特地脫離社會，耗費幾十年當探索家積累成績，最後的終點卻是加入王國騎士團，這簡直就是浪費人生。

有些說詞可能是話術，引導我專心準備考試，所以得確認真假，但是他應該不會說一戳就穿的謊。

當然不受時間與組織的束縛，活得自由自在非常有吸引力。考慮到這一點，當探索家肯定也是相當不錯的選項之一。

不過我想起前世有人是個體戶，我曾經誇他：「可以自由地隨時休息呢。」結果他眼神渙散地回我：「自由代表凡事得靠自己，得一肩扛下所有責任耶？」

記得那個人的口頭禪是好想休息……

唔～嗯。

應考策略與體外魔法

總之我的結論是，入學考非考不可。萬一沒考上也就罷了，可是家人與佐爺這麼疼我，還有朋友的期待，我不敢辜負這一切，連考都不考就直接搞失蹤。

再加上我現在急需情報。考慮到這一點，特地為了應考前往王城也有價值。

未來藍圖先擱在一邊，首先專心應付王立學園的入學考，等入學以後再拓展與這個世界有關的所見所聞，甚至還可以看情況考慮要不要輟學。

為上榜擬定的計畫也萬無一失。

應考最重要的，就是考生本人要準確掌握，自己究竟要跨越多高的壁壘。

因此一開始該做的事情很單純，就是澈底做考古題。這是最好的方法。

老實說，準備考試的時間很短，只有三個月。

能做的事情有限，又不知道會出現多少同一類的題目，一般而言應該會怕得不敢花時間鑽研考古題。

可是必須藉由考古題，測量自己的實力與及格線有多少差距，否則便無從擬定策略。

最重要的是要準確掌握自己的實力，該加強哪些部分才能有效地跨越及格線，還要明確認知自己該達到什麼水準，擬定策略並念書。

假如只會沒頭沒腦地完成父母或老師給的功課，提升不了多少實力。

回想起來，前世我浪費好多時間在念書上。

直到前世念大學，以及出社會隨便去考證照之後，我才隱約明白這件事。

被迫面對自己有多笨拙、不開竅，嘗盡苦頭後，終於得到如此單純的答案。

我相當地懊悔，想說自己怎麼沒有早點明白這種本質呢？不過考試戰爭就是這樣，凡事錯失時機才是常態。

所以我吩咐佐爾德，盡可能幫我準備考古題，並且一開始花費相當長的時間，擬定自己專屬的策略。

客觀地分析剩餘的時間與要網羅的範圍擬定念書策略，結論是憑我現在的頭腦，輕輕鬆鬆就能夠達到及格線。

剩下就是一些細微技巧方面的問題了。我依靠前世念書狂的經驗，運用宮殿記憶法（註：一種記憶技巧，又稱位置記憶法。藉由將訊息與一個熟悉的空間或地點聯繫在一起，來幫助大腦記住大量的資訊）與番茄工作法（註：是一種時間管理技巧，將一個番茄時段分成二十五分鐘的集中工作時間和五分鐘的休息時間，以提高工作效率和專注度）之類的技巧來提升念書效率。

總之關於考試，大概就這樣吧。

相較之下，目前我更關心魔法。

雖然覺醒前我也多少具備一些知識，後來我再次多方調查。

體外魔法，亦即發射火焰、產生水，或是使出雷電等，奇幻小說或遊戲中常見的魔法，在這個世界都有可能實現。

不過很可悲的是，這個世界同樣很看天賦。

結束每天的慢跑後，我在家後方小山丘的階梯反覆上下數次。由於現在距離早上的課程還有一點時間，我在山丘上俯瞰自己長大的城鎮，同時打坐。

我閉起眼睛，在體內凝聚魔力。

這種感覺難以用三言兩語來形容，但是就是不同於運動神經的神經遍布全身，當以向肌肉施力一樣的感覺在這些神經上施力時，會引發體內蓄積的能量——也就是魔力。如果要精細地控制魔力，就需要鍛鍊與專注力。

「早安，亞連哥！」

突然有人從身後呼喚我，於是凝聚的魔力頓時消散。

「……不要躡手躡腳地接近我。我可是領主老爺的兒子耶？叫我亞連少爺，聽到沒？」

我半開玩笑地這麼說完，蕾娜打趣地笑著說：

「討厭啦～看亞連哥最近的表現，可能真的有機會考上王立學園嘛。到時候亞連哥就不住在這座城鎮了吧？相處的時間所剩無幾，何必擺什麼架子呢。」

幫忙麵包店生意的蕾娜很早起。我最近都會在這座山丘上吹著風，同時鍛鍊體外魔法。眼光犀利的蕾娜發現後，不知何時開始在一旁看著在這座山丘上偷偷練習的我。

我重振精神，再度在體內凝聚魔力。

全身凝聚魔力後，可以感受到身體充滿了力量。俗稱的強化身體魔法正在發揮作用。在這種狀態下慢跑或空揮，會加強運用普通肌力的動作，提升威力與速度。

接著我在全身套上薄薄一層凝聚的魔力。這種技術叫做魔力防禦，主要效果是提高防禦力。

以上都是我覺醒前就會的技術。

在這種狀態下使用體外魔法，有兩項必備要素。

其一是發射體內蓄積的魔力，或是讓魔力在體外循環，這些我都辦得到。

感覺就像在強化身體的狀態下，應用移動體內魔力的技術。操控魔力的直覺是我的強項，所以這個也算是我的擅長領域。

這個聽說還能運用在偵查魔法等方面，說起來我並非不會使用體外魔法。

……雖然這不是我追求的魔法。

沒錯，還有另一項關鍵要素。比方說我想發射火焰、水或神聖治癒，但是我缺乏將魔力轉換成這些性質的才能。

據說每十人裡，頂多只有一人具備這種才能。

能轉換的性質系統也有適性之分，適合火系統才能的人最多，大約每十五人有一人。天生適合稀有的雷電就更少了，大約是萬分之一的機率。

據說還有更稀有的魔法士，懂得雙重系統或三重系統。

聽起來很有夢想呢。

這種轉換性質的才能與魔力的基礎容量一樣，十二歲以前會顯現，之後就不會改變。

以魔物而言相當於魔石，據說這種魔力器官到十二歲會發育完全。

只有受到上天青睞的人才擁有這種特殊才能……真的好帥！

雖然上天沒看上我……

這種事情通常需要準確地理解現象並正確地進行想像……類似這樣的過程中，科學技術的知識、漫畫與動畫充滿浪漫色彩的強烈想像力，擁有這些的我本來期待能夠透過覺醒突然發動那個才能，不過目前絲毫沒有這種徵兆。

比較可信的理論是，依然得看體內的魔力器官。

如此一來，我便沒辦法以普通的方法，憑自己使用體外魔法。

「噗。」

我瞪著空中反覆運作體內的魔力，嘗試能否將身體裡凝聚的魔力轉換成火焰，結果蕾娜笑出聲音。

「明明不會轉換性質，卻想使用體外魔法。亞連哥突然這麼說的時候，我以為你在作夢……可是見到『玩耍的天才』難得這麼認真，我就覺得有可能呢。」

我苦笑以對。

「還好啦，我擅長玩耍……現在也是啊。」

我這麼說著，然後抓了抓頭，蕾娜便開心地笑了出來。

「亞連哥，你肯定也會在王城鬧出許多趣事吧。其實我非常期待……亞連・羅威努在外面世界會闖出什麼名堂呢。」

「……這時候應該說『有機會成為優秀魔法士』吧？」

然後我和蕾娜邊閒聊邊走下山丘，在山丘下道別。不知不覺中，時間接近早上第一堂課的八點了。今天的早餐應該也是便攜式緊急固體食物吧。

其實我並非不知道，缺乏轉換性質才能的我要如何使用體外魔法。

那就是使用魔器。

例如魔杖之類，使用以屬性魔石為媒介，輔助轉換性質的魔道具，即使是缺乏才能的我也能強行轉換性質，使用體外魔法。

可惜這種方法也有缺點。

如果與魔石具備的屬性不合，強行轉換性質會導致魔石迅速劣化。

若是注入大量魔力，魔石可能一下子就爆炸。

非常昂貴的魔器用過就壞也太可惜了，這樣根本無法訓練。

那麼成為魔器士，改良魔器如何？

可是我又不想當魔器士……

而且我想使用天然魔法，而不是靠器具的養殖魔法。

誰都能靠器具使用魔法，威力則仰賴器具的性能。這樣一點都不浪漫吧？

不過這是當今的研究成果。

我家只是偏僻鄉下的一介子爵家，僅憑姑且專門研究魔法的佐爺藏書當作唯一的資料來源，老實說我實在是束手無策。

只要前往王城，肯定能在圖書館調閱研究資料，而且考上了，學園內應該也有體外魔法的專家，到時候再拜託對方教我。

由於還有實戰測驗，我肯定考不上，但是我甚至想報考魔法士科。

不論花費多少時間，都很有可能徒勞無功，不過我絕對不會放棄。

即使可能對工作沒用，或者屬於興趣甚至玩樂，我已經決定要做自己想做的事！

佐爾德的報告

我以為自己明白，入學考很看運氣。

例如出題範圍是自己擅長或不擅長的領域；或者當天正好身體不適，精神狀態不佳。

入學考與各種不確定因素息息相關，但是我長年擔任家教負責學生們的應考事宜，有件事情我最近才明白。

測驗這回事，不存在幸運之神偶然眷顧而上榜。

見到最近的亞連少爺，這把年紀的我才終於發現這件事。那就是該考上的人，就是會考上。

少爺最近的進步幅度就是這麼離譜。

成為子爵家專任家教之前，我當了四十年家教。

我知道有學生會在臨考前突飛猛進，可是少爺的進步幅度實在太難以置信了。

是不是有什麼契機呢……身為家教卻完全沒有頭緒，實在太空虛了。

少爺要求我增加念書時間時，我也很驚訝，不過真正驚人的事情在後頭。

我依照少爺的指示，盡可能收集考古題，整理後交給他。不知道他是何時寫的，結果少爺不到一個星期就全部做完了，甚至還對課程內容提出要求。

有少爺不擅長的部分；以及並非不擅長，但是想在有限時間內儘量得分的部分。甚至根據近年的出題傾向分析結果，然後以此濃縮上課內容，向我指示考試前的縝密對策。

我拗不過少爺的熱情，依照他的主張改變上課內容，其實是身為家教的我失職，可是連我都認為少爺說得有理。

即使我感到不解，他也條理分明地解釋為何有必要，使得我不得不接受一切。

另外上課的方式也大幅改變。

之前都是我單方面講課，不記得少爺有好好發問。

不過最近少爺只要有疑問，都會打破砂鍋問到底，直到滿意為止。

內容也很犀利。與其說是質疑，更多時候就像在討論。

我差點忘記自己在和十二歲的少爺說話。

我從以前就很堅持念書的本質……亦即究竟為何而念書，我對於追求理由的心情十分執著，現在這種想法又更加強烈了。

可是另一方面，以前我非常討厭鑽研考試技巧的學習，我現在竟然也能接受了。

感到疑惑的我詢問少爺之後，他這樣回答我：「以長遠的眼光來看，考試技巧的確沒用。不過當前的首要目標是在短時間內考上，所以應該沒有問題。重點在於區分並思考中長期計畫與短期目標。」

那我之前為何這麼辛苦呢……

所以說這兩個半月，亞連少爺的進步幅度簡直判若兩人。

由於課程排得太緊，下課後我累得渾身無力，少爺卻泰然自若，晚餐後依然持續自習。

在少爺背影的鼓勵下，我勉強跟上少爺的腳步。

我並不明白實戰這部分，不過學科這部分，少爺即使擠進A班，我也不會感到意外。

◆

羅威努家現任當家貝爾伍德・馮・羅威努子爵結束在王城的社交季後，長途跋涉回到宅邸。

抵達時已經是深夜，子爵疲倦不已，不過還是覺得非確認不可，於是他找了專任家教佐爾德來到書房。

子爵心驚膽跳地詢問討厭用功的亞連最近學習的狀況怎麼樣，佐爾德便如此說明。

聽得子爵大驚失色。

「意、意思是這兩個半月，亞連念的書都是他想到的上課內容？現在不是考前衝刺嗎？是最關鍵的時期啊！」

子爵趴在書桌上，感到旅途的疲倦倍增。

在王城收到的信中的確提過，亞連鼓起幹勁，主動要求增加念書時間。

當時子爵心想，三分鐘熱度總比不念來得好……結果完全忘了這件事。

「佐爺？亞連真的這麼說嗎？你該不會太累記錯了，當成以前在教羅莎（長女）吧？全家都知道亞連有才能，只要肯學習就有機會，可是再怎麼說，也很難對你剛才的說法照單全收啊。父親也說過，當年那麼寄以厚望的羅莎都沒考上，這次對亞連不抱希望，所以你的負擔應該沒那麼重吧？」

大哥格立姆在一旁像這樣補充，於是貝爾伍德頓時抬頭。

因為格立姆是繼承人，這次社交季陪同子爵前往王城，剛剛才一起回到家。

「這樣啊，原來在說羅莎那時候的事啊！嗯嗯嗯，如果是那樣，我就明白了。那孩子從小就很可靠，下定決心時的專注模樣讓人另眼相看呢。佐爺，難道你也老糊塗了嗎？哈哈哈哈，哈哈哈，哈哈哈……」

佐爾德原本平靜地報告亞連的近況，見到貝爾伍德哈哈大笑，便突然改變態度。

嚇得子爵緊張地吞口水。

他散發的氣息彷彿身臨戰場。

佐爾德的眼神帶有殺氣，緊盯著當家開口說：

「知道這兩個半月……少爺最常將哪句話掛在嘴上嗎？就是羅威努家族歷史悠久，自己絕不能玷汙血的努力與淚的歷史……他還盡可能削減吃飯和睡覺的時間，拚命用功啊。如今少爺氣勢如虹，彷彿身處戰場，以堅定的背影激勵我。少爺信賴我宛如戰友，讓我這老兵十分肯定，半個月後面臨的測驗將會證明，少爺不懈的努力絕非幻影……」

當然，亞連才不在乎家族的歷史，然而他正廢寢忘食，為了享受異世界而專心念書玩耍，可不希望因為健康因素被強制喊卡，才會靠這句藉口搪塞一切。

「但是這樣好像特別不像他……他可是連一年一度的掃墓都懶得參加的男人喔。」

在佐爾德的氣勢震懾下，非常害怕的子爵反駁。

「佐爺」從以前就是貝爾伍德的家教。一旦他兩眼發直，不知道會說出什麼。

佐爾德咬牙切齒。

的確，子爵相隔三個月回到宅邸，要他相信這番話，無疑是痴人說夢。

倘若換作自己，肯定也難以置信吧。

「如今少爺的人品也穩定許多。要是老爺不放心，何不明天試著和少爺共進晚餐？畢竟少爺早午餐都吃露營用的便攜式緊急固體食物，總不能讓老爺也跟著吃吧。」

佐爾德明顯凹陷的臉頰扭曲，咧嘴一笑。之後他留下一句：「我這個老兵只能再陪伴少爺幾天……我還要準備明天的課，先行告退了。」便離開房間。

亞連甚至捨不得浪費時間、悠哉地吃早餐，最近連早餐都改吃緊急食物。

「緊急食物！他們什麼時候變成軍人了啊……」

疲倦至極的子爵再度趴在桌上。

「沒關係啦，父親。佐爺似乎有點考試焦慮症，但是亞連的成長相當值得慶幸。明天晚餐時仔細聽亞連怎麼說，然後稱讚他努力念書即可。務必要留意，別完全相信佐爺的說詞，然後造成亞連的壓力。」

凡事積極樂觀且可靠的格立姆安慰子爵父親。

「也對，可愛的亞連有所成長的確讓人欣慰。要不經意地誇獎他，避免過度對他施壓。那麼明天就和亞連共進晚餐吧，幫我安排一下。」

……不過可愛的么兒長大了，有點寂寞呢。

重新振作的子爵如此在心中嘀咕，並且瞇起眼睛。

◆

「父親，格立姆大哥，抱歉讓兩位久等了。下午上魔法史課程，和佐爾德討論了一番……」

快步來到餐廳的亞連低頭致歉。

哦？的確是士別三日呢……

三個月不見，子爵內心對亞連的改變感到驚訝。昨天深夜才到家，今天從一大早就忙個不停。因為不在的期間內，累積了大量經營領地的相關工作，直到現在才有機會見到他。

儘管如此，以前不論怎麼提醒，他的口氣就是不改，如今不僅糾正過來了，遣詞用句還十分得體。

而且身上再也沒有以前的粗魯氣息。

不過也不像是個窩囊的傢伙。

他巧妙地將多得快滿溢出來的能量保存在體內……是因為溺愛，才有這種感覺嗎？

羅威努子爵瞇起眼睛。

「很好，爸爸已經聽佐爾德說，你最近很專心念書了。畢竟即將出發前往王城，現在是關鍵時期，不用在意爸爸沒關係。」

「不好意思……佐爾德鞭策年邁的身軀盡可能配合這兩個半月終於鼓起幹勁的我，真的非常感謝他。」

亞連彷彿懷念這兩個半月的時間，眼神複雜地搖搖頭。

那個頑皮的亞連居然會主動感謝佐爾德，子爵內心驚訝不已。

……可是他的改變過於戲劇化，讓子爵有些不安。

連格立姆都笑得有點抽筋。

「亞連，我和格立姆在王城一直小心翼翼地社交，有點疲倦了。雖然我平時不斷叮囑你要注意禮儀身段，今天不用客氣無妨。反正這裡只有自己人。」

好不容易找到藉口掩飾自己心中的不安，子爵盡可能開朗地提議。

「況且母親也不在。」

格立姆如此補充一句，然後眨了眨眼。

亞連一瞬間顯得有些難為情，不過輕咳了一聲後，他露出笑容。

「老爸！格立姆！歡迎回來！」

儘管有些成熟，口氣依然神氣活現，要求聽旅行的趣事。這樣的亞連還是一如往常地可愛。

◆

原本還擔心能不能扮演「亞連」而不穿幫，看來是我杞人憂天。
雖說擁有前世的記憶，我依然以亞連的身分生活了十二年，這一點毫無疑問。
「母親還留在王城吧？」
問了好一會兒王城最近的流行事物，以及無關痛癢的人情世態後。
我大口吃著帕比肉排，同時詢問。鹿經年累月在體內長出魔石後，就會變成帕比這種魔物。
「噢，因為她實在無法坐視羅莎的糟糕生活習慣啊。而且你反正也馬上就要過去了，所以她才決定留在王城。」
「姊姊還是一樣嗎……」
我一臉苦笑。
以前她在老家時，一旦專注於研究或鍛鍊，就完全不顧周遭，生活也因此一團亂。
熬夜兩三天是家常便飯，甚至沒有好好吃飯，也不太洗臉，連睡亂的頭髮都不梳，最後因為不洗澡這一點和母親吵架，因此母親強行規定姊姊就寢前或早餐前必須洗澡。
姊姊的淡桃紅色秀髮讓人聯想起波斯菊。平時被她穩重的個性與可愛容貌所騙，領民稱呼她為波斯菊公主。
不過俗話說得好，人如其名。姊姊並不是那麼可愛的女孩。
雖然不至於脾氣暴躁，她一旦發飆就連溺愛的我都照揍不誤。

由於父親是個與剛毅外表不符的草食男，走穩健官吏路線，家裡壓得住姊姊的只有母親一人而已。

「老爸……如果我運氣好考上王立學園，拜託同意我住宿舍。普通宿舍也無妨，拜託！」

我低頭懇求，額頭幾乎碰到餐桌。

王立學園有附屬宿舍。

聽說普通宿舍是狹窄的單間，但是房租在王城內算便宜，而且好像還附早餐。

從子爵家所有的王城別墅（話雖如此，只是有小庭院的普通住宅）也可以通勤上下學，然而姊姊住在那裡。

母親大概也不可能一直待在王城。

和那個姊姊在王城兩人一起生活，可不是鬧著玩的。

「說得也是，畢竟你以騎士為目標，住宿舍與同學一起吃大鍋飯學習，或許也不錯。」

看穿我想法的老爸笑著點頭。

「不過你已經擔心考上之後的事情，代表相當有自信吧？」

酒過三巡，老爸強裝平靜地詢問。

但是我聽得出來，他的話中帶有一絲緊張。

我瞥了一眼格立姆，他的笑容便像能面面具一樣僵住。

回想起來，自從開始用餐後，話題始終沒有聊到測驗，這未免太不自然了。

老爸和大哥可能不敢問，或是擔心對我造成壓力。

我當然有自信考上，然而我在思考，何時要脫離這種競爭社會。

考慮到往後的情況，還是別讓他們過度期待比較好吧。

我同樣也在想辦法，避免他們不切實際地期待。

「畢竟我已經付出不少努力了嘛。要考上A班大概很難，可是應該會低空飛過。」

我無過無失地這麼回答。

「是這樣嗎？佐爾德怎麼好像特別有自信……之前在王城，靠山的穆里特子爵一直糾纏我。聽說他們家今年應考的二少爺托德很優秀，連多勒袞侯爵家的聚會上都在傳呢。」

侯爵管轄包括其他貴族領地在內的廣大區域。我們這種弱勢貴族一般都受侯爵家所保護。

我們就受到多勒袞侯爵家管轄。

然後在聚會上，總會不經意地提到孩子的升學或成績（公開談論有違禮儀），這在社交界也是重要情報。

假如集團出現優秀人才，將來有機會擠進王國中樞，就可以直接成為侯爵家勢力的力量。

「他好像特別有自信，故意在社交場合找我攀談好幾次，說很羨慕我們家的亞連少爺這麼優秀之類的。如此一來，大家難免會關心測驗結果……下下個月在多勒袞列德的總會上，還真讓人提不起勁。」

……老爸怎麼這麼傻，到處立一堆可憐兮兮的敗旗。

不過我才不管。

「嗯～總之啊，測驗得考了才知道結果，就算運氣好考上，我聽說進入王立學園後要跟上進度也很辛苦。要是一不小心中輟，那可就丟臉了，所以老爸，你可儘量別到處炫耀啊。」

總之我先叮囑老爸，別像個傻貴族一樣，到處挖坑給自己跳。

「你還是一樣悠哉呢……雖然事到如今，再掙扎也無濟於事……」

「是啊，父親。原本豪放不羈的亞連已經這麼盡人事了，接下來就只能聽天命啦。」

能幹的格立姆恰到好處地下結論。

「說得也是，畢竟連老天都不肯眷顧羅莎，真的沒轍……每次回想起來啊——」

結果老爸開始糾纏不休。

要是他沒喝醉，其實人挺好的呢~

第二章 測驗

出發前往王城

老爸他們從王城回來後過了三天，換我出發前往王城。

原本預定和我同行的母親還留在王城，父親經營領地的工作忙碌，本來打算派佐爾德陪我，但是我鄭重地婉拒了。

起先老爸還面有難色，結果出乎意料，連佐爾德都挺我。於是老爸認為這也是學習的一環，便爽快地同意了。

「事到如今我這個老兵就算跟著少爺，也除了碎碎唸以外沒有什麼助益。而且一路上應該充實身心才對……我相信少爺的能力。」

大概是配合我的計畫，準備課程很辛苦吧。

他一臉滿足，露出了無遺憾的人才會有的表情。

這兩個半月，佐爾德驅策自己年邁的身軀陪我考前衝刺，我對他只有感謝。

距離王城的路程有兩星期。

搭乘特製的專用馬車前往多勒袞侯爵領地的都城多勒袞列德，這段路程有十二天。

然後從那裡搭乘魔法列車前往王城，耗時一天半。

這個世界的地圖比例尺很隨便，光靠紙上談兵也難以掌握距離感，不過距離多勒袞列德的距離約等於東京到福岡吧？老實說，真的有夠邊境。

順帶一提，這個世界有種叫做魔法車，以魔石為媒介利用魔力行駛的車輛。由於耗魔量相當驚人，不是貧窮貴族隨便開得起的東西。

剛出發時翻了好幾座山頭，還不時出現魔物，短短一百公里左右的路程就花了三天。不過之後的道路就十分完整，走得很順利。

另外老爸說，要是我受傷就麻煩了，所以嚴禁我參與戰鬥。

不過這個世界的治安還不錯，而且老爸大手筆聘請C級探索家護送我前往多勒袞列德，所以危險性就更低了。

保鏢是負責打前鋒的肌肉壯漢，將近五十歲，而且還是態度非常冷淡的大叔，因此我一開始很沒勁，不過途中他陪我練習模擬戰鬥，其實無妨。真的無所謂。

大叔名叫迪歐，都使用長槍。我以前只和鄉下道場的師父，或是包括母親在內的家人練過模擬戰鬥。因為所有人都使用木刀，和使用長槍的人對練是很好的經驗。

由於擔心危險，他只答應使用棍棒與木刀，而且不能用戳的。儘管如此，我一開始還是輸得落花流水。

應付長槍的劍術完全是不同次元，光是知道這一點就收穫豐富。

抵達多勒袞列德的時候，我勉強習慣應付長槍的間距，某種程度上應該算是有練到吧。雖然我一次都沒贏過就是了。

學科方面，我已經掌握自己目前的水平，還算有自信，可是這樣能通過實戰嗎？

見到我垂頭喪氣，大叔表示：

「剛開始被迫陪小少爺過兩招，咱覺得麻煩透頂，不過你相當有毅力，而且也有才能。不久就會累積經驗，憑你應該沒問題。」

這位沉默寡言的大叔，一路上從未誇過子爵家公子的我，而且起先還擺明不想管護送以外的事情，離別之際卻這樣鼓勵我。

雖然身為C級探索家隱居在偏僻鄉下的羅威努子爵領地，大叔的保證不太可靠，如果真的落榜了，那麼也只能接受現實。

如此看開的我與大叔就此道別。

◆

從多勒袞侯爵領都城的多勒袞列德，搭乘魔法列車經歷了一天半的旅程。

多勒袞列德一到晚上，魔法提燈的虹光便會在街道亮起，非常具有吸引力。

我已經決定今生要活得自由自在，此時一股想放棄的心情油然而生，好想就此脫離這個艱辛的學歷社會，但是佐爾德的容貌浮現在我腦海裡，最後選擇作罷。

等在王城考完後再落跑也不遲。

魔法列車在晚上十點出發。

列車剛出發後，我從臥鋪眺望窗外。一離開多勒袞列德不遠，外頭頓時變得一片漆黑，什麼也看不見。我練習了一會兒壓縮魔力，結果在不知不覺間睡著。

應該是不習慣旅途，感到疲勞了吧。

隔天早上我難得賴到六點才起床，不過早餐和午餐都吃便攜式緊急固體食物，而且邊吃邊念書，還是趕上了預定進度。

外頭的田園風光和之前搭乘馬車時沒什麼區別。

一開始和羅威努領地一樣，有別於日本的風景讓我十分興奮，但是現在也看膩了。

和日本的鐵路不一樣，不僅車站少，還是直達車，中途不停靠。

今天我已經念完該念的部分，所以閒著走出臥鋪。

車上有許多乘客年紀與我相仿，貌似都是考生，讓我覺得這輛魔法列車好像考生專車。我本來期望交到一兩個朋友，便在買晚餐便當時順便到處逛逛。

然而所有人身邊都跟著滿眼血絲的監護人，見我靠近就立刻對我露出狐疑的眼神，感到愚蠢透頂的我便打消交友的念頭。

晚餐後有點空，我來到連廊車廂吹風，同時回想與迪歐練劍的情景。這一段車廂像船隻的甲板，沒有屋頂與座位，只用扶手圍著。

再過五年，我應該就不會輸給迪歐了吧。

可是這樣真的好嗎？

光是超越隱居在鄉下子爵領地的C級探索家，就要五年時間。
我對出人頭地沒興趣，可是要興之所致，想做什麼就做什麼……無論如何都需要實力支持。
我居然受到這種十二歲常有的焦躁感影響，忍不住對自己苦笑，同時發動強化身體魔法，仔細地空揮。
從不輸出魔法的狀態一口氣加速，並且揮劍。
再度擺出架式時，絲毫沒有使用過魔法的余勁最理想。
我縱向一劈。
恢復架式。
橫向一掃。
再恢復。
從下往上砍。
恢復。
實戰中幾乎不會有機會讓我這麼完整地揮劍吧。不過，首先要學習理想的型，之後才能臨機應變。
我專注地揮劍，然後擺脫迪歐的幻影。總不能考試的時候還掛念自己一直輸吧。

◆

不知不覺間，朝陽已經照進車內。

糟糕……如果沒有保證三小時的睡眠，隔天會受到影響。

列車預定早上十點抵達王城，現在就寢的話，勉強可以睡夠。

我丟下木刀，同時開始拉筋。前世某位運動員說過，運動後拉筋會直接關係到隔天的狀態。

「見識到有趣的表演了呢。」

身後傳來女性開口的聲音，但是我沒理會。

半夜我就發現她坐在攀爬車頂用的工作用臺階上，視線一直盯著我。

前後看了別人空揮六小時，說保守一點，她肯定是怪人。

君子不立危牆之下。她渾身上下散發可疑的氣息。

發現危險的我提早結束拉筋，正準備回自己的臥舖時，她主動靠了過來。

果不其然，對方似乎不懂得察言觀色。

「你還真是專心呢？我立志當魔器士，所以沒接受過多少武術訓練，不過我看得出來你剛才的空揮與眾不同喔！」

哦？她想當魔器士啊？

而且還看得出空揮的犀利度。

我的腦海中浮現姊姊的容貌，一瞬間腦內警報立刻從黃燈（小心）提高到紅燈（危險）。
同時也加快走路速度。
拜託別自報姓名啊～！我們素昧平生，根本沒見過面吧！
結果我心中豎起的敗旗立刻回收，我問都沒問，她卻開始自我介紹。
「啊，我還沒自我介紹！我叫菲倫．馮．多勒袞。你也是王立學園的考生吧？羅威努子爵家的公子？叫我菲倫就可以了！」
呵呵呵。
怎麼會這麼巧，她居然也搭這班列車。不僅是最危險的多勒袞家，而且她居然年紀輕輕就以當家的「馮」自稱？
她甚至發現我是羅威努子爵家的人……
我剛才空揮的木刀上，的確刻著我家的家徽。
可是就算有主從關係，誰會去記這麼多子爵家的家徽啊？
不過我也沒資格說她。我自己就基於興趣，記住了王國內幾乎所有子爵以上的貴族世家……
既然她說出多勒袞的家名，此時我就不能繼續無視她。
話雖如此，這段對話大概很難善了……我的本能如此告訴我。
然而我和前世加起來，總共有四十八年的經驗值！
我要積極一點！
假如我現在不能轉守為攻，就會和姊姊戲弄我一樣，被當成玩具！

「哎呀哎呀，這不是多勒袞家的大小姐嗎？而且還是鼎鼎大名的天才，菲倫大小姐。我一直沒向您打招呼，真是失禮了！我是羅威努子爵家的三男，名叫亞連。」

我跪下去致歉，彷彿要舔她的鞋子一樣。

其實我從未聽過她的名字，不過她是侯爵家今年要參加測驗的人。

從哪裡聽說過我，大概也不足為奇。

「考試壓力大到我睡不著，才會在不安的驅使下出來流點汗，結果不小心通霄練習空揮了！在這裡見到您的面也算有緣！若有幸結識就是我的榮幸！」

咯咯咯。

怎麼樣，夠卑微了吧？剛才還假裝沒看見，結果一聽到她是大貴族多勒袞家，立刻搖身變成舔狗……

她和我們這種無名貴族不一樣，多勒袞家族是貨真價實的大貴族。

而且她看起來跟貓一樣，屬於自由奔放的類型……

逢迎拍馬、趨炎附勢之徒肯定多如過江之鯽！

結果她的反應和我預料的不一樣。

「噗、哇哈哈哈哈！你還真有趣耶！起先我發現你是大名鼎鼎的羅莎莉亞·羅威努的弟弟，才來看看你的情況，順便觀賞你空揮啦。你姊姊在知名的多勒袞貴族學校魔器士科畢業生中，是近年罕見的才女呢。」

菲倫眼睛炯炯有神地開口，眼神讓人聯想起獅子。

「我對你也產生了興趣喔。希望我們今後可以好好相處。」

我的腦內警報原本一片通紅，現在開始激烈閃爍……

這是三分鐘內立刻閃人的信號。

菲倫・馮・多勒袞

「話說你剛才的空揮還真是奇特呢！我們這種年紀要練習強化身體魔法，一般都會著重於提升最大輸出。即使是很有才能的人，也都會練習爆發力，也就是提升輸出魔法的速度。」

菲倫一臉笑瞇瞇地說。

「可是你竟然著重在消除強化身體魔法的後勁。不過嘛，以節省魔力的觀點來看，這樣也不能說沒有意義……老實說，這並不適合在考前練習，尤其你還因為不安而失眠。著眼於長遠未來的人才會這樣練喔。」

哦～原來如此啊……

拜託，這是什麼伯樂眼啊。

我剛才只是單純空揮而已耶？

反過來說，就算看別人空揮好了，不論看幾個小時，也摸不透對方究竟為何揮劍吧？

又不是在這一行有幾十年經驗的行家……

而且她還立志當魔器士？

王立學園難道遍地都是這種怪物嗎？

「承、承蒙您如此稱讚，我備感榮幸。不過非常可惜，您太抬舉我了，菲倫大小姐。不好意思說，我的魔力值勉強只夠當騎士，無可奈何之下，才會練習節約魔力，嗯。」

目前不知道哪裡暗藏地雷，總之只能尋找機會開溜。

我回答得平平無奇。

「是嗎？你的魔力值大約有兩千四百八十喔？應該沒有低到需要特別訓練吧？」

菲倫笑咪咪地說。

這怎麼可能！

再怎麼觀察空揮也不可能看出最大魔力值吧！我又沒有訓練到幾乎耗盡魔力為止。

話術嗎……儘管想過這種可能，數字實在太具體了。

我最後一次測量大約是兩千四百，不過我一直孜孜矻矻訓練壓縮魔力，感覺目前應該有兩千四百八十吧。

「噗，別那麼驚訝嘛。當然不是光看就看得出來啊。鏘鏘～」

只見她從手提包裡取出像攝影機的玩意兒。

「這是我研發出來，專門用來測量魔力值的魔器喔？會從目標的魔力殘餘推測最大魔力值。不過，由於必須持續觀測目標三十分鐘左右，實戰中幾乎派不上用場就是了……一般而言要三十分鐘左右，可是你的魔力殘餘太少，花了將近兩個小時才測到數值，所以還需要改良……話說你操控魔力的精確度真是不得了耶！」

菲倫笑咪咪地說。

還有這種伏筆喔？

光靠「立志當魔器士」這個提示，我哪裡猜得到啊。

「沒有、沒有，您過獎了。我只是基於以前的習慣，無意中一直持續……我這種人戰鬥力只有五……就是個渣而已。」

第一句話就踩到地雷的我，急得開始胡言亂語。

「哇哈哈哈！拜託，戰鬥力與本領也有關係，靠魔器怎麼可能測量綜合能力呢……不過，要是能測量大致戰鬥力，回報肯定相當豐厚。需要乃發明之母，亞連，你的點子很有趣呢。」

菲倫笑咪咪地說。

不是啦！我的意思是，我只是路邊的渣渣，沒有什麼深層的含意！

「菲倫大小姐認識家姊嗎……？」

我一邊暗罵自己的第二步犯糊塗，同時強行改變話題。

「當然知道啊。畢竟她可是畢業後考上王城特級魔器研究學院的大才女，是多勒袞貴族學校魔器士科相隔二十年的壯舉喔。儘管多勒袞家族致力培養魔器士，那裡幾乎只收王立學園的畢業生。我也是立志成為魔器士的後進，一直想著抵達王城後要向她打招呼呢。哎呀～真是幸運，居然能在這裡與『憤怒的羅莎』的弟弟成為朋友。要幫我向她介紹喔？」

菲倫笑咪咪地說。

我又踩到了一顆大地雷。

向姊姊?介紹這種危險人物?

憤怒的羅莎……?姊姊以前到底闖過什麼禍啊?

雖然很在意,我一點都不想打聽……

要是真的向姊姊介紹她,我只想得到腥風血雨的未來……

然而我現在找不到合理的藉口婉拒她。

先暫且答應,然後從此再也不見,除此之外沒別的方法了。

接下來想辦法迅速離開此地。

擬定好方針的我,臉上掛著笑容開口:

「當然會向姊姊介紹您!菲倫大小姐年輕又才華洋溢,姊姊應該也希望與您交流吧。哎呀,頻尿的老毛病又犯了……」

「噗!你剛才起碼空揮六小時以上吧?而且沒補充什麼水分,還流了不少汗。這老毛病真是厲害呢?還有我們已經是朋友了,大小姐三個字就不用嘍?」

菲倫笑咪咪地說。

她第一次要求做朋友時我沒理她,結果又來一次嗎……

看來沒辦法光靠耍嘴皮子了……

於是我改變態度。

「老毛病就是這樣。再加上我每天規定自己最少要睡足三小時。或許想當魔器士的妳覺得無所謂，不過現在距離抵達只剩三個半小時而已。我快尿出來了，所以先走一步嘍。」

這麼說著，我強行離開現場。

「哇哈哈哈！那還真是抱歉。噗，魔器士總是輕忽睡眠呢……晚安啦，亞連。」

菲倫撥了撥剪短的亮麗秀髮，同時眨了眨眼。

她散發活潑女孩的氣氛，讓人聯想到眼神晶亮的貓咪，不過修長又纖細的雪白後頸帶有些許魅力。

其實這些都不重要。

本來只想稍微空揮一下，卻搞得這麼累。現在得趕快睡覺，為了明天準備（其實已經是今天）才行……

一臉厭倦的我回到臥鋪，此時身後傳來菲倫的聲音。

「對了，貴族不可以胡亂下跪磕頭喔？罪犯被抓到法庭上才會擺出那種姿勢！哇哈哈哈！」

菲倫的笑聲持續到最後。

原來這裡沒有下跪文化啊……

老爸時不時用這種姿勢向母親道歉，害我以為這種文化在這個世界很普遍……

◆

菲倫・馮・多勒袞是才女，在進入王立學院之前就已經獲得多勒袞侯爵家當家的職位。

然而她的人生絕非一帆風順。

小時候，她的父母在政治鬥爭中落敗，無緣角逐多勒袞家繼承人位置。之後除了極少數人以外，幾乎沒有人願意支持她。

擔任多勒袞家族侯爵之位的是祖母，只有她很早就發現菲的才能，然後對她疼愛有加，但是菲在家中的立場十分薄弱。

多勒袞家族領地內有上千名以上的貴族，全都由祖母負責掌管。雖說菲是直系血親，多半也有能力，祖母無法強行讓缺乏力量的孫女成為繼承人。另外這個國家的侯爵家當家位高權重，缺乏後盾的花瓶沒有資格出任。

縱使祖母疼愛菲，她作為當家始終保持中立的立場謹慎地測量菲的能力，反倒是祖母的一種關懷吧。

毫不意外，伯父與姑母一派想盡辦法讓自己的親生孩子繼承爵位。每當菲展現自己的器量就動用各種計謀，想盡辦法讓她失勢。

不過菲憑藉自己的才能躲過所有陰謀，還勉強維持住父母失勢後就搖搖欲墜的派系。她不僅展現人上人的器量，還解析了多勒袞家族的寶具。傳統上重視魔器士的多勒袞家族，有三件失傳的寶具。其中一件寶具能探測天然魔礦石的埋藏位置，儘管功能不全，重啟寶具的功勞就大大震撼了家族。

順帶一提，解析這個寶具原理靠的是基礎研究的論文。那是亞連的姊姊羅莎以前就讀貴族學校時所撰寫的。

然後到了十二歲，模擬考成績顯示菲考上王立學園的機率是九十九％，而且很有可能進入A班，祖母認為白白虛懸爵位對家族勢力無益，因此將當家位置讓給了菲。由於世襲需要國王的承認，目前祖母依然維持頭銜，不過可以視為爵位已經內定由菲繼承。

當然，如此年輕便繼承爵位也有不少缺點，但是王立學園聚集了肩負王國未來的人才，也有一種觀點是多勒袞家當家的招牌會大大彌補菲的政治力量。

這樣的她準備前往王立學園參加測驗，並在通往王城的魔法列車中偶然發現——

◆

「歡迎回來，菲小姐。您剛才似乎專注地觀測少年的空揮，難道有什麼有趣的點子嗎？」

如此向菲請教的人，是她的心腹隨從瑟蕾茵。

多勒袞侯爵家當家菲倫・馮・多勒袞離開專用客房「散步」，而且長達一個小時也沒回來，心腹肯定不會在客房乾等。這麼天真的人可沒資格當心腹。

瑟蕾茵當然分頭搜索過了。親眼確認到主子在連廊車廂看少年空揮後，便認為無妨。

菲年僅十二歲便獲得侯爵家當家之位，而且還是天才魔器士。瑟蕾茵認為她多半又如往常一般發現魔器的實驗對象，然後構思點子。

「抱歉讓妳擔心了，瑟菈。我剛才發現了一個有趣的人喔？雖然想嘗試接近他，結果他狠狠甩了我喔。」

菲笑咪咪地這麼回答完，瑟菈不禁苦笑。
「還真是同情那名少年呢。要是他知曉您的真實身分，肯定會搓手搓到破皮，想盡辦法討好您吧。」
「噗！哇哈哈哈！……要是他一臉算計地搓手接近我，我多半也不會理他……」
菲想起剛才亞連做出的日本式下跪。在這個世界，只有罪犯會做出這種動作，而且他前恭後倨的態度讓菲忍不住笑出來。
「我的直覺告訴我，一開始就要卯足全力逮住他，所以我還鄭重地自我介紹了喲？結果他毫不掩飾厭煩的表情。本來我還想多聊聊，他卻說快尿出來了要回去，虧他說得出來這種一戳就會穿幫的謊話呢？他叫亞連．羅威努……可以給我他的資訊嗎？」
「尿、尿尿！竟然對菲小姐這麼沒禮貌……」
瑟菈懷疑自己主子說的話，與此同時對她超乎尋常的開心模樣感到驚訝。
這位主子不論多麼痛苦，越是難過就越是一臉笑咪咪，但是她幾乎從未如此開懷大笑。現在的她笑得就像十二歲的孩子一樣。
剛才瑟菈瞥了一眼少年的容貌，但是她並不覺得他有多引人注目……
儘管感到不可思議，瑟菈還是打開考生名單。上頭記載的考生，今年都要從多勒袞地區參加王立學園入學考。
「亞連．羅威努……噢，名單裡確實有他呢……原來如此，難怪好像在哪裡聽過這個名字，原來他是那位羅莎莉亞．羅威努的弟弟嗎？我明白您為何對他感興趣了。不過他並非以魔器士為目標，而是想報考騎士科的樣子呢。」

菲笑咪咪地點了點頭。

「他本人也這麼說呢。還說魔力值勉強達到騎士的門檻。」

瑟菈感到不解。

「勉強……嗎？他的模擬考成績是『有可能考上』，對考生而言是最差的評價。不過根據資料，他的魔力值已經充分達到及格線，實戰能力則不明。只不過他的學科看來很難及格，可能會考不上。」

「哦～學科不行啊～」

菲再度回想亞連的空揮，以及他的眼神。那雙眼睛看起來一點也不像他口中那樣，是個會對落榜擔心的人。

他已經確定自己會考上，並且著眼於未來，才會有那種眼神。

菲開啟車廂的窗戶。這輛多勒袞家族的專用車廂設在列車的尾端。呼嘯而過的風攪拌車廂內淤積的空氣，室內頓時充滿冰涼又清新的感覺。

「……肯定很快就會再度和他見面。」

如此自言自語的菲，眼神也同樣確信。

姊姊與母親

正好睡了三小時的我，急忙食用便攜式緊急固體食物，在能夠第一個下車的車廂門前等候。

反正姊姊肯定會來接我。

萬一那名危險人物發現我，要我介紹姊姊……不知道會發生什麼事。

……話說這些固體食物真的很棒呢。

前世我任職的食品飲料公司，知名產品是啤酒。

我自認相當理解用餐的樂趣，不過先不提這些，這些固體食物做得很好，讓我佩服不已。

味道不壞，也有飽足感。

明明外觀看起來乾巴巴的，食用時飽含水分、不需要飲料這一點也值得稱讚。

有原味和添加乾燥水果的口味，我當然選擇原味。

然而真不愧是王城耶。

雖說魔法列車與前世的電車不一樣，時速頂多只有五十公里，也已經在王城行駛了一個小時以上。

在田園風情的羅威努子爵領地根本無法想像，到處都看得到超過十層樓的建築物。

我有前世的記憶，所以不會太驚訝，但是從鄉下第一次進城的鄉巴佬在考前要避免被王城的氣勢嚇到，這一點肯定很重要。

列車緩緩減速，並且抵達車站。

車門一開啟我便跳上月臺，然後第一個衝出車站。

好，看有沒有人來接我……

我左顧右盼，同時不敢放慢腳步地大步前進——

「亞連！」

隨即聽到懷念的聲音呼喊我。

亮麗的波斯菊色秀髮長度及腰。

單純的深綠色連身洋裝上繫著腰帶，讓人聯想到雨水沾溼的夏季青草，與波斯菊色的秀髮相互輝映。

「……姊姊……妳變漂亮了呢。」

「呵呵呵，謝謝誇獎。你也變帥氣了呢。」

她的模樣倒是讓我有點驚訝。

◆

我原以為姊姊不至於總是穿得像研究員，穿老土運動服上街，想不到她穿得這麼清新……

該不會談戀愛了吧？

可是這樣反而不妙……

和我平凡無奇的長相不一樣，姊姊可愛的臉龐十分引人注目。

姑且不論略顯平緩的胸部，即將成年的姊姊散發出這個年紀特有的氛圍，或者該說帶有幾分魅力的氣質，而且非～常吸引四周的目光。

人潮不斷湧出車站，不少人都在偷瞄我們。

……然後另一項吸引他人目光的原因則是——

「真是太好了呢，羅莎。亞連剛才那句話應該不是恭維喔。這不就證明妳沒有一大早白花好幾個小時挑選衣服嗎？真是的，看妳穿了又脫，穿了又脫。我明明說過每一件都很適合妳。」

身高僅一百五十公分左右的姊姊，身後有一位比她高一個頭，眼光很犀利的人。

毫無破綻的身段，一眼便知絕非常人。

「母親～！別這麼說嘛！」

嗯，沒錯。我也不想聽見這番話。

姊姊滿臉通紅，慌張地伸出食指抵著嘴示意然後回過頭。結果母親只回了一句：「回家之後馬上整理妳脫下來亂放，堆成小山的洋裝。」

「母親，好久不見了。」

「真是看不出來呢，亞連。」

母親把和我髮色相似的深褐色頭髮，弄在後方盤成丸子頭。雖然這樣說有點保守，她真的是個美人。

而且娘家來頭也不小，我真的覺得很不可思議，為什麼母親會和家境不好的老爸結婚。

以蕾絲點綴的七分袖象牙色罩衫，搭配修長雙腿上露出腳踝的深藍色長褲，展現春意盎然的穿搭。

倘若不是嬌嫩的手中握的劍又長又粗，不肖之徒肯定會接連上前搭訕。

……太顯眼。實在顯眼過頭了。

「話說，亞連？」

咚！

母親輕巧地扛起手中還收納在劍鞘內的長劍。

站前廣場的氣氛頓時緊張無比。

從剛剛就一直在偷瞄我們、貌似是巡邏的王國騎士團團員急忙轉過頭。

拜託，你們是王國的王牌耶，盡責一點行不行。

「難道你獨自前來嗎？身材這麼嬌小，卻背著這麼大的背包……？那個人也真是的……到底在想什麼啊……」

我已經想回家了……

剛抵達五分鐘，王城的可怕氣氛就嚇得我不由自主地顫抖。

◆

站著說話不方便——我向要求我解釋的母親說，催促她坐上馬車。

即使不考慮菲的問題，再不離開車站前就太招搖了。

「……所以我目前念書念得很順利。既然我以王立學園為目標，身為有責任感的人，我想獨立行動，所以好不容易才說服強烈反對的父親。當然在抵達多勒袞列德的路上，有保鏢跟著我，所以我才像這樣獨自來到王城，就這樣。」

端坐在馬車內的我，好不容易才解釋完畢。

這輛由一匹馬拉動的馬車，車廂內很狹窄。

母親坐在另一側，彼此的距離近到可以感受鼻息。

在我長篇大論解釋的期間，母親緊盯著我的眼睛，始終沒有別開視線。

不，甚至連眨眼都不眨。

從以前我就不敢向母親撒謊，所以據實以告。

「我明白了……好吧。你真的改變了不少，讓我另眼相看呢。」

母親緊繃的氣氛好不容易才緩解。

太棒啦～！完成任務！我做到了，老爸！

「呀——！我以前疼愛的亞連！如今變得！這麼帥了呢～！」

姊姊緊貼在我身旁，摟著我的手歡呼。

「不過亞連？」

看準我鬆懈的瞬間，母親轉眼再度板起臉，以冷若冰霜的聲音開口：

「那個人真的『強烈』反對過嗎？」

這一技猛烈的回馬槍嚇得我腦袋一片空白，忍不住轉過頭回答：

「當、當然。」

我口吃了……

氣氛依舊緊繃的母親說：「有必要和那個人談一談才行呢。」說完之後，她露出微笑。

抱歉，老爸……我盡力了……

最後的掛念

抵達王城後的隔天。

雖然兩天後才是重頭戲，我早上做慢跑訓練，順便來到王立學園。

即使我認為沒問題，還是想先來看看考場，以免考試當天被氣氛嚇到失常。

唔嗯，單程大約十公里啊……

當作熱身運動剛剛好，考試當天也步行前來吧。

可是，真不愧是王國最高學府……

我首先想到的是……沒錯，大得離譜。

寬闊的正門可供四輛馬車輕鬆地交錯行駛。我從正門往裡頭一瞧，只見鋪設整齊的石板綿延不絕到後方貌似校舍的西洋風建築。

粉白色的校舍小得像豆子一樣，估計距離起碼有三公里吧。

然後石板路圍繞校舍分成兩條，一條通往右後方的森林，另一條從校舍左方筆直延伸，消失在彼端。

嗯，沒小看王立學園，先來勘查一番果然是對的。

在大考當天獨特的氣氛中突然見到這番壯景，可能難保平常心。

有些人大概會嚇得退縮，有些人大概會鼓起幹勁說：「絕對要考上！」結果無法發揮原本的實力，就這麼鎩羽而歸。

以平常心發揮平常的實力，這樣才能毫不保留地使出全力。

就算騎士科、魔法士科以及官吏科三科加起來，每年也只錄取一百人，三學年總計才三百人的學園要怎麼容納超過一萬名的考生呢？起先我還感到很不可思議，看到如此巍峨的建築便不再懷疑。

……不過光從正門窺看，完全看不出全貌呢。

於是我開始順時針沿著學園的圍牆走。

◆

以結論而言，這間學園大得嚇人，周長足足超過四十公里。

雖說距離王城中心地區有段距離，依舊很寬廣，足以完整容納我們的子爵領地庫勞比亞。

仔細想想，訓練魔法士需要足夠的距離，這麼寬的學園或許比較方便。

……不對，我還是覺得有點太寬廣了……

在老家時，我早上的例行事項是沿著城牆跑一圈。這段路代替習慣的晨跑訓練剛剛好。

透過奔跑相同的距離來觀察自身的變化，不應該輕易地改變距離。

途中我發現一條很棒的斜坡，斜度十度，全長五百公尺左右，於是忍不住在斜坡上來回奔跑了十次。

全力衝上頂端，再慢跑下斜坡。

問我為何要天天練跑？

這是為了訓練肌力。

騎士當然需要持久力，然而肌力直接影響實力的強弱。

就算說短距離衝刺包含騎士需要的一切肌力訓練，也一點都不誇張。

看奧運的一百公尺短跑決賽就知道，每一位選手的手臂都像原木一樣粗。

單純地快跑，也證明了包括手臂在內的上半身肌力很重要。

慢跑應該是最有效率的全身運動。

打個比方，空揮無法充分鍛鍊腳部肌力。

能使出「全力」的運動其實並不多，所以慢跑還能鍛鍊卯足全力下的操控魔力。

假如是前世，跑一百公尺大概就足夠了，不過這個世界有強化身體魔法，因此利用斜坡還能拉長距離調整負荷。

我前世體弱多病，覺醒後當然缺乏肌力訓練的相關知識，一開始只是漫無目的地奔跑。可是深究「慢跑的意義」後，我有許多發現。

每一次我都稍微改變慢跑習慣，逐漸提升效率。

這種過程非常有趣。

好，明天也來跑吧。

養成習慣讓我稍微開始期待入學了。

順帶一提，我在外圍跑了一圈後，發現如果正門算南側，那麼北側有一道後門，遠方還能看見一棟像宿舍的建築物。另外圍牆的高度經過調整，找不到能窺視內部的地方。

要爬上圍牆也可以，但是這間學園可是有王族就讀。

不知道有什麼保全設施，所以我打消了念頭。

◆

回到羅威努子爵別墅，我在小庭院空揮了一會兒。結束後正準備一如往常攝取固體食物時，母親向我開口：

「亞連？那是什麼？」

「這是便攜式緊急固體食物。」

「我當然看得出來。你為何要吃這種東西呢？」

她冷眼問我，而且氣氛不太和善。

然而早上吃這個固體食物已經成為習慣，是我個人的儀式！

至少在後天大考結束前，我不想打亂這個習慣！

於是我竭盡勇氣解釋：

「為了保持常在戰場的心境臨考，這是我賦予自己的祈願。直到後天大考結束前，我希望能夠繼續這樣吃。」

母親足足盯了我五秒鐘，然後眨也不眨地開口：

「培養身體也是騎士的工作。我認為早晨補充能量，以及透過晚餐鍛鍊體格都很重要。我不干涉午餐，所以早上你得好好用餐。」

擺明了不聽我解釋……

我心想該怎麼勸說才能說服母親時——

「亞連，早安啊～」

這時候姊姊起床了。

根據以前在老家的感覺，姊姊假日在早上八點這時間算早起了。

不過昨天的清新氛圍蕩然無存。頭髮睡到亂翹再配上一身鬆垮垮的睡衣，看起來真不像樣。

她的理由是不喜歡穿得太緊，從以前就一直是這樣。

「羅莎，妳也稍微振作點。亞連都這麼早起床，而且已經流過汗了。剛才我稍微觀察他揮木刀的模樣，看得出來有進步。亞連，你天天都在鍛鍊吧？」

只要有努力，並且得到成果，母親從以前就不吝於誇獎。

覺醒後的現在，我十分清楚這樣有多珍貴。

「是的。雖說才練了三個月左右。」

「哦？媽媽竟然稱讚亞連的空揮……我也好想看喔。」

剛才還睡眼惺忪的姊姊如今已不復在，饒富興致地表示。

「算了，沒關係！等亞連考上王立學園之後，接下來隨時都能看到嘛！呵呵呵！」

姊姊十分開心。

「欸欸欸，亞連！今天我們去哪裡逛逛吧？為了你，我事先向朋友打聽過很多資訊喔～比方說王城的美味餐廳，或是男孩的時髦洋裝店！」

怪不得她這麼早起床……

於是母親一臉錯愕地搖搖頭。

「亞連後天就要大考，哪裡還有時間遊玩呢？而且，羅莎，妳後天也開始要去學校了吧？已經準備好了嗎？」

「咦咦～！我難得為亞連查了好多資訊……不過沒辦法呢……之後每天都要在一起喔！」

……就是現在……

要是不能順水推舟，以後就沒機會了。

我偷偷做好強化身體的準備，同時開口：

「對了，我考上的話，打算住在學園宿舍裡喔。既然以騎士為目標，和同學一起吃大鍋飯也是學習的一環。」

「……啊？」

姊姊的心情急轉直下。

這是發飆的前兆。

「亞連？你開玩笑的吧？知道我之前多麼期待這一天嗎……？畢竟每個月都寄信給你嘛，你應該明白吧？」

慘了。我之前以專心念書為藉口，說自己無暇回信，之後我根本沒看姊姊的來信。

我得在姊姊提起信的具體內容前，推進話題才行。

再度確認母親（裁判）在一旁後，我開口回答：

「我不是在開玩笑，姊姊。我考上後打算住校，而且也徵得了父親的同意。」

然後一瞬間抓住揍向我的右拳。

雖然速度相當快，只要知道她會出手，我就能夠應對。我和以前不懂得思考的「亞連」可不一樣。

姊姊轉身的速度快得離譜。

藉由抓住她的第一拳，可以阻止她的下一個攻擊。

「哦～居然擋住了啊……？亞連，你真的越來越帥了呢～？」

儘管姊姊露出笑容，她已經發飆了。

「魔器士不該以拳頭打人吧，姊姊？手不是和生命一樣寶貴嗎……？」

她的纖細手臂向我施加難以想像的力量，我邊抵住邊回答。

然而這一瞬間，她再度以驚人的速度放鬆力氣。

我當然早就警戒她在交鋒狀態下的「洩勁」，可是從一百到零的速度實在太快了！

差點往前栽倒的我，腳步正準備使勁站穩，結果下一瞬間，姊姊的膝蓋已經鎖定我的下頜。

我反射性地利用強化身體護住下頜，但是臉挨了一腳後往上彈。

雖然強化身體勉強來得及防禦，要是晚了一步，剛才這一腳足以讓我的下頜骨折。

其實姊姊多半也料到我會防禦，但是我後天可是要參加影響人生的大考耶……

在我的臉往上彈之際，又挨了姊姊一記反手拳，我頓時鼻血四濺。

「謝謝你的關心，亞連。不過你的臉很軟，所以沒關係喔？」

姊姊笑著表示：「我們聊聊吧？」

這時候母親（裁判）介入。

「你們別再玩了，趕快去吃早餐。亞連說得很對，就算住宿舍也很近，你們隨時都能見面吧？妳也別再鬧了。既然領主貝爾子爵都同意了，這個話題就到此為止。」

咯咯咯。

流著鼻血的我在心裡暗爽……

只要與孩子的安全無關，母親基本上都站在老爸那邊。我和老爸共進晚餐時，早就料到會有這種結果！

是我縝密的戰略勝利！

由於姊姊眼睛噙著淚水瞪我，讓我覺得自己做了壞事，不過就這樣解決最後的擔憂，我面對後天的測驗已經準備萬全。

順帶一提，我本來想順勢若無其事地食用固體食物，結果母親「啊？」了一聲，我頓時嚇得屈服了。

入學考

測驗當天早上，我一如往常早上五點起床。

很不巧，今天是個雨天。

至於測驗，只要早上八點到十點之間進入學園即可。

由於人數太多，入場時間很充裕。

我脫下睡衣換衣服，並且披上雨衣。

「真佩服你，今天早上也要跑嗎？」

母親來到門口。

「是啊。跑一跑比較舒坦，而且今天是重要的日子，更希望維持平常心。」

「呵呵呵，你真的變可靠了呢。路上小心，亞連。我會幫你準備早餐。」

◆

雨天鍛鍊要當心。

因為腳步會很滑。

或許有人會覺得，這不是廢話嗎？但是這個世界有強化身體的魔法。

如果施力出錯，一下子就會滑倒，即使是慢跑也很容易受重傷。

我腳上的靴子用魔物的皮革製作而成。不論是強韌度、防水性還是止滑性，都比前世的運動鞋要好。

儘管如此，雨天還是很容易滑跤。

當然，要是害怕受傷而降低魔法的強度，倒是可以跑得安全。

不過想要迅速且強勁地行動，就要仔細辨識接地面的情況。要以最大強度接地，以腳底傳來的微弱感覺為基礎，瞬間微調魔法強度。儘管這個過程單純卻又深奧，我必須反覆進行。

這種不使用頭腦思考，而是靠身體記住的技能，在我覺醒前就很擅長了。

然後即使是覺醒後，我也喜歡在雨天訓練。

◆

回家後結束空揮練習，我才坐上餐桌吃早餐。

春假結束，從今天開始要去學校的姊姊也已經起床。

不像前天穿得那麼隨便，姊姊換了一件帶有蝴蝶結的鮮綠色連身洋裝。

而且修長的秀髮搭配略顯樸素的深棕色絲巾，交互編織成漂亮的髮辮。

這是昨天她帶我逛王城時，我送她的禮物。

大考前一天除了基礎訓練以外，我原本就打算休息，同時做好準備。

由於實在過意不去，昨天一整天我拜託姊姊陪我觀光，並且買了絲巾送她當禮物。

我說要送她禮物時，喜極而泣的姊姊哭得淚眼汪汪，後來還遭到不肖之徒纏上……算了，這件事就甭提了。

挑選的時候，我隱約覺得她選的款式和我的髮色很像，但是我決定裝作沒看見。

……不過我沒想到還有這種技術。竟然將絲巾和自己的頭髮一起編成辮子……

老實說，我有點嚇到。

拜託不要在大考當天對我造成精神傷害……

「讓你們久等了。」

母親這麼說，和我們一起共進早餐。

畢竟我們家無法在別墅聘請廚子，所以早餐是母親準備的。

菜色包括平時的沙拉、麵包、起司、火腿、炒蛋，而且居然有原味的便攜式緊急固體食物！

我就像見到餐桌上有漢堡排的小學生一樣，忍不住綻放笑容。母親一臉錯愕地表示：「亞連還是小孩子呢。」姊姊則說：「亞連好可愛～」

唉……

不過沒差，反正姊姊的心情也好轉了。

原本看到姊姊的髮型，我的情緒有點沮喪。不過藉由攝取便攜式緊急固體食物，好不容易才提振心情。

◆

「那就依照預定，我在家門口目送你。要加油喔。」

一般而言，貴族報考王立學園時，多半會由父母、管家或家教送考生抵達考場，也就是學園入口的樣子。

然而我總覺得由父母護送有點難為情，昨天已經趁晚餐時告知母親，我不需要護送。

「現在我明白，為何貝爾伍德那個人會同意亞連獨自來到王城了。」

哦，太好啦，老爸！

又解決一件掛念的事情，我的心情變得更加輕鬆。

「那麼我出門了！」

外頭的雨早已停止。

◆

因為早晨訓練時消耗了一些，我悠哉地看著王城的街道前往考場王立學園，同時在路上壓縮並仔細回存魔力。

九點五十分抵達考場後，由於時間所剩無幾，的確不用和考生人擠人。

我會壓線抵達的原因非常單純。

因為考場事前宣導過，時間越早人潮越洶湧，建議考生晚一點抵達。

這也難怪吧。

要是中途出了意外就麻煩了，正常而言都會提早到。

假如不是住在徒步距離內，我也會更早出門，給自己充裕的時間。

到處都有考生接受父母與家教的打氣，我躲過他們進入正門，來到沿著前方石板路設置的其中一座帳篷報到。

然後接受專用魔器測量魔力值。

「二千四百八十八嗎？真是優秀！你可以沿著石板路筆直前進，順著指引進入實戰測驗的會場喔。」

報到負責人笑著對我說。

往前一瞧，帳篷另一端有一片寬廣的草皮，大量考生正一臉不安地等候。

……噢，那就是傳聞中等待魔力值選拔結果的考生嗎？

過了十點後會統計考生的魔力值，沒有擠進前三千名就無法接受其他測驗，只能下次再來，這種考試體制非常無情。

不過，畢竟考生多達上萬人，要是全部接受實戰測驗，天都要黑了。

那片草皮俗稱「命運之篩」。大幅超越及格線的考生就不用在那裡等候，可以進入下一關。

我在將近九千人羨慕的眼光聚焦下往前走。

好尷尬……

每有一人往前進，代表這些人之中就多一人得打道回府。

來到白色校舍前方後，我看到引路人站在此處。

他說報考魔法士科，專攻魔法士的考生往右走。報考另外兩項科目的人則往左邊走。

雖然我非常好奇右邊的情況，還是有氣無力地往左走。

後方傳來天搖地動般的歡呼聲與尖叫聲。

……再不快點，就要和剩下大約兩千名考生擠成一團了……

◆

騎士科的實戰測驗會場同樣在一片大得離譜的黑土廣場上。

今天早上下過雨，多少有點泥濘，不過更大的問題大概是這種獨特的土壤觸感，踩上去鬆垮垮又軟綿綿。
之前從未體驗過這種感覺。
一步，兩步，走向報名處的每一步，我都在磨合操控魔力的印象。
抵達報名處後，只見掛著大大小小、各式各樣的木刀就立在那邊。
告知姓名後，負責人要我挑選心儀的刀，然後去找分散在寬闊廣場上的考官。
「去哪裡都可以嗎？」
「嗯，到哪裡都一樣。因為是考生彼此進行模擬戰鬥。」
報名處的體貼大哥回答我。
是三年級來幫忙嗎？
我挑選適當的木刀，再度看了一眼考場。
……嗯，不管怎麼看，每一位考官聚集的考生人數都有差異呢。
這也難怪吧。雖說考生彼此對戰，還是由人來評分。
評分的寬嚴肯定有差異。
很遠的地方有一位看起來給分很寬的考官，超過一百名考生聚集在他身邊。
另外有一名考官，距離就設置在廣場正中央附近的報名處旁……
他是一名滿臉鬍渣的壯年男性，看起來明顯不悅地皺著眉頭。
也不仔細看正在模擬戰鬥的考生。
……肯定是地雷吧。

他身邊的考生不到十人。

多半是宿醉吧……

前世我碰過一個課長。他宿醉心情不好時，散發的氣氛和這個人一樣。

「啊～你們兩個夠了。沒有才能，回去吧。」

還伸手揮了揮，趕走考生。

聽到晴天霹靂的考生，臉上浮現絕望的神色。

雖然很可憐，只能說他們是自作自受。誰教他們沒頭沒腦地跑去找這名考官。

測驗之神在任何世界都毫不留情。

還有——

沒錯，這項實戰測驗也有及格線。

考官會從三千名考生中，篩掉明顯未達水準的兩千人左右，將接受學科測驗的考生限制在千人以內。

而且每一年進行的實戰測驗內容都不一樣，但是考官對合格與否的裁量權很大……

考前能掌握多少這種資訊，掌握多少具體印象臨考，是上榜與否的關鍵。

我感謝我們一族七百年的血淚歷史，同時大喇喇地略過翡渣男。

……然而對方叫住我。

「啊～那邊的，你過來這裡考。」

我假裝沒聽見，繼續往前走。

饒了我吧……

剛才報名處的大哥說得很清楚，要在哪裡考都可以！

不然來對簿公堂嘛！

我完全沒放慢速度，筆直朝看起來很溫和的考官前進。

就決定是你了！

結果鬍渣男再度向我開口：

「小鬼，你聽見了吧？少在那裡裝糊塗！……你及格了，先停下腳步！」

咦？及格？

聽到我最想聽的兩個字，我忍不住停下腳步。

「……真是的。這三天一直有小鬼繞著學園慢跑，就是你吧？你知道都傳開了嗎？」

嗯？嗯？

我不太明白他的意思。

為何他知道我在慢跑也很神奇，不過繞學園跑個步有什麼好傳開的啊？

見到我一臉困惑，鬍渣男嘆了一口氣。

「你也太小看這間學園的保全了。難道你以為沒碰到圍牆就沒事嗎？……特別是在入學考前，心懷鬼胎的傻蛋太多了。陌生小鬼以不尋常的速度慢跑，還在圍牆四周亂晃，像我這種負責警衛的，馬上就收到報告了。」

不尋常的速度？我不記得自己跑得那麼快啊？原來如此，是我太大意了吧。眼看大考在即，我確實想盡可能掌握校內情況，繞著學校慢跑……

雖然我們這種鄉下子爵領地沒有，學園多半有類似監視器的魔器，早就掌握了我的動向吧。

「我這三天的確繞著學園慢跑，請問有什麼問題嗎？」

考慮到他們掌握到影片證據，我承認事實，同時謹慎地詢問。

「啊～關於這件事，眾多專家分析過影片，結論是鄉下人沒想太多，繞著學園四周慢跑而已，所以不予以處分。」

果然有記錄影像的裝置嗎……

還有他剛才說眾多專家？

我之前考慮過監視器的可能性，好險沒有攀上圍牆，窺看校園內的動靜……

「所以才會聯絡負責警衛的我啦。除了影片以外，我也實際瞄過你慢跑的模樣。你的水準已經足夠，至少實戰測驗及格了。」

原來如此。也就是他在測驗前，就已經掌握了我的實力。

只看一眼我慢跑的模樣。

……這麼簡單就能看出實力嗎？

彷彿有幾分既視感的我發問：

「可是我不認為看一眼慢跑的模樣，就能明確掌握我的能力……」

如果是一流高手，或許可以推測大致的操控魔力等級……

聽到我的問題，鬍渣男又嘆了一口氣。

「噢，一般而言是這樣……不過今天早上不僅下雨，又是大考當天，結果你還在慢跑吧？到底在想什麼啊……萬一沒通過魔力值選拔該怎麼辦啊？……所以你才會儘量恢復魔力，壓線抵達考場吧？只有葛多芬老頭賭你今天也會來跑步，所以他一人獨贏。」

哦～原來如此！我大概明白了！

一瞬間我還著急，萬一菲的測量戰鬥力魔器即日實用化，而且交貨了該怎麼辦……

……話說賭我是什麼意思啊？

◆

「你應該也知道，在雨中慢跑相當危險，要求很細膩的操控魔力技巧吧？」

可能是宿醉導致頭痛，鬍渣男按著太陽穴繼續開口：

「不過你昨天花一小時二十八分跑學園一圈，今天則跑了一小時四十分。雨下這麼大，你的慢跑速度卻沒有大幅減慢，在你這年紀能辦到的人可不多。」

哼，原來如此……

看到下雨特別高興，前兩天我衝刺斜坡十遍，今天卻衝了十二次這件事還是別說吧。

總覺得事情會越來越複雜……

「所以光看這兩天的差距就足以證明，你的強化身體魔法，尤其是操控魔力的水準高超。雖然還有體力方面與魔力值，例如後半段速度大幅降低的問題。」

……看來可以確定，位於東南方的那道優質斜坡附近沒有監視器。

說到這裡，鬍渣男露出猙獰的笑容。

「因此你及格了。不過我還得評你的分，所以一擊就夠了，攻擊我吧。」

「……可是我聽說，模擬戰鬥是由考生之間進行耶？」

「很可惜，附近沒有人能測量你的分數。我當然會防禦，但是不會反擊，所以使出你的渾身力量攻擊我吧……」

趁鬍渣男話音剛落的瞬間，我一口氣提升輸出並縮短距離，同時將木刀高舉過頂，以大上段的姿勢卯足全力一劈。

然而出乎意料，鬍渣男的步伐堪比技巧派，扭動上半身躲過我這一刀。

他的實力果然比我高上好幾層。

我唯一的方法是只能冒險，在短時間內決戰。

鬍渣男利用轉身的勁道，將木刀橫向一劈。

我早就料到他會這樣反擊，所以從容地以木刀擋下這一——

擊——其實是假裝的。我刻意放鬆，讓他打飛我手中的刀。

姊姊能從交鋒狀態洩勁，讓對方露出破綻。我的本領可沒大到對這鬍渣男使出這一招。

失去木刀的確很傷，但是我認為沒辦法。

由於缺乏原本該有的反作用力，鬍渣男的身體略為往左偏。

這時我才使出真正的攻擊——左上段迴旋踢。

時機完美——

「唔哦！」

原以為踢到他的踢擊，只擦過鬍渣男的瀏海，被他以搖擺躲開了。

趁鬍渣男迅速退步拉開距離時，我從附近的考生手中搶過木刀，然後擺出正眼架式。

「……真是沒規矩的小鬼……你一開始平凡無奇的上段……是在誘我上鉤吧？」

「雖然您說不會反擊，您的站姿看起來不是那樣……所以我想盡可能限縮選項。」

哼。

那個爛人課長宿醉。

而且還因為我的關係（雖然跟我無關）賭輸了。

他說的話我怎麼可能照單全收呢。

「……何況你竟然在我說完之前就衝過來吧？依照規矩，一般應該先說聲『我知道了』或『我要上了』才對吧……？」

嗯？嗯？嗯？

對喔……！

我真希望有個溫柔的姊姊，會在攻擊前先招呼一聲……

「……唉，算了，實戰測驗到此結束。如同我一開始說的一樣，你……你叫什麼名字來著？你及格了，所以去吃個飯，然後參加從正午開始的學科測驗。還有注意，所有通過實戰測驗的考生進入校舍後，下午三點前皆不得外出。校舍從正門就看得見，測驗開始五分鐘之前要入場。」

「非常感謝您！我名叫亞連·羅威努！」

第一印象很重要。

我活力十足地自我介紹，盡可能給對方開朗的印象。這是前世求職時就練習多次的技巧。完美。

呼～好！好不容易克服鬍渣男的逆境，避免在實戰中落榜！

然後我將木刀還給親切地等待我的考生，並且鄭重地道謝，然後一步步返回校舍。

◆

中途與幹勁十足的一群人擦身而過，陌生人問我測驗內容，我回答測驗很單純，就是考生彼此進行普通的模擬戰鬥。

其中有一名個性溫和的可愛女孩，於是我順便偷偷告訴她：「報名處附近的鬍渣男考官宿醉，心情不好，最好別靠近他喔。」

希望考進學園後能和她成為朋友～

午餐我攝取便攜式緊急固體食物（臘腸口味），然後進入學科測驗考場的校舍。

不愧是王城，先進的物品應有盡有。

昨天在王城觀光，我發現新發售的臘腸口味，當時好感動。

……不過我還是比較喜歡原味……

依照指示，我在正午前進入考場。

總共有五科，分別是物理學、魔法理論、地緣政治學與歷史、戰略與政治，以及語言學。

由於五份考題一起發下來，我依照擅長的順序完成並檢查後看了一眼時間，發現還不到下午三點。

學科測驗倒是很平淡，不值一提。

有幾科我覺得應該比往年略難，不過所有考生的條件都一樣。

不知道的題目，想破了頭也想不出來。

學科測驗這種東西，在開始前就已經一切成定局。

保險起見，我檢查到三點鐘才離開校舍。

於是我長達三個月的測驗戰爭，就此告一段落。

榜單與評分內幕

下午四點前，我回到子爵別墅。

一回到家，就見到母親和姊姊坐立難安地在門口等待。

她們這三天完全沒提到大考，其實還是相當關心我吧。

「亞連，辛苦啦！」

姊姊滿臉笑容地迎接我。

這麼說或許是老王賣瓜，但是我很有自信，這三個月發揮了所有力量。

看到姊姊無憂無慮的笑容，我就覺得辛勞有了回報。

「辛苦了。從你的表情就知道，你發揮了全力吧？羅莎同樣努力，今晚的慰勞會已經準備萬全嘍？」

母親該嚴格的時候很嚴格，不過基本上很體貼。

從以前她就會笑得像少女一樣。

完全看不出來養育了四名子女。

我相當受到家人們眷顧呢。

「母親，姊姊，我回來了！」

我打從心底感激地開口。

◆

隔天我和母親一起去看榜單。

其實我有自信。

雖說有翳渣男的不安要素，我不認為會因為實戰而落榜。

……其實我原本也想自己來看榜單。

然而我昨晚向母親報告後——

「假如你無論如何都想自己去，那也無妨。但是我看著你努力，不論上榜與否，我都想在你身旁見證結果。」

母親這麼說完，綻放少女般的笑容，然後開口：

「呵呵呵，其實我比你對結果更有自信。就當作孝順媽媽，假如可以，能讓我和你一起分享喜悅嗎？」

既然母親都這麼說了，我當然無法拒絕。

於是在母親的陪同下，我前來看榜單。

順帶一提，姊姊激動地說了一堆與測驗無關的話題，說她很相信我，很想和我一起高興，最後還說好想和我一起住，結果母親以一句「妳還得在學校研究吧？」打回票，導致姊姊又充滿遺憾地淚眼汪汪。

◆

時間回到公布榜單的將近半天前。

在王立學園草草結束晚餐後，所有相關人士都參與評分。

「再一次，艾咪。麻煩這次從進入廣場開始說明。」

被幾年前為止都還擔任王國騎士團的副團長葛多芬・馮・范齊修這麼說，負責的魔法技師當然沒有理由拒絕。

隨後在類似螢幕的魔器上，顯現亞連從進入廣場後開始的影片。

「連葛多芬老先生都看了他接受測驗的影片嗎？魔法士科的分數打完了嗎？」

一身壯碩肌肉的壯漢走近，向葛多芬開口。他的身高有兩公尺，體重接近一百五十公斤。瞳眸與銀色短髮同色，眼神十分溫柔，不過下頷尖端一分為二。

「是丹帝啊。畢竟魔法士科報考人數少啊。老夫已經大致看過，之後交給其他人才來。」

丹帝站在葛多芬身旁，開始一起注視螢幕。

「嗯……他的步伐非常自然……不過，果然只能認為，他從這裡走到報到處，然後再到杜先生的位置，這麼短的距離就適應了吧？」

「沒錯。廣場的土是為了這次測驗大幅抑制反作用力與摩擦力，而準備的特殊泥土。昨天晚上才送到，配方是老夫設計的。訂購的業者也值得信任，他不太可能在別處體驗過。」

此時另一名男性接近。

「……然後，儘管考生們都拚命展現模擬戰鬥的經驗，考官看的是如何應對腳下的情況。換句話說，只看思考能力與操控魔力的直覺這兩項嗎？拜託，想出這種測驗的葛多芬老先生未免太壞心眼了吧？」

實戰測驗報到處的負責人，年輕小哥傑士汀．洛克笑咪咪地走近。

他是今年春天以優秀的成績畢業，並且進入王國騎士團的英才。

入團的同時獲得提拔，協助歷史悠久的王立學園入學考。

王立學院是培養未來王國棟梁的機構，入學考自然責任重大。為避免情報外洩，人品方面也接受過嚴格審查。

「哼，在鄉下學會的雕蟲小技，在王立學園一點用也沒有。今年的上半場測驗依然有一堆蠢蛋考生，為了賣弄自己豐富的魔力，不斷使出無意義的大絕招。真是的……他們到底知不知道為何一開始要測量魔力值啊？這個實戰測驗只是要確認成長空間，而且要篩選有才能的考生，根本不需要複雜的設計。」

又有一名人影接近。

「……各位，我明白他很有趣，不過明早十點要公布榜單喔？希望各位適可而止。」

莫潔卡．尤格利亞走近眾人並且叮囑。她在騎士科實戰測驗的計分樓層中擔任主計分官。

「老夫知道……唔嗯，不過對這小鬼似乎太簡單了呢。」

葛多芬捋了捋雪白的鬍鬚。

「畢竟他在那場大雨中慢跑，幾乎沒有降低速度呢……代表他操控魔力的直覺相當優秀。」

丹帝苦笑著同意時，樓層的房門開啟。

這場測驗期間，王國騎士團派遣杜．歐（鬍鬚男）威爾擔任警備負責人，他正好從巡邏工作回來。

大考當天，他擔任實戰測驗的考官，同時從學園內保護考生。

因為四年前有個大傻瓜大鬧考場，導致超過六十名考生受傷。

「我就料到老先生會這麼說，所以才評量他的能力。」

扭脖子發出啪嘰啪嘰聲的同時，杜來到葛多芬等人身旁。

「杜先生，已經趕走所有考生了嗎？」

莫潔卡驚訝地確認，杜便點頭示意。

「是啊，學園內除了相關人物以外，連一隻小貓都沒有。」

「你工作的速度還是這麼快……」

聽得莫潔卡錯愕地搖頭。

由於當事人返回，樓層內負責評分的負責人都議論紛紛地聚集起來。

眾人都很在意新發現的有趣玩具，也就是亞連。

「真是的，好不容易看他朝我走來，結果杜先生中途攔截……當時距離太遠了，害我幾乎無法親眼看見……」

帕奇也邊抱怨邊走過來。當時亞連注意到有位溫和考官很受考生歡迎，那個人就是他。

「……唉。就麻煩各位長話短說了……我說過好幾次，上午十點必須在正門公布榜單。」

莫潔卡深深嘆了一口氣，然後機靈地鑽到杜與葛多芬之間。她同樣非常感興趣。

「原來你當時聽見了啊？耳朵還是一樣尖耶。那就聽聽你和他交手過的感想吧？」

葛多芬催促。

「啊？看就知道了吧？雖然那小鬼的個性很彆扭，操控魔力的直覺倒是相當超群。要是能稍微糾正他那個脾氣，應該能成為大人物吧？身為現場考官的我，給他『S』級分。」

最終的評價分數「S」級分，代表評價排名第一。

每一位現場考官僅能推薦一名「S」，而且由眾人討論選出一人。

次一級的「A」級分考生，每一位考官最多推薦四人，經過討論選出十九人，成為最後榜單上的「A」，以此類推。考官能推薦的人數是固定的，透過協商決定考生最後的成績。

雖說碰上嚴格的考官容易不及格，「不論考官審查多少人」，能推薦的人數都是固定的。因此級分要高，最好找考生人數較少的考官。

「因為他一開始的佯攻得到褒貶不一的評價吧。我看到影片時還笑了出來……有人覺得身為騎士不該這樣，然而以葛多芬老先生為首，反而有不少人稱讚他。總之眾人的共識是，這樣沒有問題。」

帕奇開心地笑著說。

「那當然。不論對方更強，或是自己劣勢，都要為了贏而戰鬥！沒有這種氣概，面對更高的層次可行不通。沒有經歷過戰爭的世代都不爭氣！」

「我覺得要看時間與場合就是了。」

年輕小哥傑士汀聳聳肩。

「……還有如各位所見，他第一次的上段攻擊是誘餌。他進入廣場的瞬間，我就瞄了幾眼，可是沒發現他調整過操控魔力。我原本心想他要是攻擊軟趴趴，就要好好教訓他。當時我的確小看那小鬼了，所以他看穿我站姿的重心也不奇怪……不過——」

杜闔起眼睛，回憶測驗時感覺到的氣息，同時繼續開口：

「我猜那小鬼恐怕打從一開始就不認為我會貫徹防禦。即使我說不會反擊，他也絲毫沒有放鬆戒備。」

口氣聽得出來有幾分懊悔。

「呵呵呵，真有趣。他正好符合老夫的胃口，讓他進老夫的班吧。」

「不可以。」

莫潔卡立刻打回票。

「已經決定好要由葛多芬老先生負責A班。得看目前正在統計的學科測驗成績，才知道他會分到哪一班。」

「哼，任何領域都一樣，哪有名列前茅的笨蛋。實戰能取得這麼優秀的成績，學科測驗怎麼可能低空飛過呢？」

葛多芬自信滿滿地斷言。

「但是很多人即使不笨，依然念不了書吧？」

傑士汀開玩笑。

「……要打賭嗎？」

葛多芬瞪了他一眼。

「好像很有趣呢？」

「誰怕誰。看我贏回昨天輸的份。」

熱衷於打賭的杜從旁插嘴，其他人紛紛跟著加入賭局。

順帶一提，為了這間學園的名譽，得先補充說明。測驗成績關係考生的未來，莫潔卡與艾咪等學園職員不會打賭。帶頭者只有王國騎士團派來擔任警衛兼考官的老江湖，以及幾年前從騎士團退休，今年春季開始擔任教師的葛多芬兩人。

一旁聽得津津有味的考官們也紛紛加注，賭亞連會分到哪一班，賭局一下子便成立。

能幹的魔法技師艾咪立刻記錄眾人押寶的內容。

雖然最多人賭亞連進A班，大概是認為他出身於沒沒無聞的鄉下子爵家，擔心他在學科成績栽跟頭，因此也有人押B班或C班。

由於一班有二十人，總計錄取一百人，班級最多到E班。

然而，從亞連的魔力值與實戰測驗的結果來看，就算他的學科成績低空飛過及格線的第五百名，也確定他至少會在C班。

由於眾人的賭注已經確定，杜便繼續開口：

「……說到這裡，在場眾人看影片應該也大致明白，他突然使出稀鬆平常的攻擊，其實從一開始就是為了觀察我出招的誘餌。既然有這種身手，我心想這樣反擊他應該不會受傷，結果他放開手中的木刀，導致我的橫掃落空。然後他從我身體移動的反方向，朝臉部使出一記帶反擊的迴旋踢。看到第一刀與第三腳的迴旋踢，可以知道他在葛多芬老先生特製的超難活動泥土上頭，也幾乎卯足全力使用強化身體魔法，再與他早晨的慢跑訓練結合一起來看，肯定不會有錯。他可能在正常走向報名處的一小段路就調整完畢了吧？」

「我可以問兩個問題嗎？」

肌肉壯漢，溫柔酒窩下頷的丹帝舉起手。

「那一記迴旋梯的確很犀利，不過杜．歐威爾可是別名『一瀉千里』的王國騎士團第三軍團長，我不認為那一腳厲害到可以碰到你的瀏海喔？」

「嗯？噢，從這影片的位置很難看出來嗎？畢竟我當時太小看他了嘛……那個小鬼並未以正眼持刀，反而置於右側，特地調整被打飛的木刀方向。當時我一瞬間確認，飛出去的木刀有沒有打中呆站在原地的考生，小鬼的目的就是要引導我的視線吧。然後他從視線死角一踢，我才會慢半拍。」

「唔嗯～原來如此。所以也解答了第二個疑問。雖說是為了讓更強的對手露出破綻，他突然放棄武器，我還以為他腦筋有問題……原來連對手的回擊都在他的計算中。而且還立刻向附近的考生借用武器。」

「這就是那小鬼的頑劣之處。現在回想起來，他對四周考生的漠不關心簡直不合常理。可是一旦情況生變，他連四周的考生都當成自己戰術的一部分。不覺得這小鬼很卑鄙嗎？」

丹帝聳了聳肩。

「……他卑不卑鄙無從得知，不過確實如葛多芬老先生所說，他似乎不笨呢……」

「……那麼各位，該開始評分了……」

就在莫潔卡開口時——

「……話說回來，葛多芬老先生，您看過後來杜先生的測驗影片了嗎？」

傑士汀笑咪咪地補充一句。

「嗯？還沒看過……難道又出現有趣的考生了嗎？」

可能有幾人已經看過，他們視線尷尬地游移不定。

「後來沒有任何考生去找杜先生呢！一個考生都沒有！從我這裡看不清楚，可是考生從他手上得分，站在那裡的他臉色肯定很難看吧！哈哈哈！」

不懂得察言觀色的帕奇哈哈大笑，杜頓時青筋暴露。

「我怎麼可能真的對十二歲的小鬼發脾氣啊！」

然後傑士汀迅速補充一句：

「的確，亞連離開後，他倒是看起來心情不錯。露出平時猙獰的笑容站在原地，彷彿在期待下一個有骨氣的考生，結果沒有任何人來，他的表情越來越寂寞……」

在傑士汀鼓譟下，能幹的魔法技師艾咪立刻切換影片。

螢幕上顯示杜的背影，只見他孤獨地站在離報名處不遠的地方。

「哈哈哈！艾咪小妹，這個角度太棒了！」

帕奇再度哈哈大笑。

有幾人也跟著笑出來。

「幹嘛顯示啊！真是的，每個人都只會看臉色挑考官！一開始勇敢來找我的考生還有點骨氣，之後就沒有像樣的！考生的素質該不會變差了吧？」

「呵呵呵，大家都在笑呢。畢竟剛玩過亞連這麼有趣的玩具，心情多少有些激動，難免讓人看出來……不過考生既然立志考上這所王立學園，真希望他們有點氣概！」

在葛多芬轉為嚴肅，眾人的笑聲告一段落時，莫潔卡敦促大家解散。

「好，這次請各位務必要回去評分！我們已經比往年落後很多！沒有時間了！」

然而就在眾人準備回到工作崗位時，魔法技師艾咪小聲嘀咕：

「啊……我剛才好像偶然看到，為何沒有考生去找杜先生……」

所有人都停下腳步。

艾咪再度發出喀嚓喀嚓的聲響操控魔器。

『報名處附近的鬍渣男考官宿醉，心情不好，最好別靠近他喔！』

螢幕上的亞連一臉笑容，偷偷向可愛的女孩建議。

「她後來似乎又告訴兩位在『命運之篩』認識的朋友。在這之後，這件事情大概就一傳十、十傳百，在考生之間傳開了。」

艾咪補充說明。

「那個臭小鬼！居然亂傳這種事情！負責警衛的我哪有閒情逸致在大考前一天喝酒啊！我明明忍著連續熬夜，當他們這群小鬼的考官耶！」

杜光速打臉，對十二歲的小鬼發飆。

能幹的魔法技師艾咪，再次在螢幕上顯示杜寂寞不已的背影。

帕奇一瞬間忍了下來。

然而剛才要求大家嚴肅的關鍵人物葛多芬忍不住笑出來，於是所有人都跟著爆笑不已。

「哇呵呵呵！」

「咿——肚子好難受——」

「『一瀉千里』的杜，這個背影絕了！」

『非常感謝您！我名叫亞連・羅威努！』

手指靈巧的艾咪操控畫面。

「……少在那裡假惺惺地裝開朗——！」

於是杜宣布不賭亞連進A班，改押他大爆冷門，因學科成績落榜。

◆

深夜——

在大家努力趕上遲遲沒有進展的實戰測驗評分、工作剛結束時，某位負責學科測驗的男子走進樓層內。

「學科測驗的結果出來嘍～」

這一瞬間，眾人的目光都聚焦在他身上。

氣氛並不尋常。

「唔嗯，亞連・羅威努的成績如何？」

現役時期的葛多芬是位不屈不撓的戰士，深受人們敬畏，不過自從退離第一線後，他變得穩重許多。如今被人稱作「慈眉葛多芬」的這位和善老人，正一臉笑咪咪地詢問。

不過從他身上冒出的肅殺之氣，宛如回到過去的現役時期。

傑士汀與艾咪在這幾小時內不斷鼓譟，賭注跟著毫無節制地暴衝。而且麻煩的是，在場眾人的收入都非比尋常，以至於目前押注亞連的賭金高到讓人笑不出來……

「亞、亞連・羅威努嗎？呃，那孩子……噢噢——」

所有人對報告都驚愕不已。

◆

上午十點半。

穿梭在悲喜交加的考生之間，我和母親站在張貼榜單的公告欄前。

我有自信。

儘管一直說服自己沒問題，我前世即使付出那麼大的努力，最後還是沒考上志願學校。

不好的預感始終難以抹滅。

我在心中祈禱，從E班榜單開始尋找自己的名字。

這時候，母親很乾脆地開口：

「亞連，我找到嘍？在那邊。」

我急忙順著母親手指的方向確認，只見榜單上如此記載：

亞連・羅威努
魔力值（C）
騎士科實戰測驗（S）
學科測驗（A）
分發班級（A！）
騎士科綜合排名（四／五十）

魔力值C應該代表我在上榜者中，排名位在四十～六十名之間，這點我明白。

其實我事先也預料到了。

至於學科測驗A，意思是我的成績位於全體的二～二十名之間。

雖然也覺得有點超常發揮，這是自己努力的成果，我感到很驕傲。

不過實戰測驗（S）是怎麼回事？

每個項目只有一人會獲得S級分。

換句話說，我這一項在考生當中是榜首。

……咦咦～？

我當時接受那位滿臉鬍渣的宿醉警衛大叔審核。

原本還以為是哪裡弄錯了，但是有個項目讓我更加在意，所以我把注意力全放在那裡。

分發班級（A！）

……有這種班級嗎？

我忍不住看向身旁的母親。

母親一臉嚴肅地注視公告欄。

第三章 新生訓練

新學期如何下馬威（1）

「呃，母親……班級那一欄究竟是怎麼回事啊……？」

母親原本一臉嚴肅地看著公告欄，但是突然露出笑容，然後緩緩轉過頭來看向我。

「亞連，恭喜你考上A班。你依靠自己的堅強意志，贏得了就讀這間學園的權利。我為你感到驕傲。」

……好高興。

之前我始終猶豫要不要進入王立學園念書。

擔心自己只是隨波逐流，感到很不安。

不過母親總是準確地稱讚孩子的努力。如今聽到她最高級的讚美，我便認為自己走的是正確的道路。

沒錯。

為了「做自己想做的事」，「活得自由自在」。這條最適合的道路是我自己選擇，而且親手爭取的。

去他的學歷與出人頭地。

要是有必要，我隨時可以放棄王立學園這份贏來的權利。

不過這三個月內，我和佐爾德聯手共同努力過，目前就相信這份價值吧。

身為騎士的「亞連」為了變強，累積了十二年的努力，就相信這份價值吧。

眼淚滑過我的臉頰。

一旦流下，淚腺就像決堤一樣。

母親說著「哎呀呀」，綻放笑容溫柔地摟住我。

好溫暖……

母親真是心胸寬大。

我一直明白，寬大的心胸有多值得感激與多麼無價。

片刻過後，母親雙手夾著我的臉且嘴角上揚。隨後壓低聲音說出一句話：

「亞連，我一直都相信你喔。」

她的眼神完全沒笑。

嚇得我眼淚都縮了。

仔細一瞧，母親夾著我臉頰的手發白，而且冰冷無比。

這是母親生氣的信號。

剛才還感到溫暖的我，體感溫度急速下降。

「那、那個，母親……那究竟是什麼意思呢……？」

我突然感到口渴。剛才留下美麗淚水的眼睛，現在也像乾眼症一樣燥如砂紙。

「那麼，我今天就出發前往子爵領地。貝爾與佐爾德都殷殷期盼著你的好消息，我得告訴他們才行。」

「說得也是。啊，不對，難道母親知道那個『！』的意思嗎？」

「身為騎士，如果就要被擊潰，要反過來還以顏色。要是缺乏這種氣概，別人可是會瞧不起你喔？」

母親就像少女一樣綻放笑容。

「也對。呃，好像不對。」

完全無法溝通……

與少女般的嘴角笑容反差極大。

「來，上榜者的新生訓練是十一點開始吧？小心第一次打招呼就遲到喔。」

母親推著我的背後，接著調轉腳步朝向正門。

儘管不明就裡，唯有這句話我依然急忙向母親說：

「母親，感謝您製作的美味佳餚！我走了！」

出身似乎很尊貴的母親，其實不擅長做家事。

然而她依然為了避免我吃現成的飯菜，天天出門採買食材，而且即使陷入苦戰，也依然早晚製作出兼顧營養的熱騰騰餐點。

母親露出害羞般微笑的臉轉過頭來，然後回應我的道謝。

◆

依照指示，我進入校舍。

除了石造建築物以外，以日本人的標準而言，這裡沒什麼特別之處。

腳步聲踏過的地方，是被打磨得亮晶晶的大理石。以及昨天雖然沒有開放，位於入口左手邊的交誼廳內頂多只放有無數的豪華桌椅與沙發。

在學生只有三百名的學校裡，需要這麼大的交誼廳嗎？

我斜眼偷瞄一眼，發現看起來像高年級的學長姊，他們從交誼廳對我投來好奇的視線。

交誼廳內瀰漫著類似咖啡的香氣。

然後我抵達位於二樓的A班教室。

◆

……好緊張……

前世我在念書上奉獻了所有青春時光。

不論國中還是高中，從四月成為一年級新生，就開始為測驗念書。

前世的父母總將一句口頭禪掛在嘴邊：「你身邊的同學全都是要打敗的競爭對手。」

理所當然，我沒有任何學生該有的回憶，以及可以稱作朋友的人物。

「亞連」也一樣。雖然直到十一歲之前都就讀在地的幼年學校，他是領主的公子，而且魔法天賦高人一等，同學總是與他保持距離。

有機會的話，希望能在王立學園留下僅有的學生回憶。

嘗試參加社團活動、交女朋友、與朋友研究魔法，還有登記成為探索家，驅逐魔物賺錢，或是與死黨溜出宿舍，晚上在街上閒逛。

成績就算了，我想享受當下。

……為了這個目的，第一印象最重要。一開始應該先下馬威呢，還是別惹麻煩呢……

……不過現在還不是冒險的場合吧。

現在的我沒有前世的怕生屬性。就平平無奇、保持自然，先正常地交朋友吧。

我可以辦得到。

要是發生一些小插曲，之後就「順其自然」吧。我下定決心，然後打開教室門。

「等你好久了喲，亞連。我好想見你呢。」

危險人物——菲在我面前一臉笑咪咪。

◆

突然面臨逆風，我急忙關上門。

我太大意了……

明明已經充分考慮過可能性才對，結果我完全沒擬定對策……

由於母親的模樣不對勁，我甚至沒確認同學的名字就來了。

還來不及思考對策，門就自動開啟。

「……哎呀哎呀，這不是菲小姐嗎！」

「可以不用再裝模作樣了。」

咕！

總之我無視菲，迅速環顧教室。

教室內樸素但穩固的桌椅，排列成整齊的校園風格。

已經有些學生形成小群體，正一臉開心地談笑風生。

難道我已經晚一步了嗎？

沒辦法，應該還不算太遲。

目前似乎尚未決定座位，因此我盡可能散發人畜無害的氣息，走向窗邊的空位。

「亞連，你還是一樣冷淡耶？雖說如此，你在騎士科的實戰測驗成績，就連我都感到十分驚訝喔！」

菲理所當然地跟著我，然而我沒理會她。

這時候一名肌肉壯碩的男性走近，身邊跟著貌似朋友的兩人。他將水藍色短髮剪得齊平，五官十分鮮明。

雖然他的髮色很特殊，卻像會加入棒球社的人。

「剛才聽說你叫亞連……你就是亞連・羅威努嗎？」

「是沒錯……請問你是？」

在聽聞他的來意之前，總之先問出他的名字。

呵呵呵。

我早就記住這個王國內子爵以上的所有貴族名號，還包括特產等領地的簡單資訊。

看我從領地等方面拓展話題，搞定關鍵的第一戰！

「噢噢，抱歉，我叫艾爾多雷・恩格列巴。在魔法士科攻讀魔法士。你直接叫我艾爾吧。」

哦？

說到恩格列巴，就和我一樣是子爵家。

而且他明明像棒球社社員，卻嚮往成為魔法士。

……我倒是想和他交朋友。

「說到恩格列巴家，是位於恩度米翁侯爵地區，以製作魔法士魔杖的原料安朱樹為特產而有名的子爵家吧？今後請多多指教，艾爾。」

艾爾的表情有些驚訝，隨即笑著拍我的肩膀說：「真是厲害耶。」

畢竟安朱樹算是較冷門的原料。

可是我應該博得他不少好感吧？第一次打交道就成功，我頓時覺得肩上的壓力減輕。

「咦～？怎麼和當時面對我的態度不一樣呢？」

身後的菲嘴裡不知在嘀咕什麼，不過我不理睬她。

「向你介紹我的朋友吧，亞連。呃，這位是可可尼埃．卡納爾迪亞。」

他這麼說著，向我介紹身旁的矮個子男孩。

「我、我我我我……」

……會怕生啊……

知道他已經勉強鼓起勇氣，就不想對他太嚴格……

簡直就像看到前世的自己。

記得卡納爾迪亞曾經是名門伯爵家，現在因為一些原因，應該變成男爵家才對。

略顯醬油臉（註：典型日本人容貌，小臉薄唇）的發福體格，肯定不受女孩歡迎。這一點也讓我對他有好感。

還有——

「我可以叫你可可嗎？我看過你祖先出版的整套卡納爾迪亞魔物大全。透過那套書可以感受到作者的熱情，真的很了不起。由此可見，你是念官吏科嗎？今後請多多指教嘍。」

卡納爾迪亞魔物大全是過去的名著，詳細記載了這個王國內棲息的魔物生態與活動領域。

我找到時間就會仔細閱讀。

可可頓時抬頭，然後睜大眼睛。

而且還一臉想開口說些什麼的表情。

「嗯、嗯。叫我可可。官吏科。請多指教。」

好不容易才擠出這句話。

嗯，看來也可以和他成為朋友。

開幕二連勝！

「呀哈哈！魔物大全又不是什麼測驗科目，亞連，你怎麼會這麼詳細啊？難道你喜歡讓我驚訝嗎？」

「我又沒～在對妳說話。」

糟糕……因為她實在太煩，忍不住吐槽她了。

艾爾一臉疑惑地看著我和菲的互動，不過隨即改變心情，開始介紹另一人。

「而這一位是萊歐．翟辛格。話說你應該知道吧？」

帶有藍色光澤的黑髮，再加上高挑挺拔的身材，還長得十分俊美。

用貴公子這個詞形容他剛剛好……

……真是糟糕耶。我完全不認識。

新學期如何下馬威（2）

我當然知道翟辛格家族。

這可是僅剩三大家的公爵家之首。

當家是前一任國王的弟弟。

也不用提什麼特產不特產，任何人都知道是特等貴族世家。

然而剛才的介紹應該是指他個人。

他算是名人嗎？

「我是萊歐，今後請多多指教。」

他的自我介紹非常單純。

聲音充滿自信且沉著。

眼神透露出強勁的意志。

不過我想知道更多有關他的資訊……

「不可以跪地低頭喔？噗！」

……我使出一記後踢，踹飛在我耳邊碎碎唸的菲。

這時候艾爾提供追加資訊。

果然有機會與艾爾當朋友。

「哎呀，世界真是廣闊呢。各位在王國共通學科測驗都名列前茅，還有高度魔法天賦，幸好事先找各位來王城，並且讓彼此有機會交流，所以這個班才會有這麼多熟面孔。至少我都知道各位的名字。」

……噢，他是指判定有沒有機會的模擬考嗎？

聽聞艾爾的說明，我這下才明白。

難怪兩人在開學第一天就與萊歐成為朋友。否則純論家世，我不認為他們能搭上公爵家。

「所以……這麼說有點失禮，萊歐今天早上發現名不見經傳的亞連阻礙他獲得全科S級分的大滿貫成績嚇了一跳，才會一直問你究竟是誰。」

……意思是，假如沒有髫渣男亂打分數，他就每一科都是S級分？

而且所有人都認為理所當然。

「艾爾，剛才我就提醒過你，我並不在意分數。」

萊歐一副打從心底興致索然地叮囑艾爾。

這麼做使我確信。

這傢伙就是一般人所謂的班級核心人物吧。

三個月之後，女孩們肯定會簇擁在他身邊，一口一個稱呼他為「冰之貴公子」、「王立學園TOP3」，或是「六療癒」之類的。

一旦跟在他身邊，長相平凡的我肯定會淪為專門收情書的傢伙。

我一邊在內心和他保持距離，同時開口詢問：

「可以……直接稱呼你萊歐嗎？有件事情我要先說清楚，我可是超級超級鄉下的貧窮子爵家三男，沒有任何地位可言喔？」

「那當然。我進入這間學園，是為了與有才能的同學們相互切磋砥礪，不是要仰仗身分地位虛張聲勢。」

……嗯～其實他人不壞吧……

不過我不覺得這三年能和他成為好朋友……

權力很有吸引力，但是也伴隨相對的義務。

為了將來，萊歐這樣的人應該會犧牲當下，拚命努力吧。

一不小心，他的人生走向甚至有可能宏大到為了王國。

而我將來想跳脫體制，彼此的人生觀肯定難以妥協。

完全就像難纏的內角高球。

可是現在給他下馬威、與他為敵的話，以後可能會很麻煩。

所以要和他保持不淡不火的關係，偶爾聊個幾句……這才是我的目標吧……

在我如此尋思時，萊歐露出筆直又堅定的眼神，盯著我提出疑問：

「亞連，你是為了什麼目的才進入這間學園呢？」

他的眼神帶有挑戰的意味。

然而我並不討厭這個問題。

並不是茫然地聽從父母的安排，或是對將來出人頭地有利，而是遵從自己的想法選擇升學，所以才問得出這種問題。

不過這個問題的答案，我和萊歐對於活著的目的，有決定性的不同。

我的腦海中浮現母親今天早上說的話。

『身為騎士，如果就要被擊潰，要反過來還以顏色。要是缺乏這種氣概，別人可是會瞧不起你喔？』

……不，不是這一句。

『你依靠自己的堅強意志，贏得了就讀這間學園的權利。我為你感到驕傲。』

——我決定不再含糊其辭打哈哈。

「是為了隨心所欲，自由自在地活著。」

萊歐一瞬間感到不解，但是依然繼續追問：

「你究竟想做什麼呢？例如想變強，保護國家與民眾嗎？」

我忍不住苦笑。

「我沒有這麼高尚的興趣。我要隨心所欲、興之所致，只在想做的時候做自己感到有趣、喜歡的事情，活得精采又搞笑。我認為有這個必要，才進入這間學園，僅此而已。」

「……意思是你只為了自己，進入這間學園就讀嗎？你不愛自己誕生長大的這個國家嗎？你也是貴族吧？天生高人一等的你，難道不想盡自己的義務保護弱者嗎？」

果然，我們的思考方式有根本上的差異。

我決定不再委婉地兜圈子，直截了當地回答：

「我會來到這間學園，純粹是為了我自己。要我愛這個國家？不好意思，辦不到。一開始我就說過，我是毫無地位的貧窮貴族三公子。我能觸及的範圍和你天差地遠。我只想保護我想保護的事物，這就是價值觀的差異。」

萊歐愕然無語。

他臉上的表情已經透露出，這個答案讓他難以置信。

「原來如此。我明白了，亞連・羅威努。非常感謝你誠實回答我。看來我們的價值觀確實沒有交集。大概今後一輩子都不會有。」

不知不覺中，全班都緊張地注視著我們兩人的交流。

◆

「呵呵呵，看來各位大致上都自我介紹過了吧。」

我看向傳來聲音的教室入口，發現一位慈祥老先生站在那裡。

這位老先生是何方神聖，我居然完全沒發現他？

「等一下。亞連還沒向新認識的朋友介紹我這個朋友喔？」

……菲的心臟到底有多大顆啊？

居然主動跳進剛才劍拔弩張的氣氛中？

而且她大致上都認識班上同學吧？

全班同學都嚇得後退。

「唔嗯，不過時候也不早了，長話短說。」

「來，亞連，快一點。趕快向大家介紹，我們的關係介於朋友與情侶之間吧？」

她怎麼趁亂瞎搞，五秒就跳下一個階段了？

總之不能讓大家覺得，我和這個怪人是朋友……

「她連朋友都不算，甚至素昧平生。我不認識她。」

我果斷地宣布。

「怎麼這樣！亞連，你好過分。短短五天前你還俘虜我長達六小時直到早上，現在居然說我是陌生人！」

她、她在胡說什麼啊！

男生們對我投以羨慕的眼神，相反的，女生們冷若冰霜的視線扎得我好痛……

我為何要為了莫須有的罪名，遭到這樣的公開審判啊？

啊，有個男生特別明顯，他以嫉妒不已的眼神瞪著我……難道他喜歡菲嗎？

總之我要是再不辯解，會難以挽回陪審團的心證……

「不要隨口胡謅讓人想入非非！那只是妳自己跟著我而已吧！」

結果菲一臉大受打擊。

她的眼睛略微泛淚。

演技真夠逼真的。

……那是演技吧？不然就太可怕嘍？

「……你真是的，連魚餌都捨不得餵給釣到的魚。那時候也是，一開始你明明說很想接近我，一結束後就說快尿出來，急急忙忙跑回去……可是只要能在你身邊，這些我都不在乎。」

這根本嚴重扭曲事實了吧！

然而我要是否認，誰曉得她會拿出什麼神奇魔器，七拼八湊重現當時的畫面……！

這傢伙有可能會這麼做……到時候我會受到致命傷。

咦？等一下，我現在要想個巧妙的藉口。

為什麼我會被迫想個巧妙的藉口啊？

女生們，不要對我露出看髒東西的黯淡眼神啊！

除了部分強者以外，男生們也對我退避三舍……

「呵呵呵，原來如此……你剛才說『要隨心所欲、興之所致，只在想做的時候做自己感到有趣、喜歡的事情，活得精采又搞笑』是嗎？好，各位都自我介紹完畢了，那麼就座吧。」

老頭！

他從哪裡開始聽的啊！

幹嘛感覺不錯地下結論啊！

我的嘴一張一闔，搖搖晃晃地坐在靠窗的座位，直接趴在桌上。

今後我大概再也抬不起頭了吧。

◆

就這樣，亞連違背本人意願，在新學期給全班同學一計特大號的下馬威，成功讓所有同學嚇破膽。

嫌疑

「好，那麼就此開始第一次的新生訓練吧。」

我可以聽見似乎是班導師的老頭聲音，但是我已經無所謂了……

現在我只想放空腦袋，像飄浮在天上的雲朵一樣隨風飄動。

「來，亞連，快起來。一開始就打瞌睡，小心被老師盯上喔？」

……妳以為是誰害我淪落至此啊？

居然還不動聲色地坐在我旁邊。

我甚至都懶得回嗆她……

「先自我介紹吧。老夫是葛多芬．馮．范齊修，從今年開始擔任王立學園一年級A班的導師，同時昨天還受命成為本學園的理事。有幾位同學似乎已經知道老夫是誰了呢。」

聽到這句話，全班頓時議論紛紛。

「不會吧！那個『慈眉葛多芬』竟然是班導師！」

「是幾年前還是王國騎士團副團長的那位葛多芬老先生嗎！」

這老頭似乎挺有名的……

其實我不在乎……

「上一次戰爭中的英雄嗎！」

「軍閥重鎮為何會來到學園？」

「我聽說他的別名是國王的心腹耶？」

「我記得傳聞說他是雙重屬性魔法士，還是劍術也很高超的魔法騎士喔？」

這老頭的頭銜還真多……

其實我不在乎……

……不對，我好像聽到自己在意的關鍵詞。

具備雙重屬性的魔法騎士……

這頭銜聽起來好浪漫，真羨慕……

我略為抬頭。

「聽說他年輕時缺乏魔法天賦，儘管就讀王立學園E班，仍然通過血汗辛勞的努力，既成為了一名騎士，也成為了一名魔法士，取得重大的成就。那位別名『百折不撓』的葛多芬‧馮‧范齊修竟然是導師……」

唔嗯、唔嗯，年輕時缺乏魔法天賦嗎……？

不知道剛才那句話是誰說的，感謝他詳細的解釋。

我挺起上半身。

◆

「那麼，為何老夫這把老骨頭事到如今還要來光榮的王立學園，擔任教師呢……其實是國王陛下的要求。」

葛多芬散發慈祥老先生的氛圍開口說。

「在這之前，可以先請教一個問題嗎？」

他好像準備開始講很重要的事情，不過我毫不在乎，站起來打斷他的發言。

誰要聽老頭子長篇大論啊。

一下子被挫了銳氣的葛多芬，看起來並未發脾氣，敦促我開口。

「唔嗯，你說吧，亞連・羅威努。」

我以筆直不動的姿勢看著老頭的眼睛，發動所有強化身體的力量。

然後精準得像量角器量過一樣，彎腰四十五度鞠躬。

「葛多芬老師，請收我為徒！」

這個世界有求於人時，也有低頭的文化。

然而，對於像我這樣在日本企業為新進職員開的進修課上，接受過極度嚴格行禮訓練的人來說，我不禁感到每個人都缺乏誠意。

行禮可是很深奧的。

要迅速低頭，停頓必需的時間，然後緩緩起身這種控制緩急。

以鞠躬角度表達自己想表明的心意，叫做控制深淺。

還有許多重點不勝枚舉，例如背脊要像插了鐵棍般挺直，手指要伸直到指尖幾乎翹起。

直到剛才我都冷不防地朝玩世不恭的路線暴衝，如今見到我的態度一百八十度轉變，同學都露出看到危險物般的膽怯眼神。

但是我不想錯過這個機會。一分一秒都很珍貴。

我看不出一臉白鬍、瞇起眼睛的葛多芬心裡想什麼，不過我依然注視著他的眼睛，等待他的下一句話。

「唉……雖然前言不搭後語，不過也沒辦法。畢竟老夫也討厭磨磨蹭蹭。」

面前的老頭深深嘆了一口氣，接下來他說的話完全出乎我的意料。

「亞連・羅威努，其實學園懷疑你在入學考試中作弊。」

……說我作弊？

這老頭到底在胡說什麼啊……？

「應該有很多同學看到，榜單上記載亞連・羅威努分發班級的下面，多了一個記號……」

拜託，我可是想盡辦法，避免那個宿醉警衛幫我評分耶。

「那是暫時入學，換句話說，我們對你及格與否予以保留。」

記得那個鬍渣男在我接受測驗前，就說我及格了。

難道老頭的意思是，要我當場反駁「這是作弊」嗎？

他該不會要說，實戰測驗其實是在測驗內心吧？

之後我好歹也接受那個鬍渣男的測驗了耶？

「現在你有兩條路可以選。其一，就是證明自己的價值，留在這所王立學園。其二，如果證明不了自己，你就會背上悽慘的作弊者罵名離開。」

我氣得身體顫抖。

如今我才知道……

原來這才是母親的意思嗎？

這些人如今蠻不講理，試圖打壓我。

而母親要我還以顏色。

母親那句話的意思是，要我擊潰妨礙自己的人。

假設那個髫渣男在評分上動手腳，我無法容忍學園將那個責任轉嫁到我頭上。

然而我現在手無寸鐵，別人還對我提高警戒，要向這個老頭證明自己的價值，形同不可能的任務。

我的視線緊盯著老頭，心裡數著在教室內能出什麼招，往前跨出一步。

就好像呼應這個舉動一般，此時萊歐也跟著從座位站起來，站在我和老頭之間。

他也是一夥的嗎？

「沒關係，萊歐。」

萊歐站在原地，露出極度輕蔑的眼神看了我一會兒，不過還是無可奈何地讓開了一步。

「亞連・羅威努，這就是你所想到，證明自己價值的方法嗎？」

「哼，我才沒有作弊。可是你們從一開始就想將我塑造成壞人，那我說什麼都是白搭。」

我始終盯著葛多芬，同時緩緩接近黑板，左手拿起板擦。

「唔嗯，正因如此，才應該以別的方式證明你自己吧？」

「哼，還好意思講這種話？明明是宿醉考官評分失誤，你們卻將責任栽到我這個考生頭上，這不就是欲加之罪，何患無辭嗎？難道你們以為我會向學園搖尾乞憐？或許在你們眼中，我就是微不足道的無名小卒。不過我會擊垮任何阻礙我前進的人，才不管對方是誰！」

我向耍大牌的老頭如此高聲宣布後，教室內便靜得出奇。

「嗯？……我們可是懷疑你在學科測驗中作弊喔？」

…………咦？

「包含老夫在內，你的實戰測驗成績是全體考官討論後決定的。相隔二十年，全體一致評定你為S級分，沒有人對你的成績抱有任何疑問。」

我假裝清潔全新的乾淨板擦、放回原本的位置，並且回到自己的座位。

然後閉起眼睛，雙手交抱在胸前。

「麻煩解釋一下。」

一想到眾人會如何看待，我實在沒有勇氣睜開眼睛。

這時候菲擔憂地開口。她的竊竊私語彷彿響徹整間教室。

「亞連？不用擊垮他嗎？……你滿臉通紅喔？噗！」

◆

「你昨天的學科測驗，與王國共通學科測驗的成績不一致。雖然老夫無法透露詳情，只能說考官認為你的成績進步得太離譜，無法用突飛猛進來解釋。」

然後葛多芬攤開一張紙。

上頭顯示五項考試科目中，四科的評分存有爭議。

尤其是魔法理論，今年的難度比往年略增，而且還是覺醒前我最討厭的科目，考官認為我作弊的機率高達九十九．九％。

「當然，得到這種結論後，從你進入學園大門到離開為止，分析小組已經鉅細靡遺地調查過你的一舉一動，可是沒有發現可疑之處，也完全沒有使用魔器的痕跡。然而……這實在太不可思議了。如果只有一科還可以視為奇蹟，四科都突飛猛進，就實在無法解釋了。」

葛多芬的表情變得嚴肅起來，並且瞇起眼睛注視我。

「……那麼，就聽聽你怎麼解釋吧？」

傳說

唔嗯。要我解釋為何成績會突飛猛進嗎……

……我哪解釋得了啊！

我怎麼可能說自己想起轉生到異世界的事情，然後就愛上念書呢……

「我只能說這三個月的期間，我拚了小命地念書。」

我在能說的範圍內老實地解釋。

「哼，真是無趣。對於眾考官的判定結果，你的解釋實在難以服人。」

葛多芬深深嘆了一口氣後，狠狠瞪著我。

氣氛頓時劍拔弩張。

「老夫認為測驗原本的目的，是透過測驗對自己之前的舉止自問自答，並且從結果反省自己的作為，然後更進一步鑽研。老夫最討厭在自我鑽研的場合作弊的廢物。老夫也能憑一己之念，當場撤銷及格成績，所以你回答時可得小心點……別以為能騙過老夫！」

「噫！」

班上同學發出尖叫。

慈眉葛多芬？

他只不過威嚇一下，散發的壓力就和母親生氣時相提並論耶。

……的確，撒謊是騙不過他的吧。

我謹慎地開口說：

「……因為我有一位優秀的家教……名叫佐爾德．拜因佛斯。多虧佐爾德，我現在才能站在這裡。」

我決定將所有功勞歸給佐爾德。

「你說佐爾德．拜因佛斯？哼，沒聽過。難道你想強辯，靠一名家教就能讓成績進步得如此神速？」

葛多芬緊緊盯著我的眼睛，同時使勁拍了拍手邊的紙。

這也難怪，國王陛下的心腹怎麼可能知道佐爾德是誰。

「他當然不是什麼知名家教，不過他的本領毫無疑問是一流的。畢竟我以前可是出了名的討厭念書，是他讓我願意廢寢忘食地念書……我還清楚記得那一天的事。佐爾德告訴我，他已經看見我爭取到光榮的未來。還說我如果沒考上，願意以死謝罪。我從這一天開始脫胎換骨。說真的，這三個月內我一天只睡三小時，而且早餐與午餐幾乎都只吃便攜式緊急固體食物。其他時間則完全用來自我鑽研。」

我沒有說謊。只是簡明扼要地歸納重點。

葛多芬的眉梢略為一跳。

「……最近發售的臘腸口味，你覺得吃起來怎麼樣？」

「根本邪門歪道。」

我立刻回答。

「那是老夫監製的食品。」

……

…………

他似乎還沒撤銷我的及格成績……好危險。

我得更加謹慎才行。

「佐爾德沒有教我什麼小聰明的應考技巧，而是心境。要常在戰場──『這裡可是戰場喔？』年邁家教像口頭禪一樣將這句話掛在嘴上。即使年紀大了得頻繁上廁所，為了省下短短五分鐘的休息時間，寧願穿尿布也堅持不去，卯足了勁陪我念書……是他的背影不斷鞭策我，要我立刻拋棄天真的念頭！」

再一次，我勉強沒有說謊。

看著他的背影想什麼，是我的自由！

「實在難以讓人相信啊。決心如此強烈之人，怎麼可能甘願在鄉下的子爵領地屈居家教？」

葛多芬露出狐疑的眼光注視我，同時捋了捋白鬍。

「我不知道佐爾德怎麼會來到我們子爵領地。然而沒有他，至少我和姊姊應該會走上完全不同的人生道路……去年我姊姊才從貴族學校考上王城特級魔器研究學院。在這麼短的期間內，他以我們姊弟二人展現了自己的成績。這足以清楚證明佐爾德．拜因佛斯的教學實力。」

我絕對沒有加油添醋！勉強壓線！

而且有種理論叫做蝴蝶效應！

假如沒有佐爾德，誰曉得我們姊弟會走上什麼道路！

「老夫聽說，去年特級學院錄取了多勒袞地區的才女。原來如此，那名才女也是佐爾德．拜因佛斯這名男子教出來的嗎……」

「哇哈哈哈！真是有趣耶？傳聞中『憤怒的羅莎』長得很可愛，而且不只寢食，她連洗澡的時間都捨不得，專注於研究。原來她的背景還有這樣的祕密呀。」

菲那雙讓人聯想到貓科肉食野獸的眼睛炯炯有神，而且還舔了一圈舌頭。
那只是因為姊姊很懶惰吧！
拜託別將話題拉到危險的方向去！現在眼看就要巧妙地結尾了耶！
然而出乎意料，這時又有一人跟著答腔。
「妳說『憤怒的羅莎』？難道亞連是『血紅地毯事件』受害者的弟弟嗎！」
艾爾露出驚訝的表情看著我。

◆

仔細環顧教室，還有一些同學一臉驚訝地竊竊私語。
啊，我頭暈了……
那個姊姊到底又闖了什麼禍啊……
「什麼是『血紅地毯事件』？『憤怒的羅莎』又是誰……？」
葛多芬瞪了我一眼，可是我哪知道啊……
反正肯定不是好事，我一點也不想聽。
「所以說，我賭上佐爾德・拜因佛斯之名再次發誓，我絕對沒有作弊！」
「同學可以告訴老夫嗎？」
葛多芬不理我，恢復慈祥老人的氛圍，溫柔地詢問艾爾。

「對恩度米翁侯爵地區而言，其實是不太光彩的汙點……聽說這件事發生在四年前的王立學園入學考，恩度米翁侯爵家的繼承人在『命運之篩』糾纏某位千金小姐，結果反而有六十名以上該地區的考生被送進醫院。之後恩度米翁家族嚴令族人，禁止在王立學園入學考中隨便與其他地區的人說話……」

就說我不想聽了。

「噢噢，老夫知道這個蠢公子與可憐千金小姐的事情。聽說侯爵公子要強娶那位千金小姐為妾，千金小姐起先委婉地拒絕，公子卻抓住她的手，準備強行在證書上蓋下指印。結果觸怒千金小姐的蠢公子以及所有跟班都被揍得鼻青臉腫，現場化為一片血海，真是女中豪傑呢。」

就說我不想聽了啦！

「事後根據保全小組的分析，那位千金小姐明顯也是受害者，可是兩名前來阻止的職員也跟著遭殃。聽說恩度米翁為了保護家族之名從中作梗，與那位蠢公子斷絕親子關係之後，以雙方都有錯這樣極其不公的結果平息風波。關鍵的那位千金小姐當場宣布『我不考了』，一次協商都不肯參加，事後也完全不辯解，似乎承認判決就是這麼不公。」

……臭姊姊……因為不肯向母親說明，居然胡說八道……

覺醒後我仔細一想，一直覺得有件事情不對勁……

明明考生多達上萬人，卻只有當年的及格線是往年的一．五倍……

不管怎麼想都違反了大數法則。

「由於這件事的影響，從隔年開始的這個王立學院入學考，都會從騎士團裡派遣精銳擔任警備人員。當時老夫還是騎士團副團長，也收到許多報告與協商。歷史悠久的王立學園考場發生這種事實在過於刺激，老夫聽說高層還下了封口令……但是俗話說得好，眾口難防呢。」

「哇哈哈哈！哇哈哈哈！啊～真有趣。我還是第一次聽說這件事耶。」

菲笑得眼睛泛起淚水。

這有什麼好笑的？

難道還有其他事情？

我已經聽夠了耶。

「傳聞那名受害者依然憎恨恩度米翁，人稱『憤怒的羅莎』……真沒想到亞連居然就是她的弟弟……」

我敢拍胸脯保證。

姊姊肯定不記得在哪裡揍過誰。

揍過便神清氣爽，事後忘得一乾二淨。

她甚至可能回家路上就忘記了。

「……唉……老夫大致看出來了。原來這就是佐爾德・拜因佛斯的教誨『常在戰場』嗎？」

糟糕，老頭開始著眼於不該看的東西了……

再這樣下去，事情會一發不可收拾。

「不不不，沒有這麼可怕啦。那只是一種比喻，要我好好努力念書……」

「明明是受害人，卻完全不解釋，瀟灑地當場放棄報考王立學園。而且小子……你之前完全不知情吧？年僅十二歲的少女甚至沒有告訴家人，選擇承受這一切……更靠自己的努力，從貴族學校考進特級魔器研究學院，這種反骨精神真是值得讚嘆……原以為這件醜聞讓人皺眉，想不到結局會如此大快人心。」

「絕對沒這回事。姊姊將六十名以上的人送進醫院，加害人根本是她才對吧？而且仔細一想，姊姊以前在多勒袞的努力和佐爾德毫無關──」

「一如你剛才所說，培養內心才是最困難的……老夫在騎士團長年觀察年輕人，最能感同身受。不過像妳姊姊一樣培養出的優秀內心，那可是無價的財產。同樣身為教師，連老夫都想向佐爾德．拜因佛斯求教……真希望他能來到這間學園啊。」

「佐爾德．拜因佛斯是多勒袞地區的人喔？別以為我會輕易讓他離開。」

剛才連佐爾德的名字都沒聽過的菲，突然裝貴族派頭主張所有權。

葛多芬狠狠瞪了一眼菲。

菲則滿不在乎地當作沒看到。

腦筋靈光的A班同學已經預見接下來的發展，一同在手邊記下「佐爾德．拜因佛斯」的名字，以便儘早通知老家。

◆

於是佐爾德．拜因佛斯成為傳說中的家教，然後連國王的心腹葛多芬．馮．范齊修都想要向他求教。後來全國上下圍繞著他，爆發激烈的搶人大戰。

而那又是另一個故事了。

背負的條件

「好，亞連．羅威努，老夫會回去審核這件事。要是認定你並未作弊，就同意你入學就讀『E班』。」

葛多芬如此宣布。

呼……

縱然付出崇高的犧牲，總算穩住了。

雖說我已經下定決心，對這間學園不執著，也不該在入學短短一小時就遭到開除，否則我無顏面對家人……

謝謝你，佐爾德。我不會忘記你……

我緊咬牙根閉起眼睛，祝朋友安心上路。

「……完全不抗議嗎？看得出來佐爾德．拜因佛斯的教誨，也在你心中深深扎根了。」

……反正母親說她急著趕回去，情況應該不會太嚴重吧。

……不過她當時特別急促，難道母親早就料到我會這樣辯解嗎？

好像有可能，真可怕……

……咦？什麼？

我剛才好像沒聽清楚……

「突然從A班跌落E班，你應該有話想說吧。不過這也代表要推翻你作弊的嫌疑，其中的意義十分重大。尤格利亞王國這套評定學力的體系有深厚的傳統，如今整個體系面臨質疑，而且你的情況多達四科……其中竟然沒有作弊的痕跡……老實說堪稱前所未聞。以前同樣有案例經過審訊後，被判定缺乏明確的作弊痕跡，這些人也都一律被分發到E班。反正入學後觀察情況，只要學力毫無疑問，再升上前段班即可。然而可惜的是，這些案例中從來沒有人成功翻身……」

他說E班？

……無妨，反正我本來就不在乎進哪一班。況且我如果要自由自在過著跳脫體制的學生生活，這樣不是正好嗎？

根據規定，我並未作弊，不過這套評定學力的系統，某種意義上是正確的。

因為沒有考慮到轉生的可能性。

葛多芬說得沒錯。要是覺得就讀A班才有趣，那麼從E班逆境翻身也一樣有轉生異世界的樂趣在。

「哼，原來如此。」

總之我一臉無可奈何地點點頭。

「……這個話題原本應該到此為止，不過如今發生了一些事情。」

葛多芬以犀利的視線環顧全班，等氣氛變得嚴肅後才繼續說：

「快的話這幾年，慢的話頂多十年之內，極有可能爆發戰爭。」

這句震撼性的發言讓全班同學屏息以對。

◆

「剛才小子打斷老夫的話，其實陛下命老夫前來擔任導師，就與此事有關。老夫就直說了。王立學園的學生都是從王國內脫穎而出，屬於人才中的人才。前二十名的各位更是出類拔萃的菁英，期待你們能夠成為王國的戰力。陛下指派老夫的任務，就是提升王立學園學生的水平。」

這時候葛多芬瞥了亞連一眼。

「老夫不認為全班同學都能在軍隊任職。要過什麼生活是各位的自由……但是考慮到王立學園畢業生的能力與權限，不論各位從事什麼工作，都是支撐王國的重大力量。戰爭就是在比拚綜合國力。」

這時候萊歐舉起手。

「可以請教一下嗎，老先生？」

「什麼事，萊歐？」

「請教老先生，具體來說，將來有可能與哪個國家爆發戰爭呢？」

「唔嗯，這件事情目前情報部門還在收集必要資訊。其實還不應該告訴學生……反正很快就會傳聞滿天飛，所以老夫先告訴各位，還請不要說出去。目前還在推測階段，但是北邊的洛札穆爾帝國會先有動靜。」

「果然。」

萊歐亞牙切齒地表示。

洛札穆爾帝國是大國，從以前就與尤格利亞王國爭奪大陸的霸權。

他們幾十年前也曾經發動侵略，當時戰況危急，一時之間甚至都有國境大幅發生變動的心理準備。

不過以葛多芬為首的精銳部隊發動奇襲，擊敗敵軍總司令。王國騎士團藉此良機，擊退敵軍攻勢，好不容易以維持現狀與帝國議和。

「而且西方大國朱斯特力亞也有可能相互呼應，採取行動。」

「什麼！」

出乎意料的名字讓全班同學慌張起來。

「朱斯特力亞不是從建國以來，就與我國維持友好嗎？為何如今會與洛札穆爾聯手，向我國發動戰爭呢？」

「目前尚未確定他們會行動，然而隨處可見奇怪的跡象，例如頻繁與帝國交易軍需物資。我們必須考慮最壞的情況，提前防備。」

葛多芬伸手制止躁動的同學後看向亞連。

「所以說，假使你真的憑藉『常在戰場』的心境竭盡全力考上，成績甚至優秀得讓考官懷疑作弊，可是這個國家無法讓空有才能的你遊手好閒。何況學園歷史悠久，無法憑老夫一己之力網開一面……所以老夫要你在一個星期之內，爭取這個班級所有同學的推薦，以此證明你的能力配得上A班同學。有全班同學與全體考官的推薦，老夫再直接向陛下提議，懇請陛下頒布命令，允許你進入A班。可以吧？」

◆

居然問我：「可以吧？」

可以個頭啦，這個老頭在想什麼啊……

我當然無意參加什麼戰爭，何況我幹嘛拚命向眾人低頭，爭取留在A班啊？這對我又沒有什麼好處。

……難道A班有什麼特別的好處嗎？

「保險起見，我先確認一下……A班有什麼特權之類的嗎？例如有些設施僅限A班使用，或是A班才能閱覽的資料？」

葛多芬一臉疑惑地回答：

「怎麼可能有那種特權。學園內的學生不論班級，一律平等。不過……其實老夫不太願意說，如果從王立學園A班畢業，未來將享有破格的優厚待遇。包括王國騎士團在內，任何工作皆然。甚至可以直升研究學院，堪稱出人頭地的證書。憑你應該辦得到。畢竟測驗當天早上下雨，你在無人陪同下繞著學園慢跑了四十公里，之後還悠哉地獨自走到考場……常在戰場——用說的倒是很簡單呢……」

葛多芬如此說著，然後錯愕地搖搖頭後，菲便忍不住笑了出來。

「噗！測驗當天在那場大雨中跑了四十公里，之後一個人走來？為了參加王立學園入學考？然後還考上A班？」

全班同學的視線都傾注在我身上，彷彿我是來自異世界的轉生者，看得我面紅耳赤。

這樣很丟臉耶，拜託別再公布我的隱私了！

「話說回來……」

這時候葛多芬高高揚起一邊的眉毛，然後散發殺氣。

班上同學再度尖叫。

「你身為佐爾德．拜因佛斯的學生……該不會以為待在E班也無所謂吧？」

……這老頭到底有多麼信任佐爾德啊？

難道因為我們聯手跨越生死關頭嗎……？

「真沒禮貌！我才不覺得待在E班也『無所謂』！」

而是我就想待在E班！

三句話不離求職、升學與出人頭地，以為我稀罕這些好處啊！

「國家為你分發的班級花了三千萬利亞……想想至今養育你的家人與佐爾德先生對你的期望。而且老夫也自豪地推薦你！有膽子你就故意放水吧。就算你能留在這間學園，老夫也會將你大卸八塊！」

「噫！」

……三千萬利亞？

爾？

說到三千萬利亞爾，等於我們子爵領地的全年稅收額……

從中扣掉支出後，我們子爵家的實質收入大約是三百萬利亞爾。

順帶一提，一利亞爾大約等於一美金。

◆

不過冷靜分析我目前的情況，要在一個星期內贏得全班同學的推薦，根本就不可能。

首先，學園懷疑我在學力測驗中作弊。

而且五科中有四科，其中魔法理論這一科遭到懷疑的機率還高達九十九．九％。

再加上我才剛與萊歐鬧翻。

如今國家面臨存亡之秋，有必要和公開宣稱自己不愛國的人成為同學嗎？

換作是我才不要。

至少我應該不可能說服萊歐。

還有菲剛才丟下的那個炸彈。

雖然我其實很不爽，班上女生此刻對我的評價已經低到不能再低。
她們看我的黯淡眼神就像在看髒東西一樣。
要我在一個星期內贏得她們的推薦？
根本不可能嘛。
而且還有更慘的。剛才我前腳還想拜這個高傲老頭為師，後腳就說要擊潰他，前後矛盾的行徑讓我像個小丑。
甚至讓同學發現我有個危險的姊姊，這可不是鬧著玩的……
咯咯咯。
不可能的任務。
任何人都認為不可能。
明明那麼想保持低調，連我自己都感到不可思議，為何會落入這種絕望的境地呢？
我只想見機行事，盡力而為罷了。
至於為何不可能。
最重要的原因是，我沒有任何幹勁。
如果有任何原因，值得我不顧一切爭取留在A班，那我會不擇手段。
然而沒有。
完全沒有。
我決定假裝自己很努力，以E班為目標。

入住宿舍

「我可以問個問題嗎？」

菲舉起手發問。

「什麼事？」

「具體而言，請問要如何推薦亞連呢？」

「很簡單。只要以同學的身分向老夫宣告自己認同亞連．羅威努即可……恰巧全班同學都是貴族或準貴族，各位可以相信自己識人的眼光，憑一己之念、家族的判斷，或是其他原因皆可。另外補充一點，老夫一概不過問各位的結論好壞與否。」

「……原來如此。」

菲從座位站起來，右手置於胸前。

「以我菲倫．馮．多勒袞之名推薦亞連．羅威努。他適合待在尤格利亞王騎士魔法士學園一年級A班。」

「老夫同意妳的推薦。」

哼。

早就料到菲會推薦我了。

然而就算她挺我，也沒有機會就此扭轉乾坤。

可以離開她這號危險人物。

就憑這一點，我便有充分的動機進入E班。

不過A班果然只有貴族嗎……因為就連前世，我也聽說學力與家庭的經濟能力直接相關……

儘管聽起來很殘酷，這就是現實。

這時有一名看起來十分耿直的男同學站起來。菲在剛才的自我介紹上演一哭二鬧的逼真戲碼時，他就在一旁吃醋。

「菲小姐！您究竟在想什麼啊！雖說與多勒袞地區有主從關係，他只是貧窮子爵家的三公子，而且他還沒洗清作弊嫌疑，您竟然以家名保舉他……！看他剛才對您目中無人的態度就足以證明他是個騙子！要是損害多勒袞家族的名聲怎麼辦！我要向侯爵報告這件事！」

啊～原來如此。不知道他是分家、家臣，抑或是與名門伯爵有主從關係，總之就是隨從或監督吧。

為了與菲一起進入A班，想必付出相當大的努力。

咯咯咯。

他肯定很討厭突然冒出來的我。

手裡又多了一枚籌碼，對此我十分滿足。

「我會特地報出家名，並不是我個人的因素。是我認為應該以多勒袞家之名，推薦亞連喔？

有時候即使冒著風險也要當機立斷，這才是貴族政治。帕里，我已經看見你看不見的事物。要報告就隨便你，可以請你閉嘴嗎？」

那是怎麼回事，好可怕……

我什麼都沒看到就是了？

然而主子都這麼說了，諒他也不敢再多嘴吧。

可憐的帕里同學惡狠狠地瞪我，眼神彷彿隨時都要殺人一樣。

「……我一定會剝下你的假面具，讓菲小姐清醒……你就脖子洗乾淨等著吧。」

「亞連的戰鬥力可是高達等級五喔……？勸你最好別不自量力喲？」

班上立刻響起抄筆記的聲音。

呃，我只是在形容自己就像路邊的垃圾，沒有深層的含意啦……

◆

「那麼，今天的新生訓練到此結束。要住校的同學可以從今天開始入住，請在下午五點以前辦妥手續。明天早上請九點以前到校。」

等葛多芬宣布完畢，我立刻一溜煙就離開教室，免得菲跟到家裡，要求我介紹姊姊給她。

只要住進宿舍，就能逃避一切。

反正我很快就會與A班說掰掰，然後進入E班。

我完全不想留在教室裡，與同學增進關係。

好累……

光是打個招呼，然後接受第一次新生訓練，我就累得要死……

回家後，我發現母親已經出發前往子爵領地。

姊姊也尚未放學。

她目前就讀的特級魔器研究學院，類似前世的大學博士課程。

每個學生都有專屬的研究主題，比起上課更要自行斟酌以自由地研究，得到一定的成果後獲得學位。

研究所的支援也很重要，似乎會為每個學生的研究提供超乎規格的預算。

我慶幸姊姊不在，迅速整理少量行李便前往宿舍。

雖然事後會很可怕，聽到血紅地毯事件後，我實在不敢笑著慶祝自己考上……

◆

學園的普通宿舍是一棟古色古香的磚瓦建築。

儘管與鋪設豪華大理石的校舍有極大的反差，我對居住環境不太講究。

只要能睡覺就行了。

倒不如說，以很想要違反門禁晚上溜出去玩的自己來說，甚至可以說我喜歡這種老式建築。

我前往設在入口左側的宿舍管理室，然後向舍監開口說：

「不～好意思！我來辦理入住手續了！」

「稍等一下！」

不久後，貌似舍監的人物從中出現，對方是位年齡不詳的老奶奶。

雖然拄著拐杖，腰桿直挺挺的，散發年輕的生命力。

「新生嗎？老娘是這間宿舍的舍監，名叫索蘭。在這裡寫下你的班級與名字。」

我寫下「一年Ａ！班／亞連．羅威努」。

「……有個小孩在實戰測驗拿到第一名，卻遭人懷疑在學力測驗作弊。你就是那個前所未聞的小孩嗎……所以，你究竟有沒有作弊？」

「沒有。」

我筆直回望對方，同時開口回答。

索蘭凝神注視我的眼睛，不久後說了句：「哼，好吧。」接著她便帶我進入宿舍。

「這間王立學園普通宿舍只有一項規定。看那邊。」

我順著索蘭手指的方向看去，就發現那裡掛著匾額，上頭寫著「質樸剛健」四個粗體大字。

看得我暗自竊笑。

這四個字代表不做作、認真、剛強以及穩健，是我喜歡的字詞。

對於想跳脫體制的我，最討厭的就是裝模作樣。

而且認真、剛強與穩健這三個詞，想怎麼解釋都可以。

實際上，我比任何人都有自信，認為自己能在這段異世界人生中，認真且意志堅定地實踐想做和做起來愉快的事。

「宿舍費用一個月一千利亞爾含早餐。反正只要在王城打著王立學園的招牌，要賺到這點錢根本輕而易舉。要是擔心家裡的生活費不夠，就自己找打工吧。要當家教或探索家都可以。早餐時間從早上六點到八點半，不吃要事先跟老娘說一聲。房間內有廁所，不過浴室共用，大浴池在入口右後方，使用時間從晚上六點到早上十點。你應該是貴族出身吧？會自己換衣服嗎？」

索蘭略帶戲謔地看向我。

哦！原來房間內有廁所啊！

聽說宿舍租金只要一千利亞爾，在王城內便宜到離譜，起先我還擔心是什麼破爛公寓，現在聽起來還不錯耶？

而且浴室是大浴池？

寬廣的浴池可以舒展雙腳，還不用自己燒水，這種條件對我而言就像天堂。

「嗯，我是鄉下貧窮子爵家的三男，凡事都自己來，所以不需要擔心。」

「……明明出身貴族，聽完宿舍說明居然一臉開心，你這孩子還真是奇特……許多人一考上王立學園就得意忘形，教訓他們也是老娘的任務。另外有件事情可能很殘酷，不過老娘還是先告訴你。D班以上的學生付相同的租金，就能入住貴族宿舍。意思是學園內吊車尾的E班都住在這裡，而且還都是一群窮鬼，連貴族宿舍的全額費用五千利亞爾都掏不出來，所以這裡別名『敗犬小屋』。要是不想住在這裡，就趕快升到D班吧。」

貴族宿舍？

只會以成績狗眼看人低的傻子，才會聚集在那種地方吧。

就算那裡的設備與餐點比這裡好，我也感受不到絲毫魅力。

假如想吃什麼好料，只要晚上偷溜出去自己找就行了。

「不，我反而喜歡這裡。宿舍規則『質樸剛健』聽起來很棒不是嗎？我會卯足全力，但是這三年要住在這裡。索蘭女士，今後請多多指教。」

索蘭愣了一會兒——

「嘻嘻嘻，希望等升班以後，還能聽你這麼說。」

不過非常開心地笑著回到舍監室。

新生訓練的內幕

「那麼，老夫想聽聽各位的見解。」

「沒問題。」

「應該沒問題。」

「我認為沒問題。」

「沒問題吧。」

「我已經仔細分析過。即使不用審訊，肯定也沒問題。」

眾人一致認為沒問題。

最後剩下杜一人，他嘆了口氣回答：

「有問題。」

……

「真是不乾脆耶……誰教你明明不會賭博，還腦袋發熱。」

「還不是因為你一直在煽動我，傑士汀！要是那個臭小鬼滾蛋，我就獨得三億利亞爾啦！嘻嘻嘻！」

杜在長期熬夜之下早就身心俱疲，眼看鉅額橫財即將落袋，一時之間完全失去理智。

他完全沒認清現實。

不能賭博之人最常犯這種錯。

「那麼全體一致認為，沒有明確的作弊證據，因此確定亞連可以留下來。」

負責人莫潔卡宣告。

「喂！我剛才不是說他有問題嗎！哪來的全體一致，別開玩笑了！什麼『常在戰場』佐爾德·拜因佛斯啊！世界上怎麼可能有這麼厲害的家教！肯定是那個性彆扭的臭小鬼亂掰的！」

杜的強辯只是純粹的死鴨子嘴硬，但是他觸及了某種程度的真相。

然而，佐爾德的確教出兩名優秀的學生。而且不論怎麼調查亞連，都沒有任何可疑之處，這兩點才是關鍵。

尤其眾人認為亞連作弊機率高達九十九·九％的魔法理論測驗，也仔細確認過影片。

難度大幅超越入學考等級，除了亞連以外沒有考生答對的轉換魔力數理學應用題，所有考官都死死盯著亞連的答題影片。

只見他稍微思考後，利用空白部分筆算，同時正常地解題。

而且在檢查過程中發現小小的計算錯誤，然後修正。

亞連利用空白部分流利地筆算，檢查過程中發現計算錯誤，這些都不可能作弊。

整場考試他始終如此。至於沒念過就無從解答的題目，亞連都毫不猶豫地乾脆跳過。

剩下的可能性就是掉包找人代考，但是他的筆跡與之前的學力測驗完全一致。

從進入考場到離開為止，若要說哪裡存疑，那就是亞連始終獨自走在寬廣的石板路正中央。

他只在實戰測驗後與其他考生的交流一次。當時他與等待魔力值選拔結果的一群人擦身而過，以艾咪為首的眾多專家早已徹底分析他接觸前後的情況。

包括魔力殘餘、走路方式，甚至是聲紋。任何方面都顯示接受實戰測驗與學科測驗者，皆為同一人。

畢竟本來就是同一個人，這是理所當然的。

亞連順利在兩小時四十五分完成五科測驗，然後一臉愛睏地再度檢查。看到這一幕，眾考官不知為何都領悟到。

是啊，作弊的考生不會露出這種表情……

而且不久前，擔任導師的葛多芬才代表眾人套過亞連的話——

「我已經派值得信賴的人前去評鑑。同時也吩咐，一旦確認佐爾德貨真價實，就當場招攬他。視情況還可以動用我尤格利亞的名號。」

聽到莫潔卡的回答後，葛多芬點了點頭。

「佐爾德・拜因佛斯的名字不久後將會傳遍全國上下。眼下無論如何都要招攬能培育學子的人才……」

眾人都一臉嚴肅地點點頭。

「唯有人才外流的事態絕對要避免。這一點要和多勒袞攜手合作。接下來就是正面對決。」

「……話說老先生啊，為何要開出那種進入A班的條件啊……？」

「有意見嗎？老夫認為這種處置對王國最有利，難道不是嗎……？」

葛多芬瞪了杜一眼。

「當然有意見啊！怎麼可以大大方方地護航自己的賭注（考上A班）啊！」

「唔嗯……那就聽聽大家的意見吧。」

「關於這一點，我們已經達成協議。除了杜先生以外所有人都同意，全數通過。」

莫潔卡大大方方地否決了杜的反對票。

表決結果，最多人支持的考上A班過半數。既然不可能翻盤，所有人都沒有異議。

不過剛才葛多芬說得沒錯，考慮到眼下的情勢，眾人都認為亞連應該留在A班磨練。

只有杜還在發牢騷。

「反而是留在A班的條件有點太嚴格了吧？雖說史無前例，對於剛離開鄉下的少年來說應該很困難。」

沒理會還在大吵大鬧的杜，體貼的雙下巴丹帝表示。

「誰教他自我介紹的時候那麼囂張。哈哈哈，哎呀～真是太妙了。」

帕奇笑著同意丹帝的意見。

「真是的，這有什麼好笑！如果屬實，這樣反而有點傷腦筋耶！他竟然俘虜菲超過六小時直到早上，還當著大家的面假裝不認識，最後甚至像抹布一樣拋棄人家！」

莫潔卡怒氣沖沖地表示。

「其實莫潔卡私底下反覆看那一幕，而且還一臉恍惚。因為她是被虐狂，應該興奮地想像自己受辱後遭到拋棄吧。畢竟她很長一段時間沒有男朋友，早就憋很久了。」

艾咪迅速地又補了一刀。

「不不不不、不要亂說好不好，艾咪！」

「咦？我才沒亂說喔。」

只見艾咪的手指靈巧地——

即將操控時，莫潔卡以迅雷不及掩耳的速度按住她的手指。

「別別、別這樣！對啦，我是長達三年沒有男朋友，早就欲求不滿的三十三歲可悲老女人！我承認，所以別放出來！」

聽得莫潔卡當場蹲下去。

「畢竟妳缺乏看男人的眼光，別擔心，很快妳就會中渣男的圈套，遭到始亂終棄。」

「艾咪真是……虐待狂呢……」

「嗯？我才沒有虐待受虐狂的興趣。我只會虐待討厭的人。」

「「……」」

◆

葛多芬強行拉回扯遠的話題，向丹帝開口說：

「咳咳。老夫承認，那小子拋棄了這年紀特有的過度天真。他明知自己毫無勝算，依然勇敢地頂撞老夫，這一點很了不起。」

「他說要隨心所欲自由自在地活著。一開始他對萊歐・翟辛格如此宣言時，我真以為這小子任性又妄為。有才能的小孩經常如此傲慢無禮，可是他向老先生開罵時，大聲說自己會擊垮任何阻擋他『道路』的傢伙，而且還不管對方是誰。於是我也改變想法，這小子可能天賦異稟，只是覺得自己無所不能，才會驕傲自大吧。」

「是啊，老夫也覺得那小子有屬於自己的信念。可是身處政治局勢中又如何呢？在王立學園入學考中，他的成績可是名列前茅。即使他不願意，也很難置身政治鬥爭之外吧。要是連這點支持都爭取不到，怎麼能成大器呢。」

「原～來如此。刻意營造局勢，要測試他的政治能力吧。這樣的難度的確適合考驗為人處世，老先生還是一樣和善呢。」

傑士汀笑咪咪地補充，同時開心地解釋。

「我更在意的是之前的部分，他向老先生拜師那一幕。今後老先生就是導師，想問什麼問題都可以。而且老先生別名『慈眉葛多芬』，他卻依然不滿足。各位難道不好奇，他究竟想拜託老先生教他什麼嗎？」

「啊。」

原本皺眉聽眾人說話的杜，這時候開口說：

「那個臭小鬼向老先生鞠躬的姿勢，可不是只有快速低頭這麼簡單喔。只有反覆練習昇華至『型』的境界，才會有那種動作。」

「……他到底為什麼會練習這種東西……」

「我哪知道啊。反正想破頭也沒有意義，但是我可以肯定，只有反覆鍛鍊的『型』特有的高尚，才有這種犀利的感覺。他如果鞠躬一百次，可能每一次的動作都一樣吧。」

艾咪在螢幕上顯示這一幕。

亞連鞠躬的動作的確洗鍊無比。

丹帝表示佩服。

「……動作的確很優美。該怎麼說呢，確實感受到他的誠意。」

杜邊挖鼻孔邊繼續說：

「多半是那個冒牌家教胡說八道，說什麼『鍛鍊內心的一環』之類的，叫那小子學習鞠躬的『型』，當有求於長輩時就使出來吧。莫潔卡，妳動用自己的名號用高壓的態度招攬他，真的好嗎～？他似乎會不動如山喔？」

蹲在地上的莫潔卡猛然抬頭。

「既然發現了，為何不早說呢！若不是工作效率高，杜先生根本就是散漫的大叔嘛！我立刻派魔鳥傳訊！」

這個世界目前還沒有通訊用的魔器。

「……唔～嗯。『常在戰場』佐爾德・拜因佛斯。老夫原本以為他的教育方式更加粗魯……看來出乎意料地深奧，真是深不見底呢……」

第四章 小小的傳說

早上的固定訓練與索蘭的早餐

上學第一天。

一如往常，亞連早晨五點起床。

亞連分到的宿舍房間在三樓，約有五坪大小。嘰嘰嘎嘎的床鋪與陳舊的桌椅，應該是上一位同學留下來的家具。

從個人房通往門口的走廊部分，有廁所、簡便廚房與衣櫃。日照不算充足，但是有陽臺。

以貴族居住的房間而言，實在簡陋到極點，不過具備日本人價值觀的亞連感到十分滿足。

大浴池一旁有免費的清洗魔器（洗衣機）可供洗衣。另外還與洗衣店簽約提供外包服務，方便懶得洗衣服的人，或是清洗魔物皮革等特殊材質的裝備。

有部分也只要將清洗衣物置於大浴池旁設置的專區即可。早晚有人會負責收取，隔天送還。

假如將普通洋裝塞在三十公升左右的袋子內，洗一次收費十利亞爾。

特殊材質則費用另計，不過以王城的物價而言，這種價格非常划算。

亞連來到空蕩蕩的宿舍外，舒暢地感受還有一絲涼意的早晨空氣，同時在宿舍前院做簡單的拉筋。

然後以悠哉的腳程穿越學園內部跑到正門，八公里的路程約花費二十五分鐘。

其實後門離普通宿舍較近，出了後門可以沿著外圍跑，不過亞連盡可能不想改變路線。否則會無法測量自己的成長幅度。

從南側的正門來到校外後，亞連一如往常沿著學園外圍開始順時針慢跑。

中途在斜坡整整衝刺了十次，從正門進入學園內，再度放慢速度返回宿舍。

接著從房間拿出木刀，在中庭揮舞。

亞連回想起在前往王城的途中受到長槍使迪歐關照，與他對練的過程。

他一邊準備強化身體，同時意識到長槍的間距。

以必要的最低限度魔力，發揮可控的極限加速揮刀、收回，然後消除魔力余勁。

整整揮刀三十分鐘後，這回亞連開始專心地拉筋。

運動前拉筋是舒展筋骨；運動後拉筋則是增加身體柔軟度，兩者不一樣。

他有意識地擴大運動範圍，邊呼氣邊舒展筋骨，停止動作，然後再重複上述步驟。

新生活第一天。

能順利開始每天早上的固定訓練，亞連十分滿足。

◆

我迅速擦拭汗水，並且換上制服。

王立學園的制服以特殊絲質編織而成。我既沒有主動委託，也沒有在哪裡量過尺寸，一套尺寸合身的制服在昨晚送到房間。

西裝夾克的款式，活動方便又耐穿。如果穿不下了，只要申請就能免費換新。

順帶一提，要穿便服上學也可以。

換好衣服後，我抵達餐廳時已經過了八點。

其實要吃便攜式緊急固體食物也可以，但是母親叮囑我，早餐一定要吃得好。實際照做後，我覺得的確有效。

既然宿舍餐廳免費提供早餐，那我就吃吧。

「動作真慢耶，小弟！你不是九點上課嗎？難道第一天就想遲到嗎？」

抵達餐廳後，管理人索蘭慌忙地表示。

「不會啦，都在我的預料之內。我可以慢慢吃，八點半離開宿舍用跑的，時間綽綽有餘。」

我沒有閒到花二十分鐘吃早餐。不過今天是第一天，我有保留一些時間。

看到索蘭端出的托盤，上頭有兩個冒著熱氣的大漢堡，還有牛奶。

儘管分量十足，我不至於吃不下。

如果花五分鐘吃完，明天開始早上還能洗個澡……
一邊如此心想，我咬了一口漢堡，頓時大吃一驚。
實在油到不行……
味道簡直就像將紅燒肉的肥肉部分泡在油裡……
早上怎麼能吃這種東西。
其實晚上也不行就是了。
我現在才搞懂，為何餐廳除了我以外沒有別人。
早上果然應該吃便攜式緊急固體食物……
可是我前世在飲料食品公司工作過，沒吃完端到我面前的食物，有違我的原則……
我流著眼淚，勉強嚥下她端給我的大漢堡。
於是剛才坐在我對面，看著我的索蘭對我說：
「嘻嘻嘻，真有毅力耶……看你剛才的空揮，小弟，你的專長是強化身體吧？」
她似乎看到我剛才的練習。
我淚眼汪汪地點了點頭。
要是開口可能會吐出來。
「今天的漢堡是針對魔法士設計的菜單，可以幫助循環體外魔力與轉變性質。如果你明天還有毅力，老娘就幫你準備有強化身體效果的菜色吧。不過效果很微弱就是了。」
聽到出乎意料的內容，我噴出口中的漢堡。

坐在正面的索蘭被我噴了一臉油。

「我還是第一次聽說有這種菜單耶！」

「……發問之前難道不該先道歉嗎？真受不了你這小子……不過，也難怪你會驚訝了。畢竟市面上沒有流通這種食材與技術。別看老娘這樣，好歹也是王立學園在籍的研究人員呢。老娘專門研究魔物食材的口味與效果，正好拿這間宿舍的學生當實驗小白鼠……不過最近的年輕人口味越來越刁，都不肯在宿舍吃飯。這樣下去老娘就做不了實驗了。」

索蘭以圍裙擦臉後，視線像狂熱研究人員一樣緊盯著我。

雖然有很多事情想問，有件事我非吐槽不可。

「研究口味？可是我絲毫吃不出鹹味，這根本忘記調味了吧？」

「不是美味，而是口味。畢竟老娘可不是廚師。老娘的工作是確認食材原本的味道與效果，因此鹽反而是一種妨礙。麵包已經含有早餐所需的最低限度鹽分，假如想吃好料，就到外面去吃，或是去校舍的交誼廳吧。那裡能以非常實惠的價格嘗到豪華大餐。」

……這老奶奶沒救了。

用餐可是人生的樂趣之一，在她眼中卻只是實驗臺。

可以肯定她和姊姊一樣，都是瘋狂科學家。

然而為了成為嚮往的魔法士，我不會放過任何機會。可以從魔物食材這種高度專業領域著手，而且專家願意使用未公開的技術，每天免費提供協助，這些聽起來很有吸引力。

總之我決定再稍微深入詢問。

「我完全沒有轉換體外魔法性質的天賦，可是我無論如何都想要學會體外魔法。妳知道有哪種食材可以讓人後天學會轉換性質嗎？」

對於我出乎意料的問題，索蘭一臉錯愕地回答：

「……很可惜，這世上並沒有那種東西。後天學會轉換性質的研究可是一大課題，在王國的漫長研究歷史中，一直有各種領域的專家挑戰。因為任何人都知道，一旦成功就足以澈底改變世界，不過這條坎坷的道路也讓眾多優秀研究人員飽受挫折。老娘沒有網羅所有領域的研究，卻也沒聽過成功案例。」

索蘭注視我的眼睛繼續說：

「何況你為何要堅持體外魔法？你的實戰測驗成績是第一名吧？這所學園的眾考官們對你評價這麼高，代表你肯定有強化身體魔法的才能。雖然不是沒有例外，強化身體練到極致才是騎士的王道。反倒是太多人同時具備強化身體與體外魔法的天賦，結果樣樣通樣樣鬆，變成半吊子的魔法騎士。」

看她的表情就知道了。

她的意思是：「老娘不想說得太難聽，勸你放棄吧。」

「即使如此，我還是不想放棄使用體外魔法的夢想。因為這是我想做的事。我不稀罕當騎士建立汗馬功勞。」

索蘭的手環抱在胸前，發出一聲：「唔嗯～」

「……大概率是白費力氣喔？若是徒勞無功也就罷了，甚至很可能會毀掉你的天賦。」

「我有心理準備。」

「……嘻嘻嘻！真有趣，老娘從明天開始幫助你吧。來點猛的。嘻嘻嘻！嘻嘻嘻嘻！」

總而言之，我好像與不得了的惡魔締結了契約。但是拜託，不要這樣笑好嗎……

原本我只想問點問題，結果突然成立了契約。不過這也沒辦法。

「來，趕快吃完今天早上的份，然後去校舍吧。不然真的會遲到喔。」

考慮到今後每天早上都得吃這麼大分量的怪物，即使調整就寢與起床時間，早上也得保證三十分鐘的用餐時間吧。

好不容易開始的固定訓練，居然第一天就得調整啊……

◆

亞連如此心想，同時跑向校舍。

他的背影看起來非常開心。

夢幻布局

利用強化身體魔法奔跑，我正好在九點之前抵達教室。一直感覺到火燒心，好幾次都差點吐出來……

我拉開教室門後，原本吵吵鬧鬧的教室頓時鴉雀無聲。

呵呵呵，問題兒童駕到啦。

內心好像會承受不住……

座位似乎就是我昨天隨便選的窗邊位置。

這個座位本身很棒，可以看見隨風流動的雲朵。

問題在於……

「早安啊，亞連。真是不錯的早晨呢。話說亞連，你是從子爵宅邸來的嗎？原以為難得能和你一起生活，我昨天甚至在貴族宿舍櫃檯監視，想和你住得近一點……你昨天沒有辦理宿舍入住手續吧？」

菲理所當然一般坐在我身邊。

「早啊，跟蹤狂。直到剛才我都還覺得今天早上不錯，現在正好心情糟透了。」

這個世界還不存在跟蹤狂這種概念，不過剛才誕生了。

「跟蹤狂？你還是一樣，會說出不可思議的詞彙呢。那究竟是什麼意思啊？」

「就是不管會不會造成對方的麻煩，未經別人允許就一直跟在後頭的害蟲。」

「哇哈哈哈！簡直就是我呢。亞連的頭號跟蹤狂寶座，我可不會讓給別人喔？」

菲開口挑釁正好坐在一旁的可憐金髮女孩。

拜託，誰來教教我怎麼挫挫她的銳氣吧……

「嗨，亞連，上課第一天就差點遲到，還真從容啊……還有，抱歉恩度米翁地區對你姊姊造成麻煩了，我向你道歉。」

艾爾禮貌地低頭致意。

這件事又不是他害的……

「其實你不需要道歉吧？我想姊姊也已經不在意了，忘記這件事吧。至少我不在意了。要是你一直計較這件事，我會很難做人。」

其實我很在意，不過我還是這樣回答他。

強娶姊姊的呆瓜是他自作自受，可是其他跟班莫名其妙被姊姊送進醫院，我反而想道歉……

艾爾猶豫了一瞬間，還是笑著回答我：「知道了。」

雖然我要離開這個班，還是希望能與他成為朋友。

◆

葛多芬正好在九點來到教室。

我並未放棄拜他為師，不過這一星期最好還是安分點。

如果我現在試探，他肯定會當成留在A班的條件。

「都到齊了吧？那麼事不宜遲，早上來進行強化身體魔法的實戰吧。請各位前往競技場。」

「請問實戰不是有分科目嗎？」

「因為身體與強化身體魔法經過鍛鍊後，對任何工作都有幫助。只會從安全的地點施放體外魔法，是無能的魔法士。要是連操控魔力都不會，同樣是沒用的魔法技師。只會紙上談兵，在現場一無是處的大頭官吏也一樣。王立學園的畢業生不需要這種沒用的人。培養六邊形全才一直是王立學園創校以來的方針。也就是說，強化身體魔法要超越普通人的水準，還要培養武術的興趣。這些都算是王立學園畢業生的普通修養，二年級以後才會依照專攻科目上課。」

原來如此。

反過來也代表，我會與魔法士接受相同訓練，也能上同樣的課。

我開始期待課程了。

◆

走出校舍，通往東側森林的石板路在中途分叉，競技場在叉路的另一端。

居然有四座堪比田徑跑道的大型體育館……

這間學園究竟有多少預算啊？

光是維護費用就嚇死人了……大概是受到在日本的經驗影響，我才會有這種想法。

「話說老夫已經大致記住各位同學實戰測驗的情況了。首先得向同學自我介紹，然後與任意同學兩兩組隊，以小組為單位進行模擬戰鬥。其他人則在一旁觀摩。」

「與任意同學兩兩組隊」，果然來這一招啊……

對我這種受到同學排擠的人，算是最大的難關……

我當然不可能主動找菲，而且最後肯定剩我與另一個孤零零的可憐蟲，然後我苦笑著與對方組隊——

「亞連．羅威努！想不到這麼快就有機會送你上路。戰鬥力等級五？我不知道那是什麼意思，不過你可是實戰測驗的榜首，應該不會落跑吧？」

噢噢，帕里同學也在啊……

其實我不討厭你耶。

◆

「我先警告你喔。要是我贏了這場模擬戰鬥，無論如何都不會推薦你。就算菲小姐命令我也一樣。」

「……你能保證不食言嗎？」

我再次確認。

原以為得浪費一個星期，這下子正好求之不得。

「哼，你也只能趁現在才能囂張了！葛多芬老先生！以我帕里．阿貝尼祿之名，我是否推薦亞連．羅威努，就看這場模擬戰鬥的結果！沒問題吧？」

「……老夫同意。」

「亞連，你可以放輕鬆沒關係喔？不論發生什麼事，帕里都會推薦你。就算你難以接受也一樣……知道嗎？」

菲來到我身邊擔憂地開口，但是她那像貓咪一樣的瞳孔緊張地放大。

等一下帕里同學打贏我，肯定會換來菲的一頓臭罵，真可憐。

不過我有點在意呢。

「那傢伙好像特別有自信耶？難道他這麼厲害嗎？」

之前的實戰測驗中，我好歹也是榜首。

可是我從言行舉止感覺到，他有必勝的自信。

平時膽大無畏的菲居然主動掛保證，這點也讓我很在意。

「……假如多比幾次，我認為帕里一定不是你的對手……」

在菲支吾其詞之間，答案立刻揭曉。

帕里同學走過靠著訓練用木刀的架子，來到模仿長槍造型的棍棒架前，挑選拿手的武器。

◆

在我這個年紀，應該沒有多少人面對長槍訓練過。

因為以王立學園為首，所有十二歲升學測驗中的實戰項目都用木刀。

以這種意義而言，專門使用長槍的帕里可說相當罕見。

剛才聽到他自報家門，之後還選擇長槍，我才想起來。

與多勒袞家有主從關係的貴族中，阿貝尼祿伯爵家是武術名門。

每一任當家都是鼎鼎大名的阿貝尼祿流槍術師傅。

而且我也知道。

長槍這種武器可不簡單，沒有面對過的人無法輕易應付。

怪不得帕里同學有絕對的自信。

剛才我一直想著要怎麼輸給他，現在我改變想法了。

鄉下的C級探索家迪歐不靠刺擊，就打得我落花流水。即使我全力以赴，應該也很難贏他。

帕里同學是個不錯的實驗對象，就利用他來試試看我現在能應對多少槍術吧。

◆

我選了把適合的木刀，奉陪帕里同學。

「請多多指教。」

身為求教的一方，我準確地低頭三十度鞠躬，然後站直。

老頭子的眉毛好像跳了一下呢？

竟然知道我行禮有多優美，表示他這把年紀沒白活。

帕里同學左手往前側著身子。

他的背脊挺直，膝蓋卻很柔軟。

看得出來，他從拿起長槍的瞬間就消除雜念，氣息飽滿。

……他第一記應該會使出刺擊。

我做好強化身體的準備，擺出正眼架式。

帕里同學的腳在地面緩緩拖行，縮短彼此間距。

這一招大概得在道場或這座競技場這樣地面完整的平坦場所，彼此還必須相隔充分的間距，並且一對一決鬥下才能使用。

與迪歐對練時，他沒給我這麼多時間思考，然而以相同條件要求帕里同學太嚴格了。

畢竟迪歐累積多年與魔物實戰的經驗，不難想像他與帕里同學在思想上有根本差異。

不過這樣磨蹭還真煩耶。

對我而言，這並非不能輸的戰鬥，而是考驗自己的訓練。

我解除正眼架式，持木刀的右手放鬆力道下垂，同時隨意縮短間距。

根據我的計算，還差半步——

就在我如此心想的時候，一記大砲般的刺擊迎面而來。

我瞬間扭動身體躲過。

明明已經預判，剛才真的好險……

他的速度與攻擊間距超乎我的想像。

以托著長槍的左手為砲筒，使出刺擊的右手施加扭轉，提升速度並攻擊間距。

這就是長槍的刺擊嗎？
不知不覺中，我的嘴角揚起笑容。

◆

「可惡！為何刺不中啊！」
儘管前後經過了十分鐘，帕里同學的長槍始終沒有擊中的跡象。
原因很簡單。
他的槍術太優美了。
架式非常忠於基礎。
使出的刺擊十分筆直，收槍的速度很快卻沒有連招。
他的步伐始終試圖維持間距，等著隨時克制刀法，形同告訴我接下來他還要攻擊。
當然他也不時穿插橫掃或劈擊，可是我已經懂得應對迪歐變換自如的間距，相比之下他的攻擊太過單調。
這樣無法活用長槍的優點。
一開始我還提防他設陷阱。
起先我以為他在布局，刻意重複單調的攻擊讓我的思考偏向單方面，再冷不防使出預料外的攻擊。

然而下一擊始終不來。
我等了老半天都等不到！
見到帕里同學越來越著急的表情，連我都跟著急了……
當著老頭子的面，接下來我要怎麼輸啊……

真正意義的布局

為了將來而事先安排，叫做「布局」。
時間回到前一天的傍晚。
地點在王立學園貴族宿舍的一間餐廳，豪華燦爛的程度足以讓人以為是王城的高級飯店。而王立學園一年A班在其中一間包廂舉辦同樂會。
主辦人是菲倫·馮·多勒袞。
多勒袞家是歷史悠久的尤格利亞王國僅有的九大侯爵名門之一，菲則是家族眼中足以肩負未來的超級才女，而且已經獲得只有當家才可以使用的名號「馮」。
其實在場的同學都了解彼此，不需要急著舉辦同樂會進行交流。
然而如彗星般突然出現的亞連，他的真面目可能掌握在菲手中，而且菲正好在這個時機舉辦同學會。這麼重要的聚會，王立學園A班的同學可沒有笨到會缺席。

除了亞連與帕里以外，A班十八名同學全員到齊。

帕里依照菲的命令，在貴族宿舍的櫃檯監視亞連是否出現。

其實這是調走可憐蟲帕里的體面藉口。因為菲認為他可能會妨礙今晚討論的議題。

順帶一提，其中也有同學預定在學園與住家通勤，不過只要是王立學園D班以上的學生，都能以超實惠的價格在此用餐。

說完固定的場面話、道賀彼此考上A班後，便進入今天的正題。

沒錯，內容與亞連．羅威努有關。

「菲，和妳說的一樣，他相當有趣呢。」

將深紫色的秀髮紮在後側，從左肩垂至前方，名叫凱特的女同學推了一下細框眼鏡開口說。

以「班長」一詞來形容她的模樣，或許最貼切吧。

「豈止是相當有趣。短短一天，如今才打過招呼與結束新生訓練而已，他竟然在同年紀男性中散發如此強烈的存在感。」

以鮮紅色髮箍箍住亮黃色金髮的茱葉咯咯笑。

「就是說啊。還不是菲隨口說了句『發現有趣的同學』，我才沒當真。還以為又是哪個可憐蟲淪為菲的實驗玩具……」

粉紅色秀髮束成雙馬尾的史黛菈，興致索然地回應。

她們似乎在抱怨菲事前告知的資訊不足。

只有這三人事先聽菲提過亞連。

不過連菲自己都沒有料到，亞連竟然會考上A班，而且在實戰測驗中更是S級分的榜首，所以才沒有提到太多亞連的資訊。

這時與生俱來的社交達人艾爾，代表男同學開口加入話題。

「菲，妳究竟掌握了多少亞連的實力——」

然而史黛菈打斷了艾爾的切入。

「更重要的是，實際上，你、你、你們究竟進展到哪個階段了？竟竟竟、竟然成為他的俘虜六小時，他真的有這麼厲害嗎？」

「「呀——！」」

女同學跟著發出尖叫。

一下子被帶歪成色色的話題。

包含艾爾在內，所有沒骨氣的男同學都低著頭。或許可以說現場的主導權完全掌握在女同學手中。

其實這不在史黛菈的計算之內。

只不過這個年紀的小孩都會感到好奇，本來應該私底下問這些色色的內容，女同學卻積極又毫不避諱。這算是古今中外，人盡皆知的常識。

「記得菲說過，是在多勒袞開往王城的直達列車上認識他的吧？妳房間裡不是有隨從嗎？究竟是在哪裡成為他的俘虜呢？」

「「呀——！好骯髒喔——！」」

聽到茱葉的吐槽，女同學再度尖叫。

之後女同學們一個接著一個，不停釋放心中的妄想，然後持續發出尖叫。

在這段期間，男同學始終低著頭。

等女同學都嬉鬧完，菲才從實招來。

「抱歉在各位討論熱烈的時候插嘴，其實我還不知道要如何得到他。要是觀察一段時間或許會發現，他完全不理睬我。」

「……嗯，說得也是。在菲的調戲下，他的臉色一下子發青一下子泛紅。照這樣看來，他肯定還是處。」

凱特乍看之下像班長，但是她剛才發出的尖叫最大聲。此時她突然以冷靜的聲音回答。

看來她剛才只是叫開心的。

聽到凱特的分析，所有女同學都一本正經地點頭。不過，即使是這個世界，這個年紀沒有經驗也很正常。

畢竟還沒長大嘛。

順帶一提，包含前世在內，亞連整整四十八年都是不折不扣的處男。

◆

「我特地召集各位，是因為我想知道大家都怎麼看待推薦亞連一事。畢竟我已經自報多勒袞的家名，可不能輸給各位呢。」

菲一臉笑咪咪地環顧眾人。

「什麼怎麼想。他光是自我介紹，就讓全班嚇破膽了喔？」

茱葉咯咯笑著，左手從下方托住以她這個年紀來說特別豐滿的胸部。同時右手彎曲，手指抵著嘴脣。

「而且連那位『慈眉葛多芬』都以王國的危機引證，說要囊括同學的推薦，直接向陛下保舉他。加上多勒袞家公開力挺，我們反而沒有理由強硬排擠他，他根本贏定了吧？」

乍看之下頭腦簡單的雙馬尾史黛菈冷靜地分析。

雖然她個性豪爽，頭腦也很敏銳。

這所王立學園標榜培育六邊形全才，其中能考上A班的人都不是笨蛋。

「一般而言或許是這樣沒錯。可是亞連有些地方連我都看不透，所以我想先盡可能摧毀不確定的要素喔？」

菲注視直到剛才都始終一語不發的萊歐。

萊歐嘆了一口氣並回答：

「真是錯看妳了，菲倫。儘管我無法理解他的生存之道，眼睛可沒瞎到會將私人情感與推薦的事情混為一談。以葛多芬老先生為首，他可是全體考官都一致評定為實戰測驗榜首的傢伙。我原本就為了與有天賦的同學切磋砥礪、提升自己而待在這所學園，所以當然沒有理由趕走他。不過我打算與他交手，自己親眼確認後才決定是否以翟辛格的家名推薦。」

「也對……他向艾爾與可可的自我介紹，能看出他有一定的才智。光是根據今天一日的唇槍舌戰，我就可以確定，他不是會靠作弊，不擇手段進入學園的人。」

之後與亞連並稱「A班平凡臉三兄弟」之一的單也贊成。

「雖然他有點頑固，卻是個好人。」

後來與亞連和單兩人並稱「A班平凡臉三兄弟」之一的多爾也贊成。

可可則連連點頭同意。

「大家都同意了嗎？既然如此，可以明天早上第一堂課就向葛多芬老師推薦嗎？要不要報出家名就隨各位。」

「妳說明天第一堂課……？原來事前討論至此就已經結束了啊？有必要這麼急嗎？」

艾爾代替感到不解的同學發問。

菲一臉傷腦筋地回答：

「嗯～其實這是我的推測。我認為亞連無意留在A班……他甚至可能覺得待在E班更好。」

所有同學聽到這句話都啞口無言。

不論家境再怎麼優渥，王立學園的測驗都不輕鬆。

這是少數擁有天賦的人嘔心瀝血地不斷努力，也不見得能夠達成的壯舉。

而且在這之中就算是翟辛格與多勒袞這種大家族，可能幾世代也只有一人能夠考上A班。更不用說那些地位比他們還要低的家族，可以說是歷史上前所未有的榮耀。

而且榮耀有多大，將來的前途就有多光明。

「哈哈哈。我看到今天早上的榜單，全家人都抱在一起喜極而泣呢。」

艾爾一臉陰鬱地嘀咕。

「亞連給我的感覺，就像活在不同的次元。第一次見到他時也是，我說出多勒袞的家名時，他還一臉厭惡。其實我也認為他不會作弊，可是乖乖放棄也不『符合』他的原則……他肯定有非做不可的事情……儘管我不知道那究竟是什麼事，要是有必要，他肯定會毫不猶豫就放棄考上A班的資格。」

「不好意思。」

這時，一身高級飯店侍者模樣的餐廳職員進入。他將一張紙交給菲，並且恭敬地行禮離開。

「噗。」

見到手邊的紙張，菲開心地笑了出來。

「新生訓練一結束，亞連就急著回去，所以我派我們家的人監視亞連……結果發現他似乎從家裡筆直地前往普通宿舍喔。他好像已經對A班沒有留戀了。」

即使是隨從，假如不是職員或在校生，也無法進入王立學園。

因此外面的人要告知資訊時，會將信件交給門口的守衛。

順帶一提，這間貴族宿舍有完整的各式家務代理服務，而且幾乎免費，即使是良家子女也不用擔心生活。

「難道那傢伙沒將我們放在眼裡嗎？」

雙馬尾的史黛菈不甘地表示。

所有人的表情都一臉苦澀。

眾人都已經確定迎向光明的未來，當晚的氣氛卻沉重得不可思議。

「我會想辦法搞定帕里，其他一年A班的成員全部盡全力去逮住他。我想各位應該都知道，今天這場聚會與推薦的事情都要向亞連保密，最好能讓亞連覺得全班都討厭他。趁他大意的時候，在一天之內搞定。」

菲如此總結，凶猛的眼睛炯炯有神，讓人聯想起肉食獸類。

就這樣，除了亞連與可憐的帕里同學，一年A班一天之內便團結一心。

順帶一提，此時亞連在側門附近找到美味的蕎麥麵店，心情正好。在亞連津津有味地吸著蕎麥麵時，勝負早已揭曉。

「……我會接受他的第一次。」

茱葉宣布。

「「呀——！公開宣戰耶～！」」

「等一下！」

「「呀——！」」

……夜晚越來越深沉了。

測驗戰爭的結果

時間回到競技場來。

◆

如今我又面對出乎意料的情況。

貫徹防禦的同時，我心想自己該不會只能故意腳滑輸給他，正在估算時機的時候，帕里同學突然跪倒在地。

他喘得肩膀劇烈起伏，看起來呼吸困難。

……咦咦？

這樣做不管怎麼說都太故意了喔，帕里同學……

才剛過十分鐘而已耶。

我忍著幾分難為情，假裝疏忽大意，毫無防備地接近他。

「到此為止……他的魔力大概是消耗殆盡了。哪位同學去幫幫他吧。」

魔力耗盡？

……到底要怎麼使用魔力，才會在十分鐘耗盡啊？

就算魔力值勉強過及格線，這也未免太快了。

模擬戰鬥不論打得多麼激烈，動作之間肯定會呼吸。

假如我有餘裕，按照常理會採取行動來壓制對方呼吸，然而我這次一次也沒有進攻。

這可不是十分鐘短距離衝刺的無氧運動耶？

雖然這個世界的人應該也做不到……

我難以理解目前的情況拚命思考，此時萊歐往前跨出一步平靜地說：

「……亞連．羅威努，能和我交手嗎？」

他的手中已經握起木刀，嘴角揚起無畏的笑容。

萊歐嗎……

換個方式想想，這是個好機會吧。

儘管我不太清楚發生了什麼事，由於帕里同學放水，讓我的身價意外地提高了。現在應該是降低身價的好機會。

而且我早就想和他全力交手一次看看了。

轉到E班之後，應該很難有這種機會。

如今我越來越不明白自己的實力，現在也是測試的好時機。

我默默低頭三十度鞠躬，然後抬頭。

◆

萊歐從容地等我擺出架式後，首先一副試探的模樣，使出一記如範例般標準的橫掃。
雖然速度很快，我還不至於無法反應。
我一邊思考接下來的發展，同時以木刀承受這一擊。
這一瞬間，出乎意料的力量將我吹飛將近三公尺。
我立刻強化身體彌補，同時做出受身動作，為了拉開間距而往後翻一圈並站起身。
……這就是目標考取王立學園入學考大滿貫，強化身體的輸出水準嗎……
而且他應該還沒使出全力。
由於剛才這一擊，我澈底明白了。
他的能力完全在我之上。
在這場模擬戰鬥中應該很難追上差距。
然而……
萊歐無意追擊，臉上浮現無畏的笑容。
……我開始想弄哭他了！

◆

我判斷無法拚力量，決定改拚招式。
要是被迫與他交鋒，我馬上就會完蛋。

所以得重視速度。

我盡可能提升揮刀的力度，只要擊中就能打敗他。一旦被他躲過，就立刻揮出下一擊。

要是被他擋住，就立刻縮手。

在他擋住之前，只要來得及變招就立刻改變。

萊歐偶爾會彈開我的攻擊，不過彈開的瞬間，我會立刻調整呼吸，同時在極短的時間內壓縮魔力盡可能恢復。

然後馬上發動攻擊。

可是我還是砍不中。

同樣的攻防戰持續了將近三十分鐘，不過萊歐看起來並未向帕里同學一樣耗盡魔力。

他原本讓人火大的笑容消失，然而依然滴水不漏、毫無破綻。

我決定搏一搏。

之前我一直沒有使用刺擊。

我從上段架式瞄準萊歐的額頭，冷不防使出一記刺擊。和之前不一樣，我沒考慮收刀，卯足全力。

不過萊歐一撇頭，躲過我這一刺。

早就料到你會躲開了！

我依然緊盯著萊歐的額頭，發揮藉由刺擊順勢縮短的間距，全力朝他胯下使出上踢。

之前我一直沒使出體術，就是為了這一招的布局，帕里同學！

驚人的是，萊歐在千鈞一髮之際合攏雙腿，擋住這一記斷子絕孫腳。

「唔噢噢噢！」

然而防禦姿勢不完整，他整個人被我踹向後方。

我正準備使出最後的絕殺技，結果這時候換我大吃一驚。

剛才萊歐的左手發出一記通紅的火球，我明明彈向了後方，現在火球卻向我直撲而來。

◆

身體往前傾的我自知躲不過，當機立斷丟下木刀，全力強化身體鞏固雙臂並彈開火球。

可是在我抽手的那個瞬間，萊歐的木刀已經抵住我的脖子。

我當場向後仰，呈現大字躺在地上。

「是我輸了。」

我開口。

其實我從一開始就不打算故意輸給他。

我以挑戰者的心態，卯足全力與他戰鬥。

不過還是輸了。

如果他從一開始就使用體外魔法，可能早就分出勝負了。

這代表他從一開始就在放水。

雖然很不甘心，這就是我目前的現實。
只能接受，然後積極向前。
在鄉下子爵領地，我從未輸過同年齡層的人，導致眼淚滑過我的臉頰。
這就是悔恨的淚水。
另一方面，我倒是覺得神清氣爽。
萊歐．翟辛格。
將來我要讓你也嘗嘗眼淚的滋味！
我再度下定決心，要從E班開始從頭鍛鍊。

◆

「你平常是怎麼鍛鍊的？」
向我伸出手的萊歐問我。
他看我的眼神沒有贏家看輸家的輕蔑。
原來他不是壞人啊。
只是我們不合拍而已。
「沒什麼特別的。大概就是每天早上慢跑後空揮，晚上睡前練習基礎的壓縮魔力吧。然後最近還忙著念書。」

我握住萊歐的手起身。

「……你似乎還游刃有餘呢……你知道自己的體力多得離譜嗎？」

萊歐問我。他的表情沒有別的意思，而是純粹的疑問。

……我的體力多得離譜？

「哼，大概是因為我每天早上都認真地慢跑吧。」

我完全不知道他在指什麼，但是我又不甘於回答：「我才剛輸，所以不知道。」於是我隨口回一句。

原以為萊歐又要露出無畏的笑容，結果他轉身面向葛多芬，右手置於胸口表示：

「以我萊歐．翟辛格之名推薦亞連．羅威努。他適合待一年級A班。」

「……老夫同意。」

「咦？」

怎麼會變成這樣……

「從明天開始我也要一起跑。」

「咦？我才不要。」

為什麼每天早上非得和不合拍的人一起慢跑啊。

這不管怎麼想，都是地獄好不好。

而且他居然還推薦我……

昨天明明說一輩子都和我不合，想不到你這麼容易轉變心意。

他依然帶著一臉無畏的笑容。

話說這下糟糕了……

此時失去帕里同學與萊歐這兩張牌，出乎我的意料……

剩下的時間我得謹慎行動……否則真的有可能會留在A班。

這時候葛多芬開口這麼說：

「經由剛才萊歐的同意，一年級A班一致推薦亞連．羅威努。昨晚全體考官同樣舉薦，並且得到陛下的同意。因此，正式認可亞連．羅威努進入A班就讀。」

啥？

我一頭霧水。

這老頭子在說什麼啊？

他痴呆了嗎？

「呵呵呵！沒想到不到一天就獲得全班同學認可，而且所有人都以家名推薦……你究竟使用了什麼魔法啊？」

咯咯咯。

要是真有這種魔法，我還希望你教我呢。

就算有，我也不能用。

真的不是開玩笑嗎？

今天早上進入教室時，記得全班同學都以異樣的眼光看我——

「噗！」

……原來是她的傑作嗎？

我緩緩轉過頭。

只見菲一臉笑咪咪地站在那裡。還有照理說直到今天早上應該都冷淡地看著我的全班同學，正一臉奸笑地站著。

「好～厲害啊，亞連！你的續戰時間導致魔力值完全不像C級分呢！竟然能與魔力值超過五萬的萊歐打得有來有回，到底有什麼祕密啊？」

艾爾笑著走過來，摟住我的肩膀。

「亞連，你以為逃得出我的手掌心嗎？我不論到哪裡都會追著你，所以趁早死心喔？」

跟蹤狂也笑得一臉燦爛地表示。

此時有一位用紅色髮箍箍住鮮豔的金髮，高雅的千金小姐走近。

她今天早上很不湊巧在菲的旁邊，受到菲的糾纏而害怕不已。

「你好，亞連同學。我是專攻魔法士科的茱葉莉・勒貝朗斯，請叫我茱葉吧。要是被菲小姐纏得受不了，可以隨時來找我商量。」

勒貝朗斯……她不是和菲同為侯爵家的人嗎？怎麼突然對我這麼友善？

體貼又可愛的女孩向我眨眨眼，我忍不住內心怦怦跳……

因為知道姊姊的真面目，我不敢完全聽信她的話，我真恨這樣的自己。

「……班上女生不是瞧不起我嗎……？」

感到疑惑的我發問，結果剛才就站在她身旁、像班長的紫色頭髮女孩代為回答：

「可以直接稱呼你『亞連』嗎？我是官吏科的凱特。班上同學都知道你是處喔。菲曾經嘲笑過你吧？」

怎麼可能！

我怎麼沒聽過有這種魔器！

到底是根據什麼原理判定的啊！

「總而言之，我早上也會參加你說的慢跑。我是騎士科的史黛菈，請多指教。」

有一頭桃紅色雙馬尾髮型，看起來很好勝的女孩表示。

劇情發展的速度太快了，我跟不上……

「亞連，我也想和你一起慢跑。我不會妨礙你，拜託了。」

「好、好啊，可可，你可以一起跑沒關係。」

我勉強回答。

「那麼，明天早上要幾點開始跑呢？」

「順便決定集合地點吧！」

一副路人長相的A同學和B同學也裝熟地開口。

「喂！我當然也要一起跑喔！別忘記我！」

慢了一步、搖搖晃晃的帕里同學急忙起身。

意思是全班同學已經接納我了嗎……？

「呵呵呵，光靠『器量』征服眾人嗎？這也是政治的王道之一吧。」

老頭子又一臉什麼都懂的模樣，說什麼政治。

我再次環顧一臉笑咪咪的同學們。

每個人的臉上都一副「活該～」的表情。

我似乎中了轉生系作品中常見的廢柴流套路。

以菲為代表，她右手置於胸前呼喊我的名字。

「亞連．羅威努。」

全班跟著響應。

「「歡迎你進入王立學園一年級A班！」」

除了帕里同學以外，所有人都異口同聲。

◆

即使在這個尤格利亞王立騎士魔法士學園的漫長歷史中，也以其成就遠遠超越其他第一千一百二十七屆畢業生，人們通稱「獨角獸世代」。

作為當中的核心人物名留青史。

「常勝無敗」萊歐．翟辛格。

「空即是色」菲倫．馮．多勒袞。

「大瀑布」艾爾多雷・恩格列巴。

「全方位朋友」可可尼埃・卡納爾迪亞。

他培育出其他眾多偉人，甚至被譽為「真正的天才」，是那個世代的佼佼者。

而這就是他最開始的小小傳說。

亞連・羅威努短短一天就讓傑出的同學們承認自己的價值，還推翻了前所未聞的四科作弊嫌疑，保住自己考上A班的成績。

第五章 青春的起點

關於體力

尤格利亞王立騎士魔法士學園有一條校規，是所有學生都必須參加社團活動。

學園標榜培育六邊形全才，參加社團屬於教育方針的一環。

不過這是很早以前制定的校規，如今早已有名無實，目前還在舉辦活動的社團屈指可數。

比方說武術方面，在這個王城內有許多優秀的道場。其他愛好也一樣，要尋找優秀的教育環境並非難事。

當社會變得完整時，社團活動自然也會逐漸衰微。

入學後一個月。

「不要漫不經心地跑！要思考慢跑的意義！沒幹勁的人就回去！消除自己的天真心態！腳步慢的人也回去！超越昨天的自己！無法超越的人也回去！」

我已經化身魔鬼教練。

一年A班居然所有同學都參加早晨的慢跑。

憑我的魔力值竟然能與萊歐長時間決鬥，這件事似乎極度震撼了其他同學。

萊歐的魔力值超過五萬，以體感而言他在三十分鐘的模擬戰鬥大約消耗了七成。

我變換招式的速度極快，他沒機會使出破招技。眼看自己快遭到壓制，他才不得已提高強化身體的輸出，硬拚力氣。

不過這種大招當然不可能一下子分出勝負。被四兩撥千斤後，他頂多一瞬間縮短間距。

然而我立刻跟著反擊，繼續延續相同的攻防戰。

當初他似乎沒料到戰局會陷入膠著。

因為我剛與帕里同學交手了十分鐘以上，而且萊歐的魔力值高得驚人。在王立學園的魔力值測驗中，他的成績堪稱幾十年難得一見。

就算我以僅存魔力尋求短期決戰，只要熬過就能贏我。

聽說萊歐如此判斷，才會堅守滴水不漏的防禦。

可是我的魔力值明明被判定為C級分，體力卻無窮無盡。

見到我逐漸消耗他的魔力，萊歐的內心似乎冷汗直流。

『擋住最後那一腳，空手狀態下被你突破間距純屬偶然。假如再比一次，即使結果改變也不足為奇。』

萊歐一本正經地老實回答我。

他似乎對眼前的輸贏沒興趣，真的是為了提升自己才來就讀的樣子。

我在班上同學推薦下，不情不願地成功進入A班就讀，然後隔天就出狀況。

這是因為接連有班上同學遲到。

為了吃索蘭的早餐，我提早三十分鐘起床，早上五點在正門集合。

一如往常從正門繞著學園順時針慢跑，然而最後只有萊歐跟我跑完全程，其他同學們在過三分之一左右的路程便接連不見蹤影。

當我在斜坡衝刺的時候，連萊歐都坐在附近的樹樁上，一臉不平地瞪我。

繼續等待跟不上來的人也沒有意義。

畢竟我有自己的固定訓練。

我如此心想，迅速拋棄同學們回到普通宿舍。吃完索蘭的超苦早餐、在九點十分前抵達教室後，除了萊恩與名字好像叫做單的路人臉同學A以外沒有人來。

單的長相實在很路人，但是他好像是魔力值僅次於萊歐的高材生。要是沒有萊歐，平常他的綜合級分就算列為第一也不奇怪。

◆

「亞連．羅威努，你打算第二天就整垮王立學園一年A班嗎？」

上午十點前，同學總算到齊，葛多芬質問我。

怪我喔……

「我又沒拜託他們跟我訓練。是他們自己要跑，自己要遲到的。不過明天他們就會知道自己的斤兩，夾著尾巴逃跑吧。沒問題。」

我一臉賊笑環顧同學們，然後發出挑釁。

因為我忘不了前一天他們一臉賊笑地對我表示「活該～」的憤恨。

這時候我還太瞧不起，考上王立學園A班的他們自尊心究竟有多強。

他們在自己的領地可是被人吹捧為「家族創始以來的天才」。而且也有人和過去的「亞連」不一樣，孜孜矻矻地努力過。

「唔嗯，這些朋友甚至以家名擔保，推薦你上榜。難道你絲毫不考慮幫幫他們嗎？」

誰教他們暗地勾結，對我露出「活該～」的表情。

我才懶得理他們呢。

「哼，安慰幾句就好了嗎？這不是菲小姐嗎！唉呀？怎麼沒反應？肯定是熬夜研究魔器，很累吧？明天先幫妳在正門安排馬車好不好？這樣就完美了。」

我沒理會一臉怨恨瞪著我的菲，然後如此宣布。

◆

隔天早上我五點前往正門，發現空無一人。

連萊歐都第一天就放棄，我有點意外，不過還是心想無所謂，一如往常開始順時針繞學園外圍跑步。

結果我發現那些自視甚高的同學們起得更早，然後各自配合自己的速度調整出發時間。

大概是聽萊歐說我在斜坡衝刺吧。

上午六點我抵達美好的斜坡後，發現十九人都在那裡等待。

他們如此高看我，老實說我很開心。

「你們從幾點開始跑的啊？」

我詢問昨天最晚抵達教室的可可。

「我從三點半開始。今天沒有特別規定，所以大家開始的時間都不一樣。」

唔嗯。

意思是所有人都沒討論過，自動自發配合這個時間跑步嗎？

他們昨天明明被我狠狠酸了一頓，結果不只沒有受挫，眼神還堅定無比。

我一直以為基礎鍛鍊是孤獨的工作。

剛才確認正門沒有任何人時，我的確覺得無所謂。

不過……

進入這間學園果然是對的。

我決定不再鬧彆扭。

◆

「你能天天這麼早起來，持之以恆嗎？不用勉強和我跑相同距離喔？要是無法持續就沒有意義了。」

「……我的體力與強化身體魔法實力，在班上應該是最弱的。我不想變成葛多芬老師口中那種『只會紙上談兵，在現場一無是處的大頭官吏』。因為我也有想達成的目標……可以請教你的意見嗎？」

他的眼神已經不是怕生又膽怯的可可。

而是意志堅定，想成大事的人。

我感到很高興。

「……接下來我要說的，純粹是我個人的想法。」

所有同學都豎起耳朵聽。

「每天都跑固定的路線與相同的距離很重要，藉此測量自己的成長幅度。看到自己的進步，對提升幹勁很有幫助。當然，每個人的基礎體力與操控魔力的水準都不一樣，所以『最適合的距離』應該也天差地遠。不過我認為不需要過於拘泥『最適合的距離』。畢竟很難分辨什麼樣的距離最適合，而且每天都會改變。更重要的是心無雜念地每天跑相同的路線。因為要將慢跑落實成劍術中同等級的『型』。藉由提升強化身體的熟練度，讓屏除雜念的工作單一化，我認為這樣很重要。只要習慣，就能控制僅在腳接觸地面的瞬間強化身體，直到跨出下一步為止，變得能夠讓身體浮在半空中的期間暫停強化身體的魔法，感覺與消除魔力殘餘差不多。」

為何我的體力比他人優秀，這是我昨天自己想到的原因之一。

不論帕里同學也好，萊歐也罷，一旦切換至戰鬥狀態後都一樣。他們會大致調整強弱，但是完全不懂如何收放自如。

所以理所當然會疲勞。

「……原來如此，這樣很考驗操控魔力的直覺呢。可是這麼說來，不是也可以在室內競技場跑步嗎？」

艾爾向我發問。

「當然也可以。不過王立學園的外圍有適度的起伏，路面也相當多樣化。假如只在競技場強化身體，勤練專精技術也有效果……但是想培養應用力，我建議在外頭跑。畢竟時間有限。」

「原來如此。」

艾爾點頭同意。

「眾所周知，越接近專家，操控魔力就越細緻。我們的弱點應該是專注於比別人更強的魔力值，卻輕忽了這一點。可是我認為光憑這一點，還是很難解釋你的體力吧？」

桃紅色雙馬尾的史黛菈指出這一點。

我則提及自己想到的另一個原因。

「各位利用強化身體運動的期間，有壓縮魔力嗎？」

「……再怎麼說都不會吧……從原理上來說，使用魔法的過程中不可能同時壓縮魔力。就像水管只有一個口，怎麼可能同時噴水又吸水呢？」

史黛菈一副「這傢伙在說什麼啊？」的表情回答。

我環顧眾人，發現他們的表情都差不多。

我苦笑著回答：

「當然我也辦不到。我這裡所謂的期間，是指每一個動作之間的短暫片刻。」

「……從來沒想過耶。慢跑的同時既要啟動，又要中斷強化身體魔法；首先和我們同年紀的亞連只是提起這番理論就足夠震撼了……難道你要說，利用跑步時身體浮在空中的短暫片刻壓縮魔力嗎？」

史黛菈瞪著我發問。

「當然啊。我已經養成習慣，只要有時間中斷強化身體魔法，就盡可能壓縮魔力回存。實際上，我在昨天和萊歐的模擬戰戰鬥過程中，也利用運動之間的短暫片刻回存魔力。當然，我在全力奔跑下的無氧運動中辦不到，但是在強化身體的輸出達到五十％的程度，就能趁運動間的片刻中斷，然後壓縮魔力。如果是慢跑或空揮等固定化訓練，我應該能在七十％以上的狀態下進行。藉由這些動作，我的魔力應該不會枯竭，而是在那之前，體力先耗盡。」

金髮戴髮箍的茱葉咯咯笑著說。

「你還是老樣子，一臉不在乎地說出超越常識的話呢。眾所周知，壓縮魔力會提高恢復魔力的速度，比等待自然恢復更快。可是這項工作非常需要專注力，連平時邊走邊進行都很難，而你竟然要我們在戰鬥中利用動作間的片刻壓縮魔力。」

什麼叫做還是老樣子啊？

話說果然是這樣嗎……

因為母親輕易辦到，我和姊姊也理所當然地練習後學會……

不過嘛，的確不論怎麼解釋，哥哥他們就是學不會呢。

「訣竅在於不要當成為了提升最大魔力值，仔細摺疊魔力再壓縮。我說的方法一定程度上的確考驗直覺，但是在場各位只要鍛鍊，然後化為『型』加以落實，應該都辦得到……不過，就算費一番工夫學會，可能也很難碰上得維持魔力這麼久的戰況。」

沒錯，一般而言戰鬥不會持續這麼久。

除非彼此勢均力敵，或是在戰場上，敵人源源不絕地攻擊，否則戰況不會維持一小時以上。

以這層意義而言，過去的鍛鍊著重於提升瞬間輸出並沒有錯。

倒不如說，這應該才是正道吧。

「……接下來要跑的斜坡，有什麼訓練目的嗎？」

可可問我。

「問得好！之前我說的都算是熱身運動，接下來才是真正的鍛鍊！艾爾！現在可不是翻白眼的時候喔？話雖如此，其實不會做什麼特別的動作，所以別擔心！在這個斜坡上短距離衝刺，這種全身運動可以使出『全力』，其目標是訓練肌力，以及提升強化身體魔法在最大輸出下的熟練度。因為我認為全力奔跑是世界上最有效率的肌力訓練。而且你們看這座斜坡！斜度十度，直線距離長達五百公尺，條件非常優秀。全力衝上這座斜坡，回存魔力的同時緩緩地下來。不誇張地說，這樣就足以鍛鍊騎士必須的所有基礎肌力喔？我把慢跑化為固定訓練，光是邊跑邊設法縮短時間，就能完整鍛鍊肌力、強化身體的最大輸出、提升輸出的爆發力，以及持續能力等。換句話說，這樣的訓練能夠顧及威力、運轉與續航力所有方面。而且只要增減次數，就能調整對身體的負荷。」

「……『全力』衝上這座散落大小石頭的斜坡……萊歐，你辦得到嗎？」

單詢問萊歐。

「怎麼可能。至少要以好幾個月為單位訓練，否則肯定會受傷。如果我和亞連在屋外戰鬥，獲勝機率肯定會更低。他操控魔力的直覺高得驚人。」

……是這樣嗎？

就算眾人一起半瞇著眼注視我，我也很傷腦筋啊……

喀嚓。

我望向聲音的方向，只見菲在我的手腕戴上某種魔器。

「……這是什麼？」

菲一臉笑咪咪地說明：

「這是我昨天花六小時改良的魔器喲。雖說如此，這本來是測量殘餘魔力值的魔器，我只是改良成可以記錄而已。這樣就能毫不保留地挖掘亞連的祕密——」

我撿起手邊的石頭，毫不猶豫地將裝在身上的魔器砸個粉碎。

沒理會一臉茫然地問「為什麼？」的菲，我作出總結：

「雖然我剛才囉哩八嗦了一堆理論，最重要的是你們自己要思考究竟為何而跑，而且要憑自己導出結論。對別人的說法照單全收，可沒辦法化為真正的實力。要自我實踐、確證，然後一點一點地改良固定訓練。這個過程才是最重要的。」

我這麼說著，然後向斜坡敬一禮，並且開始衝刺。

繼續在這裡花時間說話，會影響到我的固定訓練……

我的早晨固定訓練，還剩下吃掉索蘭早餐的難關。

斜坡社

「請葛多芬老師收我為徒！」

解決同學們的遲到問題後，當天傍晚我突襲辦公室。

既然已經確定留在A班，那就不用顧忌了。

其他老師對我冷眼旁觀，不過我不在乎。

總之不拚拚看怎麼知道。

我以標準四十五度低頭鞠躬，然後再次向葛多芬拜師。

「……唔嗯，你可以放輕鬆開口。畢竟老夫不喜歡太嚴肅……可是你要拜老夫為師啊……老夫是你的導師，任何能回答的事情，老夫都會開口。以這層意義而言，一年A班所有學生都算是老夫的徒弟……何況你究竟想問老夫什麼？」

我做好受到嘲笑的心理準備回答：

「……我絲毫沒有體外魔法，亦即轉換性質的天賦，然而我無論如何都想學會體外魔法。理由是因為很帥。其中沒有任何合理的解釋。我聽說葛多芬老師年輕時沒有體外魔法的天賦，十分辛苦。能不能請老師鍛鍊我，讓我學會體外魔法呢？……沒有明確的方法也無所謂。可以至少指點我該朝哪個方向嗎？」

我的腰保持四十五度角，僅抬起頭堅定地注視葛多芬老師，然後老實說出自己的希望。

葛多芬沒有笑，一臉嚴肅地注視我的眼睛，同時捋了一會兒白鬍鬚。

「原來如此……老夫可以認為，你已經充分明白其中的缺點，還來主動拜師嗎？」

「我知道對我而言，提升強化身體原本是最優解。」

「唔～嗯～」

葛多芬將手環抱在胸前，然後閉起眼睛。

我等待他的回答。

「……老夫明白你的意思了。不過老夫從年輕時，只有轉變性質的才能。而且也不清楚如何回應你的期待。就算拜老夫為師，應該也無法滿足你的要求。不過——」

說到這裡，葛多芬捋一捋白鬍。

「要說方向的話，老夫倒不是一無所知。」

「真的嗎！」

我起勁地追問。

儘管我也持續調查過，卻不管怎麼查都是負面資訊。只是不斷提醒我，我所追求的目標究竟會面臨多麼險峻的阻礙。

我會這麼窮追不捨，也沒辦法吧。

過了一段時間，我才發現自己一直被這個狡猾老頭玩弄於股掌。

「不過老夫有條件。」

葛多芬持續注視我的眼睛並接著說：

「想辦法處理今天上午的慘況吧……」

◆

今天早上九點，所有同學都抵達教室。

然而同學們耗盡魔力，實在無法進行實戰鍛鍊。無可奈何之下，幾乎所有人都訓練壓縮回存魔力。

「要求我也沒用啊。我已經說過很多次，又不是我向他們提議的。我沒有權力阻止他們。」

「呵呵呵，是他們不願意讓你停止吧。基礎鍛鍊本來就惹人厭，同學們卻自動增加強度，引發魔力枯竭。即使多少犧牲上課時間，也一定會成為他們的財產……但是也不能總讓同學們只壓縮魔力啊。所以老夫要你引導同學，讓他們上午能好好上課，為期兩個月。要是你辦得到，就傳授你老夫想到的方向。」

兩個月嗎……

我瞬間在腦海裡打如意算盤。

「我先確認兩件事。其一，我只會向有幹勁的同學提供建議。雖然今天早上所有人都到齊了，卻不保證他們會持之以恆，而且也沒有這個必要。因為有些人比起強化身體，還有應該優先的事情。」

「……好。不過老夫可不允許你對有幹勁的同學放水，藉此渾水摸魚……乾脆將早上的鍛鍊改成社團活動如何？目前幾乎沒有社團認真舉辦活動，而且絕大多數人都在有名無實的社團裡當幽靈社員吧？要兼任也可以，假如由你負責督促，應該會更容易指示同學。」

葛多芬告訴我不得了的事情。

「幾乎沒有社團在認真舉辦活動？那魔法研究社呢？他們總該認真地活動吧？」

可能對我的氣勢洶洶感到驚訝，就近坐在一旁、看起來很厲害的金髮女老師幫我解圍。

「學園內沒有魔法研究社。根據紀錄，應該三百年前就廢社了。目前想學魔法的同學，幾乎都前往王城知名的ＳＩＭＰＬＥＸ魔法補習班吧。也有不少人聘請知名魔法士當家教……叫我莫潔卡老師吧，亞連・羅威努同學。」

……她說補習班？

怎麼每個人都在虛擲青春啊！

「……我知道了。如果只將對象僅限於有幹勁的社團活動成員，那麼應該可以。請問我該怎麼成立社團呢？」

莫潔卡老師也回答了我的問題。

「只要決定社團活動，我會幫你辦理剩下的手續。我已經大致掌握活動內容，可以請葛多芬老先生擔任顧問嗎？」

「呵呵呵，好吧。不過老夫可不打算干涉活動內容。」

也就是掛名顧問嗎？

……其實無所謂。

有必要再找他商量即可。反而該感謝他讓我自由發揮。

我繼續確認另一件在意的事。

「還有一件事。剛才關於方向那句話，可以解釋成收我為徒後就告訴我嗎？」

「對方向倒不是一無所知」這句話實在太曖昧不明。

就算他三推四拖糊弄我，他可是鼎鼎大名的葛多芬。假如確定能拜他為師，就算要撥出自己的時間，我也覺得有賺頭。

「唔嗯，剛才也說過，老夫沒辦法滿足你的要求。所以老夫會介紹適當的人才給你。」

「找人才代替？………是什麼樣的人啊？」

我對葛多芬露出狐疑的眼神。

「唔嗯，他可是鼎鼎大名的王國騎士團現任第三軍團長，幹勁十足的男人。當然，他也忙得不得了，沒有老夫的介紹，應該無法當他的徒弟。還有先提醒你，老夫只是幫你引薦，就算你順利拜他為師，也別期待他會手把手教你。要做好心理準備，他頂多只會提供建言。」

哦哦！

葛多芬的腦海中好像已經有具體人物了。

換句話說，他知道我追求的是什麼，還考慮到「合適的人才」，這代表他並非信口雌黃。太好了！

仔細一瞧，發現一旁的莫潔卡老師也一臉驚訝。

那個人的頭銜似乎很了不起，他有這麼厲害嗎？

無可奈何之下，我決定硬起心腸，以嚇得所有人都退社的氣勢，澈底鍛鍊同學們。

「……討論出結果真是太好了。話說社團要取什麼名稱呢？」

幹練的莫潔卡老師問我。

我想了一會兒後回答：

「就命名為『斜坡社』吧。」

「……斜坡？……雖然任何名稱都可以……與活動內容差異過大，不會造成許多麻煩嗎？」

我只是不小心脫口說出心裡所想，其實沒有深層涵義。可是承認這一點也很難為情，於是我決定順勢強力主張：

「差異才不大呢！全力衝上斜坡，下坡時避免摔跤，某種意義上是領悟人生之『道』！斜坡就是逆境，有時候是超越自己能力，鞭策自己的雙刃劍。正面面對逆境，而且冷靜地審視自己……這才是社團活動的核心！」

「嗯？嗯？嗯？那就這個名字吧。」

由於我的興趣與一時說溜嘴，「王立學園斜坡社」就此成立。後來還成為名門社團活動，甚至有「獨角獸世代的基礎」與「王立學園私下必修科目」等美名。

◆

亞連離開辦公室後——

「葛多芬老先生……這樣的條件不管怎麼說都太苛刻了吧？昨天的教職員會議不是討論過嗎？要是學生自主進行這種高強度鍛鍊，起碼半年內上午無法上實戰課程。您竟然要亞連在兩個月內解決……」

「呵呵呵，要是早知道會達成，怎麼能叫挑戰呢？老夫想見識那小子會如何面對課題，怎麼栽培同學。」

莫潔卡嘆了一口氣，一臉錯愕地搖頭。

「而且作為回報還介紹那位專精強化身體魔法的杜先生給他……要是杜先生拒絕，您打算怎麼辦呢？」

「呵呵呵！杜可是年僅三十八歲就受到提拔，成為王國騎士團軍團長的男人喔？像小子這麼優秀的人才，他怎麼捨得拒絕呢？呵呵呵呵！」

葛多芬開心得樂不可支，持續笑了好一陣子。

尤格利亞王立圖書館位於盧恩雷利亞王城的北側，是王國藏書量最豐富的圖書館。

造紙技術與印刷技術在這個世界已經普及到一定程度，所以書籍沒有珍貴到平民高攀不起。

儘管如此，與日本相比依然較為昂貴，也有不少皮革製的厚重書籍。

據說王立圖書館收藏了數十萬本書，其中也包含書籍還很珍貴的舊時代著作。

入學第三天——

一放學，我立刻十萬火急直衝向王立圖書館。

目的當然是研究體外魔法。更進一步地說，我想尋找能夠使用「火球」的線索。因為我沒有轉換性質的天賦。

儘管索蘭直截了當地說過，要得到這種資訊似乎很困難，我希望至少能找到蛛絲馬跡。

所以我下課後立刻準備離開教室，結果菲一臉笑咪咪地靠過來這麼說：

『亞連，你今天也有事嗎？既然進入王立學園就讀，與朋友深入交流也是貴族的重要義務喔？不如說這可能才是最重要的目的。』

我知道菲似乎以侯爵家繼承人的身分，有計畫地舉辦餐會與交流會，不過我全部都冷冷地推辭了。其他人我不清楚，但是我只是超鄉下貴族的三男，父母又沒有要求我為了家族拓展人脈。

其實我也想當個學生與朋友們交流，可是我現在更想滿足魔法方面的知識欲。

……老實說，假如前世的人格直接附身，像是「必須與別人和睦相處」、「可能會造成老家的麻煩」、「菲是侯爵家繼承人，當她的跟班準沒錯」，我的思考大概會更像日本人，然後過著死板又毫無樂趣的校園生活。

然而我現在的個性基礎始終是覺醒前頭腦簡單……不對，應該說天生積極樂觀的「亞連」。

而且我前世老老實實活到三十六歲，還在死板的日本當過社會人。雖然沒變成十二歲的頑皮小鬼，先天個性似乎沒那麼容易改變。儘管我不清楚詳情，覺醒後應該不至於改變大腦結構，所以我的腦袋大概天生就這樣，個性偏頗吧。

而且我今生已經決定要隨心所欲，自由自在地活著。

當然，我對貴族社會的權力遊戲一點興趣都沒有。

所以在宿舍換便服、走出學園後門時，我已經完全忘記菲的社交邀約。第一次走在春季的王城北部街道，心情雀躍的我昂首闊步。

◆

王立圖書館大量使用類似混凝土的石材與玻璃，設計有幾分現代感。

聽說這裡還是觀光勝地，因此我起先以為是舊時代的大教堂改建，那種散發莊嚴氣氛的建築物，所以的確對這樣的外觀感到意外。不過我對歷史探訪沒興趣，於是就覺得無妨。

而且……剛跨進館內，我就感到驚訝。館內徹底阻隔了外頭的喧囂，籠罩的氣氛彷彿誤闖不同的世界。因為貌似觀光客的團體還不少，儘管並非鴉雀無聲，內外的氛圍迴然不同。

深灰色的人造石材在日本人眼中會覺得很單調，大概是參雜了某些特殊的原料，使得聲音難以穿越。

王城的建築多以磚造為主，圖書館這樣可能反而比較少見。

我環顧四週後發現，與日本的圖書館不一樣，要進入藏書的區域，似乎需要使用者證明之類的證件。在進入區域前，還得將包包等隨身物品寄放在櫃子裡，可能是防止珍貴的書籍遭竊吧。

由於我發現「首次使用者登記」的導覽指示，便依照導覽筆直地走向櫃檯。

◆

「歡迎來到王立圖書館。請問今天有什麼事嗎？」

看起來二十出頭的年輕管理員——根據胸前的徽章，她名叫卡拉小姐——笑咪咪地詢問，我告訴她自己的來意。

「您好，我今天想來圖書館查資料，想辦理使用者登記……不過，我沒想到單純進入也必須登記，所以我今天沒有帶任何能證明身分的文件……」

我像這樣苦笑著抓抓頭，管理員小姐便呵呵一笑，然後點了點頭。

「只要支付一百利亞爾押金，然後填寫這張申請表格，就能辦理臨時登記進入普通區域喲。不過這間圖書館直屬於尤格利亞王室，敬請小心不要破壞書籍與設施。若是被認定為惡意破壞，有可能會觸犯不敬罪。」

我從口袋掏出磨損嚴重的錢包，邊數裡面的硬幣邊排列在櫃檯上。

「……勉強湊到一百利亞爾的樣子……話說回來，您剛才提到普通區域，意思是有區域限制進入嗎？」

聽到我這麼問，卡拉小姐感到不可思議地歪著頭。

「當然有啊。限制區域有一級到五級，數字越大，入場資格的限制越嚴格。進入五級區域需要王室的許可，似乎也代表那裡的藏書極為貴重……你在尋找什麼高度專業的書籍嗎？」

我使勁點了點頭。

「是的！我要找的不是特定目的的書籍，但是我想網羅體外魔法的相關書籍來看！」

儘管或許沒有我需要的準確資訊，研究魔法是我的興趣。即使自己無法使用，學習本身也非常有趣。

當然如果能學會使用最好，然而光是閱讀與魔法相關的書籍，就讓我興奮不已。

我插嘴如此表示後，卡拉小姐便笑了出來。

「你似乎很開心呢。不過嘛，嗯～這裡的確收藏了大量體外魔法的相關書籍，從普通到高度專業的都有。但是高度專業書籍不只需要基礎魔法知識，理所當然還要有語言學與算術之類的素養喔？以你的年紀，普通區域的書籍應該就足夠。附近的書店都在販售的古典專業書籍，這裡應該也有才對。」

「原來如此，我知道了！那我先在普通區域的書籍碰碰運氣吧！感謝您，卡拉小姐！」

我呼喊她的名字然後低頭致意，結果她的表情似乎有點意外。

「呵呵，你真是有禮貌呢……任何人只要繳交三千利亞爾押金，就能進入一級限制區，但是二級以上的限制區域不只要錢，還要有一定的社會身分與信用……你看起來應該是剛來到王城的學生吧？只要就讀貴官騎魔等高階學園，在校成績優異並獲得推薦，在學期間就有機會獲准進入二級限制區域，而且不用繳交押金喔，加油吧！」

卡拉小姐看一眼我的錢包，眨了眨眼睛。這是哥哥給我的舊錢包，她應該看穿我很窮吧。

「啊，好的。我正好是前陣子剛抵達王城的窮學生……不過您說的『貴官騎魔』，是什麼意思呢……」

我反問陌生的詞彙後，卡拉小姐感到驚訝。

「咦？你不知道嗎？看來你的出身真的很鄉下呢。貴官騎魔是這個王城的四大高階專門學校的總稱。你可能念的是不同的學校，如果有相應身分的人推薦，或是考上王國官吏，就有機會進入限制區。其實也不用勉強進入，普通人應該對大多書籍都不感興趣。」

哦～大概類似日本的ＭＡＲＣＨ（註：明治大學、青山學院大學、立教大學、中央大學以及法政大學，日本五所私立名門大學的統稱）或美國的常春藤聯盟吧？我不太清楚就是了。

既然如此，號稱最難考的王立學園應該沒問題吧。

等我看完普通區域的藏書後，再找葛多芬幫忙推薦吧。

「哦～原來是這樣啊，我第一次聽說……那麼王立學園的學生取得學校的推薦後，也能進入限制區域嗎？」

可能是我的問題太不知天高地厚，卡拉小姐一臉苦笑。

「哈哈哈哈，原來你也知道王立學園的名稱啊？那間學園可是最特別的喲。不需要推薦，在學期間不用付押金，就能進入三級限制區域。另外還能免費借閱最多三本圖書館的珍貴書籍，或是使用設在二級以上限制區域的包廂，邊看珍貴書籍邊喝咖啡呢。」

何止知道，我就是啊……不知道是王立學園的學生很少來，還是我看起來一點也**不像**，卡拉小姐似乎完全沒想到我就是這所學校的學生。

算了，沒差，我就不計較這一點。

「……我可不想在珍貴的書籍環繞下喝咖啡……多半記不住咖啡的滋味與書籍的內容。」

「哈哈哈，對呀，反正和我們這些平民無關。即使是職員，我只是普通管理員，權限只能進入二級，所以我沒進過三級限制區，不過聽說那裡更像上流階級的社交沙龍。」

結果她以為我和她是同類……不過我的目的始終是圖書館，對沙龍沒什麼興趣。反正我本來就是不像貴族的平民派，所以沒差。

「……話雖如此，就讀不同的學校，在圖書館能看的書居然也不同，這個世界真不好混呢。總覺得這樣有歧視學歷的嫌疑……」

我以非常日本的感覺這樣嘀咕後，卡拉小姐一臉困惑。她的表情彷彿在說：「這傢伙在胡說什麼啊？」

「以學歷區分三六九等很正常啊，不然為何舉辦入學考呢？」

……原來如此，這種思想遍布整個世界嗎？

雖然某種意義上來說很合理，光靠學歷評鑑一切，很容易掛一漏萬。例如不會念書，但是很有趣的人……這麼說有點老王賣瓜，比方說覺醒前的我。當然也有可能相反，就是量產很會念書，可是對社會沒什麼幫助的人，例如前世的我。

我提出這樣的疑問後，卡拉小姐歪頭表示：

「的確不是沒有人認為，這樣會選出人格有問題的人，可是以學歷選拔依然非常合理。比方說知名的王立學園入學考，會均衡評價學力、魔力值與本領，所以應該不容易出現你說的，對實際社會沒有幫助的人吧。」

這種論點讓我心領神會。

畢竟這個世界與前世不一樣，有魔法這種東西。尤其魔力值可以精準無比地測量，更是與生俱來的天賦。除此之外，不只看重武力的探索家或軍人，還包括農漁業等一級產業，以及魔法技師或魔器士等工匠，魔法天賦在各行各業都很重要的世界裡，以學歷選拔人才或許更加合理。

在這個世界，實力與學歷直接相關，某種意義上可能比前世更殘酷……

「的確，每個人都有擅長與不擅長之分，為此才有『貴官騎魔』這些高度專業學校吧。比方說『官』是指官吏經濟高級專門學院，入學考與課程就更看重學力，而不是魔力……來，臨時登記完畢嘍。這是臨時證明，每天離去前要辦理手續歸還，要注意喔。如果要經常使用，下次來的時候記得帶身分證支付十利亞爾辦理正式證明，會比較方便喔。」

卡拉小姐收下一百利亞爾押金後，熟練地製作臨時證明，然後帶著一張笑容遞給我。

「那麼努力在不熟悉的王城內生活吧！體外魔法的相關書籍在B區的二樓。」

「我知道了。非常感謝您的親切說明！」

圖書館內大得嚇人。

前世我在平原狹小的日本長大，今生我長大的城郭都市，也在魔物較強的地區內，王城的占地與建築物在我眼中都大得不得了。

◆

如果要簡單說明內部結構，首先最顯眼的是充實的讀書區。

一條寬達十公尺以上的走廊圍繞建築物外側，桌椅與沙發等器具的間隔都相當寬裕。牆面鑲嵌著玻璃，可以看見細心修整的外庭院，庭院則設置了板凳與類似觀景亭（西式涼亭）的建物。

無風又陽光和煦的日子裡，在外面讀書或許也很舒服。

書籍收藏在走廊內部區域，四方盒形的房間以立體式相互結合，結構十分有趣，依照書籍種類分為A到E五區。樓層則有一樓、以樓梯銜接的夾層與二樓，總計十五區。例如體外魔法相關書籍集中置於B區二樓，該處似乎就叫做B2區域。

每一區域都頗為寬廣，而且同樣設有讀書區。此處與外面的陽光傾注的明亮走廊不同，巧妙組合自然光與魔法燈，調和成沉穩的氣氛。

普通區域就這麼寬敞，二樓後方還有階梯通往三樓的一級限制區，二級以上的限制區似乎在穿廊銜接的別館。

今天我辦理的是臨時登記證，不清楚限制區內的情況，不過穿廊彼端的別館正好與我的想像差不多，像是以古老修道院改建而成，建築物十分莊嚴。卡拉小姐說得沒錯，風格正好接近上流階級的沙龍。

我猜那棟歷史悠久的建築物是很久以前蓋的，後來改建成圖書館。我現在這棟鑲嵌玻璃的建築是配合王城人口增加而增建的，大概屬於一種觀光設施。

前世我當書呆子時，放學後都窩在圖書館，不過都是日本的普通公立圖書館，亦即在狹窄土地內儘量塞進更多功能。印象中附桌子的椅子不多，每次都得玩搶椅子遊戲，所以我以前從未見過也沒聽過如此宏偉的圖書館。

王立圖書館的結構建築思維從根本上就與日本不一樣，看得我興奮不已。

◆

之後的一星期，我天天泡在圖書館，專注研究體外魔法。

初次造訪的隔天，我帶著王立學園學生證辦理正式登記證。

光是王立學園學生就有特別待遇，我總感覺怪怪的，但是聽說能借閱的資訊較多，我當然不能妥協。機會難得，我就心懷感激地使用吧。畢竟我就是為了這個才來王城嘛。

我捧著昨天看到中途的書，來到喜歡的讀書區。

一級限制區的B3區藏書室後方，隨意設置了幾張一人座扶手椅。設計簡單卻結實，而且還附有一張小側桌，我很喜歡。

許多遊客來普通區域觀光，雖然不至於摩肩擦踵，還是嘈雜不已。雖說如此，位於走廊彼端的二級以上限制區，家具又太過豪華，不符合我的風格。我也使用過包廂，但是太過安靜，聽不到圖書館特有、他人的些微動靜，缺乏提高專注力的感覺。

這方面豎井式走廊會傳來些許普通區域的喧囂，而且這裡人跡罕至，完全符合我的喜好。到了傍晚，夕陽隔著彩色玻璃灑落然後暖色系的魔法燈會搖晃，光亮的變化也很棒。

所以我就像發現喜愛場所的貓一樣，天天坐在同一張椅子上專心讀書。

「……你還真是專注呢。該說不愧是大名鼎鼎的王立學園學生嗎？」

側桌上的書本堆積如山，就在我專注地讀書時，突然有人向我攀談。我抬頭一瞧，發現第一天告訴我許多事情的卡拉小姐站在面前。

「啊，卡拉小姐您好……您怎麼知道我是王立學園的學生？」

「呵呵，這星期我負責一級限制區啊。限制區內的使用者都由櫃檯辦理進出。看到你的名字，我嚇了一跳。雖然一看審核要件就更驚訝了……」

我抓了抓頭。

「抱歉，其實我無意隱瞞，但是始終沒有機會開口。」

我難為情地道歉後，卡拉小姐揮揮手一笑。

「你不用道歉啦。就是……該怎麼說呢，看到你穿西服的品味，以及磨損的錢包，我完全沒想到你是王立學園學生。反倒是我對你的態度有些失禮，想向你道歉才會開口。」

「……話說回來，妳一眼就猜中我是剛離開鄉下的學生呢。我有這麼土嗎？」

老實說，我對西服不太了解。因為沒什麼興趣。我一臉苦笑地這樣詢問後，卡拉小姐便吐了吐舌頭。

「這個嘛，說真的，很土呢。」

她的回答非常坦率。我聽完一臉傷腦筋地抓抓頭，她便開心地笑出聲音。

「哈哈哈哈哈，雖說你已經入學，真的看不出來是王立學園的學生呢。你直到剛才都保持驚人的專注力，而且以不尋常的速度讀書。假如不是親眼目睹，我還不太相信喔。你看得那麼快，有確實理解內容嗎？」

經過訓練，可以學會一定程度的速讀。我在前世勤練過，而今生的腦袋本來就比前世好，所以閱讀有興趣的內容，速度自然就快。

「大致上都記住了。話說王立學園學生的這種討厭鬼很多嗎？畢竟我才剛入學，還不太清楚，不過我們班的同學沒有給我這種感覺。」

這是我直率的感想。其實我已有心理準備，許多人自視甚高又俗不可耐，不過根據之前提到的感覺，倒是很少碰到這種印象。畢竟在學園內吹噓自己是王立學園的學生毫無意義。

「嗯～可能與討厭鬼有點不一樣吧。我接待過的王立學園學生不多，可是那裡可能沒多少學生會倚靠學歷盛氣凌人。反倒是前幾天我提過的『貴官騎魔』，那裡是略次一級的學園，仗勢欺人的學生就特別多。」

哦～確實能考上那所學園的人都不同凡響，不會沒水準到不靠學歷就無法虛張聲勢吧。畢竟不是光靠認真念書就能考上。

前世的優秀人才即使是高學歷，也不怎麼放在心上。一般認為其他方面不值一提的人才會賣弄學歷。雖然這些都無所謂啦。

「就算這麼說，那裡的學生的確都散發出特殊的氣氛，有點讓人難以接近。除了你以外。」

卡拉小姐如此說著，從我看完、堆積的書籍中抽出一本，並且隨意翻頁。

「考考你。大約三百年前，號稱臨床魔法士中興祖師的史皮爾．傑內羅，據說受到他的基礎理論影響，誕生在同時代的——」

「霍爾．梅拉涅斯的論文嗎？傑內羅的定理到現在還在用，是與轉換性質的效率有關的基礎理論。這本書支持的學說認為，此定理是建構理論的背景。不過我的家教懷疑這種學說的正確性，而我非要說的話，則是支持家教的想法。畢竟思考過程與傑內羅有根本的差異。」

以前在鄉下的時候，我已經和佐爾德討論過許多次。

佐爾德原本好像專攻體外魔法理論。儘管他長期隱居在鄉下當家教，在研究上沒有重大成果，知識倒是頗為淵博。

自從羅威努家聘請佐爾德當家教後，沒有小孩具備轉換性質的天賦，所以我覺醒後突然對體外魔法理論感到興趣。而我也知道，他私底下對我的轉變暗自高興。

不過，與其說佐爾德是研究人員，他給我的印象更接近魔法宅……

「哇～雖然聽不懂你在說什麼，一點也不像十二歲的應答呢。而且不愧是考上王立學園，你肯定聘請了優秀的家教吧？」

聽到卡拉小姐這麼說，我想起佐爾德布滿血絲的眼睛，還有辯論辯得面紅耳赤的日子，不禁面露笑容。

當時我的提問大大偏離考試範圍，甚至對專門內容追根究柢。佐爾德嘴上說：「即使是王立學園的入學考也不考這些。只要少爺考上，有的是時間研究，現在先想辦法準備大考吧！」然而我打破砂鍋追問後，他還是笑著陪我討論到最後。

「這個嘛……我不知道我的家教優秀不優秀……但是他能量十足。雖然他已經超過六十歲，我們依然會揪著彼此的衣領爭辯呢。」

這麼大了還不懂事（雖說如此，其實也才十二歲）的我，感到一絲寂寞閃過胸口。就像思鄉病的少年一樣，我心裡想著：「好想見到佐爾德啊……」

「你很尊敬他呢……我認為那位家教非常了不起喔？」

仔細注視我的表情後，卡拉小姐微笑著如此表示。

「……就是說啊。我當然既尊敬又感謝他……不過與其說老師，他大概更接近戰友吧。」

我這麼說完，卡拉小姐便打趣似的笑著回答：「打擾了。」之後她便前往櫃檯。

腦海中再度想起佐爾德的容貌後，我嘻嘻一笑，同時再度專注在書中的世界。

當教練與普通宿舍的舍友

入學後過了兩星期。

我很快就閒得發慌。

之前因為有「大考」這個明確目標，空閒時間完全用來考前衝刺，所以可以排除任何無意義的雜事。

如今我已經順利考上，就不能維持過去的習慣，像前世一樣繼續當書呆子，否則三年的學園生涯轉眼即逝。

前兩個星期下午上完課後，我都泡在全國藏書量第一的王立圖書館，大量涉獵體外魔法的相關書籍。

相較於前世，這個世界的書籍更為珍貴，但是王立學園的學生能以相當優惠的條件，在王立圖書館借閱。除了部分書籍以外，最多還允許外借三本書。即使以前世的標準來看，王立圖書館也相當雄偉。

我天天下課後直接前往圖書館，研究使用體外魔法的線索……

即使我告訴自己，這不是K書而是興趣，然而還是跟前世差不多。亦即天天放學後跑圖書館，涉獵書籍直到閉館時間；並且借幾本必需的藏書，回家路上隨便吃點蕎麥麵，到家後自習到就寢為止。這樣的生活讓我感到焦躁，覺得不能再這樣下去

而且兩個星期的時間，我查過所有可能相關的書籍，確認沒有重大成果，終於開始不安。

再這樣下去，我的生活就只剩下念書或空揮……

起先我還樂觀地心想，找個看起來有趣的社團加入吧。

然而入學後才發現，幾乎沒幾個有在活動的社團。

在葛多芬的建議下，我創立了斜坡社，但是活動時間在早上開始上課前。

斜坡社無法打發傍晚以後，以及放假日的空閒。

順帶一題，我已經確認過所有社員的跑步姿勢，還聽過他們的「努力目標」。然後我擬定縝密的培養策略，並且已經告訴所有社員同學們。

簡單來說，我分為一軍與二軍。走出後門後跑到正門的是二軍，一軍和我一樣出正門後跑一圈，然後告訴所有人出發時刻、在斜坡衝刺幾次與各自的跑步任務，接著讓他們開始鍛鍊，僅此而已。

他們都很優秀，應該會自己思考，找到最適合自己的鍛鍊方式。

我只有制定一項嚴格的規則。

一小時四十五分內要繞學園外圍四十公里，包括衝刺斜坡三次以上。無法完成的人就到二軍跑半圈，這是唯一的規則（話雖如此，就算抄學園內的捷徑，半圈路線也有三十公里左右）。

班上同學是菁英中的菁英，多數人還是都被發配到二軍。

我向他們宣布：「你們實力不足，才會被發配到二軍。不服的話就趕快提升實力，升上一軍或是退社吧。」自尊心甚高的他們聽我這麼說，表情都懊悔地扭曲。

其中甚至有人眼角泛淚。

雖然很可憐，卻也沒辦法。

為何我要這樣安排，當然只是為了我自己。因為我得優先達成葛多芬要求的任務。

有意見就找葛多芬抱怨吧。

假設他們努力升上一軍，五點開始跑好了，上午的課開始前，應該能恢復一定魔力。

就算升不上去，只要有跑到半圈，兩個月的時間應該足以成長，在上午上課前勉強恢復。

要是有人不想練退社，我就可以光明正大將他們排除在任務之外。

咯咯咯。

沒錯。

這個方案無論如何，最後我都穩贏不輸。

藉口也很完美。

跑半圈絕非葛多芬口中「讓有幹勁的同學放水以達成任務」。

而是對應他們的幹勁，設定符合當前實力的訓練方法。

而且最重要的是，我認為自己設定的訓練內容符合每個人。

不僅讓他們進步，還是我想出來的最優解，所以別人完全沒辦法抱怨。

為了營造同學們已經卯足全力的既成事實，我藉由調整他們的起跑時間，每天早上追過所有人確認他們跑步的情況，而且也沒忘記激勵他們。

「不要用頭腦思考！昨天我講過了吧！回去！」

「太依賴強化身體了！回去！」

「別用眼睛！要用心眼去看，與腳底對話！乾脆別跑了！」

我隨口說著自己也沒搞懂的話，同時以逼退所有人的想法嚴格訓練，但是目前沒有任何人主動退出。

不過沒多久應該有人會退社吧。

明明已經很努力了，依舊遭受上司（教練）這種不講理的言語霸凌。前世我嘗過苦頭，所以最清楚這對幹勁的打擊有多大。

順帶一提，雖然我之前一直強調「要跑既定路線」，我才不管從二軍升上一軍後，突然就得改變路線。

我自己的固定訓練不變，還能順利完成任務。

這一點才重要。

有點跑題了。總之就是這樣，斜坡社的活動已經告一段落。

在入學後的第二個週末，我突然無事可做。

儘管我很想念書與空揮，卻缺乏明確的目的。假如繼續宣稱這是「興趣」，我覺得會無法走上跳脫體制的路線……

這樣和我前世漫無目的，念書後考證照又有什麼區別呢？

無可奈何之下，早餐後我在宿舍前院練習始終毫無跡象的「火球」。

此時，別名敗犬小屋的王立學園一般宿舍竟然難得有人出現。對方是名男性，背上揹著以植物編成的簍子。

他的打扮彷彿即將進山砍柴。

我基於興趣向對方開口打招呼。

「您好，我叫亞連．羅威努。請問學長接下來要去哪裡呢？」

雖然不知道他是幾年級，這身打扮總不會和我是同學吧。
對方聽到我的名字後，驚訝地回答：
「你就是一年A班的亞連．羅威努嗎？我是三年B班的利亞德．古夫修啦……我聽說過你的各種傳聞呢。例如超級怪人、危險人物、人型自走砲之類，想不到你很普通呢。」
可能是想起各種傳聞，利亞德學長打趣地笑了笑。
「哈哈哈，那些都是沒有根據的謠言啦。」
我也笑著打哈哈。
不過古夫修……我腦海中的資料庫沒有對應的名字。
他可能出身自平凡無奇的男爵家，或者是平民吧。
「你在這樣的普通宿舍做什麼呢？」
利亞德學長一臉疑惑地問我。
「做什麼……因為我住在這裡啊。剛才我吃了宿舍的早餐，正在鍛鍊打發時間。」
我如此回答後，學長看我的眼神彷彿見到不得了的怪人。
「哦……吃這間宿舍的早餐啊……你不是考上A班嗎？不搬到貴族宿舍去住嗎？」
「我覺得沒必要。學長才是，明明是B班，為何住在這裡呢？」
「因為我老家是開藥店的。一有時間我就會到附近山上採集草藥或蕈類，批到老家去賣。這麼做也是為了將來而努力。普通宿舍靠後門較近，位置上更方便。」
利亞德學長純真地笑著說：「畢竟我不是貴族，自己得打點一部分生活開支。」

我對學長的好感頓時大增。

事到如今不用我解釋，王立學園B班畢業就等於社會菁英，將來一片光明。

儘管如此，學長絲毫沒有驕傲自滿的模樣。

為了自己想做的事情，對貴族宿舍不屑一顧，這一點也很了不起。

「學長現在要去採集吧？方便的話，可以讓我一起跟去嗎？」

我非常自然地拜託，但是學長相當吃驚地回答：

「這倒是無妨，可是說真的，過程非常無聊，一點也不有趣喔？我也不認為對你的將來有幫助。畢竟我從未聽過王國騎士團團員親自採集草藥。」

「將來我未必會進入王國騎士團，說不定會成為探索家。說到剛成為探索家的新人，經常接到的工作就是採集草藥等原料吧？不知道什麼會派上用場，所以就麻煩學長了。」

沒錯，剛入行的探索家最常接到採集草藥的委託。

辦事處的女性職員以為我是懵懂無知的傲慢新人，結果我採集大量草藥回來，遠遠超出新人的程度，讓她嚇一大跳……

這才是轉生異世界最王道的王道劇情。

不是開金手指，而是暗地練習。雖然這樣很空虛，要走這種劇情模板，現在練習採集草藥也不壞。

反正我很閒。

我在心中尋思這種事情時，學長很乾脆地否定了那個夢想。

「哈哈哈，我現在知道你非常特立獨行了。不過你應該不會接到採集草藥的委託吧？王立學園學生登記成為探索家，會從D級開始；畢業生則會無條件升到C級。王城四周可沒有這麼好賺的採集草藥委託，會需要D級探索家出馬吧。」

……我又不追求這種特權……

原來我已經獲得園丁奧利佛辛苦獲得的D級探索家權利。

不過也無妨。

我的確對這個世界的原料感興趣。

雖說看書能稍微學到一些知識，有專家啟蒙還能同時實踐，這應該是難得的機會。

我鄭重表達同行的意願，向學長四十五度鞠躬。

學長爽快地同意了。

第一次採集與狩獵

「今天要採集什麼樣的原料呢？」

我只帶著木刀與筆記用具，與利亞德學長一起乘坐共乘馬車，路上我詢問學長。

車上還有另外兩位看起來是探索家的人帶著全套裝備。

「嗯～其實我沒有明確目標，舉凡創傷藥、輔助恢復體力或魔力的藥物，我打算調查這些藥物原料的分布多寡與生長情況，再一邊採集……或許你已經聽過最近有不穩的風聲。這些藥物原本需求不是那麼大，最近卻缺貨呢。」

應該是葛多芬提過，最近有可能爆發戰爭的傳聞吧。

我原以為不該告訴學生如此機密的情報，可能早就傳遍消息靈通的人了。

「我們要去採集的森林離王城不太遠，所以相對安全，可是還是有魔物出沒。你有與魔物戰鬥的經驗嗎？」

「沒有。」

我老實回答。

以前在老家時，二哥別克有一次要去清理附近的魔物。覺醒前的我拜託他帶我去，在考量安全後我從旁觀摩，頂多只有這樣的經歷。

包含跟人對戰，我可以說完全沒有實戰經驗。

見到我握著木刀的手使勁，利亞德學長笑了笑。

「別擔心，你在王立學園入學考可是實戰第一名，不會出現你應付不了的魔物啦。最壞的情況下，反正你早就知道怎麼逃跑，所以放心吧。」

聽到這句話，我緊握木刀的手才放鬆。

◆

我們抵達聳立於王城東側，格力提斯山的山腳森林。

這片森林是王城的水源，外圍的村子位於王室直轄領地。我們在村子前下共乘馬車，沒進入其中，而是筆直走進森林。

「機會難得，我盡可能教你這座森林採集得到，能做成藥物的原料吧。」

這麼說著，利亞德學長從森林小徑撥開雜草前進，然後拔起生長在前端的一株草。

「這種魔草叫悠克草，莖可以當成創傷藥的原料，分布在王國內的山林區域，算是最受歡迎的原料。當成草藥使用時須加水熬煮，再將濃縮藥效的液體敷在傷口上。緊急時磨碎貼在傷口上，也有一定的效果。」

「這種帶有白色菱形斑點的黑色蕈類叫做多拉曼菇，是帶有魔力的魔菇。一般都是曬乾後磨成粉，溶在水裡服用，可以幫助恢復體力。味道也不錯，可以直接食用，不過菌傘全開的魔菇會引人入睡，在外頭食用時要注意。」

「而這種帶橘色花的魔草叫做怡納芙希花。花會從現在開到春季結束為止，從王國中央到北部幾乎都有分布。你出身在東南方的多勒袞地區，應該是第一次見到它開花吧？這種花大多熬煮花瓣後製成藥丸，有幫助恢復魔力的效果。我想你應該知道，頻繁使用幫助恢復體力或魔力的藥物，會妨礙身體原本成長的力量，所以平常訓練時別服用喔。」

就像這樣，利亞德學長向我介紹許多原料。

我們還聊起這座森林沒有的原料，以及如何調配能提高藥效，或是反而降低藥效。還有在哪裡容易採集，怎麼採集適合保存，任何我想得到的疑問，學長都毫不保留地教我。

我原以為學長只會告訴我查書就有的知識，結果連調配都傾囊相授，真是感激。

看書後只在腦海裡留下的「知識」，如今確實化為自己體內的血肉，這種感覺難以取代。

學而時習之，不亦悅乎。

孔子說的這句話真有道理。

最高興的是，這位學長對採集原料樂在其中，同時開心地告訴我。

學長非常享受當下。

不知為何，這讓我開心不已。

◆

「話說有這麼有趣嗎？」

我們沒吃午餐，一直採集到下午。

見我眼神充滿興趣，一直問個不停，還在手邊的筆記本記錄自己的發現，感到不可思議的利亞德學長問我。

「很有趣啊。光是聽到魔草與魔菇這些詞，我就興奮不已呢。」

聽到我的回答，學長笑了笑。

「哈哈哈，會這麼說的王立學園學生大概只有你吧……你真是不可思議呢。難道你想當植物學家嗎？」

「學長叫我『亞連』就可以了。我還沒決定將來要做什麼，或許這條路也很有趣。」

這一天的經歷就讓我非常尊敬這位學長。

「既然這麼有趣，今天乾脆在這座森林的簡易營地過夜，採集到明天早上如何？反正明天也放假。雖說是營地，其實只是一棟破舊的簡易小木屋。就讀王立學園的貴族沒有準備，多半很難睡得著吧。」

「可以嗎？那就麻煩學長了！」

聽到學長的邀約，我毫不猶豫就同意了。

學長咧嘴一笑後，如此提議：

「既然決定了，那就先找食物吧。」

◆

「前方有一小片沼澤，我們在那裡取水，盡可能也抓幾條魚吧。」

學長這麼說著，撥開樹叢前進。不過走了幾步路，學長就舉起手來，然後停下腳步。

「……有魔物呢。」

學長以勉強聽得見的細微音量告訴我。
我小心別發出聲音，謹慎地望向樹叢的另一端，發現的確有隻兔子在沼澤邊喝水放鬆。牠的額頭上有一隻淺藍色，約二十公分長的角。
「……是水屬性的角兔。這種魔物一般而言很膽小，可是具備屬性，有些個體可能很好戰。看起來只有一隻，應該不至於打不贏……你覺得呢？」
「……交給學長判斷吧。」
其實我個人很想小試身手，但是我面對魔物與外行人無異。
現在應該交給學長判斷才對。
「那麼機會難得，今晚就吃角兔烤肉吧。這可是高級食材呢。我會將牠趕到死角，亞連，你能狩獵牠嗎？水魔法應該沒什麼了不起，不過要注意牠以角發動特攻。要是撞到要害，有可能會造成致命傷。」
學長表情嚴肅地說，所以我也認真地點頭。
「那麼我就繞到後方的那座山崖上嘍。」
「咦？你看過別人狩獵角兔嗎？」
「沒有。不過我在喜愛的卡納爾迪亞魔物大全上看過。書上說，這種魔物習慣善用強勁後足的腳力往上逃。」
「……知識真淵博呢，看來不需要擔心了。準備好後就打訊號給我喔。」
我謹慎地繞到高約五公尺，坡度較緩的山崖上，並且向學長打訊號。

確認我的訊號後，學長舉起手中介於柴刀與匕首的刀刃，發出聲音從草叢中跳出來。

角兔立刻將角朝向發出聲音的方向，然後像消防員以消防栓滅火一樣，從角噴出水柱，接著立刻掉頭，朝我所在的山崖上拔腿狂奔。

我立刻發動強化身體衝下山崖，趁爬上斜坡的角兔擦身而過時揮舞木刀，砍斷牠頭上的角。那是牠的魔力器官。

弱點的角折斷後，角兔沒能爬上山崖，跟著滾了下來。

我保持正眼姿勢手持木刀，盯著斷氣的獵物一段時間。

◆

「真漂亮。」

見利亞德學長接近，確認角兔死掉後，我才解除架式吁了一口氣。

剛才學長似乎躲開了角兔的水魔法。

「你真的是第一次狩獵魔物嗎？看你似乎挺從容的。」

「不，其實沒有。我有意識到要放鬆，卻像第一次拿木刀一樣使勁緊握，結果沒有瞄準。抱歉，我糟蹋了原料。」

我看著從正中央折斷的角表示。

如果沒有從底端折斷，魔石就會受損，失去所有原料的價值。

「哈哈哈！別鬧了。我們的目的是尋找食物，這樣就是滿分了啦。我聽說你是第一次上陣，原以為十之八九會讓牠逃脫……就算擊中，也有可能打中身體中央，導致牠內臟受傷後垂死掙扎……最後只得吃腥臭的肉。沒想到你衝下山崖，錯身之際一擊命中要害，真不得了。如果我負責狩獵，可能不會這麼俐落地解決牠吧。」

「今晚多虧你，可以吃大餐了呢。」

學長這麼說著，非常高興地在沼澤邊開始放角兔的血。

「不用捕魚沒關係嗎？」

在這裡放血的話，應該暫時無法抓魚。

「沒關係。這隻角兔我們兩人吃都嫌大，而且今天我們沒多有空間帶肉回去，所以盡可能吃完別剩下來。如果不立刻處理會發臭，而且離開沼澤再宰殺，可能有血腥味吸引野生動物或其他魔物的危險。」

學長以剛才手中類似廓爾喀彎刀的刀具戳進側腹，掏出不要的內臟後清洗體內。

老實說滿噁心的，但是我目不轉睛地盯著學長處理。

宰殺完畢後，我從學長手中接過獵物捧起沉重的角兔，和學長一起前往簡易營地。

露營

我們大約走二十分鐘抵達簡易營地之後，該處是一片略為開闊的地點，僅有一棟能遮風擋雨的簡陋木屋。

時間大約是下午四點。

「趁現在撿柴火準備晚飯吧。早點休息，明天凌晨三點左右起床，我想採集一些只有在夜晚到清晨才會出現的原料。」

學長迅速撿拾柴火，重組看似之前露營的人使用過的灶臺。

其實由我撿柴火，學長負責烹調比較快，但是學長似乎想讓我見識完整流程。

能幹的男人都更會關照他人。

拉開摺得小小的單柄鍋放在灶火上，並且從水袋注入剛才在沼澤汲取的水。

接著依照部位分切剛才宰殺的角兔，在鍋裡放入尾巴與前腳。

還加了幾樣今天採集的蕈類。

學長似乎要煮湯。

「今天本來沒有過夜的計畫，所以調味料只有岩鹽。」

我在腦海裡整理進入森林時，最少應該攜帶的物品。

學長帶的器械，可以採集兼宰殺。

裝水袋。

岩鹽。

生火的魔器。

就算沒打算露營，似乎都需要隨時準備這些東西。

「話說你真有精神呢，經常登山嗎？」

「不，我沒什麼登山的經驗。不過我還有體力喔！」

「……這座森林我從小就走習慣了。但是你剛才走路的速度，就連我都會氣喘吁吁，你的體力果然如傳聞般優秀呢……早上的地獄級跑力鍛鍊，成果的確不同凡響，這樣講沒錯吧？」

「拜託，地獄級也太誇張了。我只是稍微慢跑而已。」

「……連大名鼎鼎的神童萊歐．翟辛格都勉強才跟上，傳聞中的跑力鍛鍊在你眼中居然是『稍微慢跑而已』，真是不得了呢。全校都聚焦在魔鬼教練的嚴格訓練喔？要加入社團有什麼條件嗎？」

學長苦笑著表示。

「咦？沒有條件啊……難道學長有興趣加入嗎？」

「就算不是我，也有興趣啊。傳聞中今年的一年級個個臥虎藏龍，其中亞連．羅威努像彗星一樣突然出現，入學第二天就創立社團，還請到『慈眉葛多芬』擔任顧問耶？大家應該都拚命收集情報吧。」

學長打趣地笑著。

我心想哪有這麼誇張，但是我很歡迎尊敬的學長加入。

「假如方便，要來看看嗎？我很歡迎學長加入……」

「哈哈哈，這個提議真有意思。有機會的話，我可能會過去。畢竟能鍛鍊基礎體力，我也很感激呢……不過，亞連，你最好再考慮自己的立場喔？聽好了，你原本是無名小卒，一下子在王立學園的實戰測驗奪得榜首。光是這樣就受人矚目了，而你更推翻學科測驗的作弊疑雲，達成前無古人的壯舉進入A班就讀。如今你肯定是王城社交界的熱門話題，不難想像任何陣營都在拚命收集你的情報。今天我偶然有機會和你對話，可是我不打算輕易告訴別人今天的事。因為我已經預見客人擠爆老家的藥店，然後難以忍受的父母不斷央求我收集你的情報了。」

學長帶著相當嚴肅的表情勸我。

「哈哈哈！太誇張了啦。那麼學長，後天早晨五點半後能來後門嗎？我們來交換基礎鍛鍊的各種心得吧！」

平民出身的學長說我是社交界的話題中心。我覺得很有趣，對學長的忠告一笑置之。

◆

「嗯，湯應該煮好了，接著來烤肉吧。」

學長從灶臺移開單柄鍋，取而代之用剛才類似廓爾喀彎刀的刀具切下兩塊肋骨肉，插在刀上後架在火上烤。

調味只有鹽而已。

四周瀰漫烤肉的香氣。

「烤好了喲。」

我從學長手中接過肉咬了一口，同時感到驚訝。

「味道……還不錯……」

學長看著我面露笑容。

「呵呵……很硬吧？一般而言，角兔在食用前最少要先放個十天，剛狩獵到的角兔是肉質最硬的時候。不過熟成前的兔肉不腥，只有憑自己狩獵的人才有特權享用。我個人倒是不討厭。你喝喝看肉湯。」

接著我戰戰兢兢地喝了一口湯，再度感到驚訝。

照理說湯只放了鹽而已，滋味卻十分濃烈。

高湯像是以沒有腥味的雞骨熬煮，再加上獨特的風味，喝起來很醇厚。

接下來我品嘗已經煮到脫骨的肉。雖然還保有肉的口感，比剛才滿是肌肉的部分柔軟許多。

「這是多拉曼菇的效果，它能軟化一起熬煮的食材肌肉纖維。另外還能恢復疲勞，最適合在登山後感到疲勞時享用。雖然你可能不需要吧。」

學長笑著向我解釋。

「非常好喝。」

第一次吃到自己狩獵到的食材，讓我感動不已。

今天跟學長一起來，真的太好了。

「今天的主菜是這一道。」

剛才學長宰殺角兔時，幾乎將所有內臟都丟在沼澤，唯一留下了肝臟。他在上頭多灑了些鹽，稍微烤一下後遞給我。

味道有點腥，不過與黏糊糊的外表相反，肉的口感十分香脆。一咬下去，濃厚的鮮味頓時在嘴裡擴散。

超好吃的……

不過這完全是下酒菜吧……我想喝威士忌蘇打調酒，但是這個世界應該沒有蘇打水。

順帶一提，這個國家沒有飲酒年齡限制。

但是大多在過了十二歲，魔力器官發育完全後才喝。

原因之一是，若在器官發育完全之前喝酒，會影響最大魔力值。

其二是器官發育完全後，似乎很不容易喝醉酒。

之後貴族反而會積極訓練酒量，不過在學園內禁止飲酒。

「今天非常感謝學長。假如有機會，可以再和學長一起來嗎？」

我維持坐姿，精準地低頭四十五度鞠躬。

「哈哈哈，當然可以啊。不過你鞠躬的動作究竟是什麼呢？早上你也這樣吧？」

不愧是能幹的男人，著眼點就是不一樣。

於是我熱烈地提起行禮的樣式與精神（並且全部推說是佐爾德想到的）。

學長津津有味地聽我說明，等我說完後，學長面對我表示：

「那麼從後天開始，早晨的鍛鍊也要請你多多指教嘍。」

這麼說著，學長向我低頭致意。雖然行禮的熟練度還差得遠，我覺得學長應該聽懂了我想告訴他的事。

◆

之後我和學長喝著絕佳的湯品，邊吃必須以魔法強化下巴，否則硬到咬不動的肉。還圍著灶火天南地北地聊天，然後在簡陋的小屋內小睡片刻。

以體力而言，我覺得不需要睡這麼久，不過夜晚亂跑可能有危險。我也不好意思在開放場所空揮，以免動靜吵醒學長，所以我鍛鍊魔力壓縮到很晚，然後乖乖小睡至凌晨三點。

順帶一提，這附近很安全，不需要輪流守夜。

我們在清晨三點醒來後，出發去尋找在夜晚發光的蘑菇。

「這附近的路線與地形都記在我腦海中，我也訓練過一定程度的夜視能力。」

我知道鍛鍊體外魔力循環，能強化視力或聽力等五官，可以應用在搜索等方面。

只要經過訓練，我應該也辦得到才對，不過由於「這並非我想使用的體外魔法」，我之前不屑一顧……

看來是我的失策。

學長讓我拿著提燈，在一片漆黑的森林裡開路。

我則下定決心，不久後要鍛鍊體外魔力循環，強化搜索能力。

◆

我們採集了在夜晚發光的蕈類「波波爾菇」，還有只在清晨開花的「安納塔草」，然後在村子前搭上駛往王城的第一輛馬車。

學長在一處長青苔的裸露岩石上，找到一株孤零零的波波爾菇。

這種美麗的蘑菇會依照魔力強弱，發出微弱的鈷藍色，平時很難發現，似乎是製作嗅鹽的高級原料。

馬車上只有我和學長兩人。

「亞連，你打算怎麼處理這次採集到的材料？」

學長在車內問我。

「我哪有採集啊，只是跟在學長後頭而已。學長就帶所有戰利品回去吧。」

「那可不行。因為我們事先沒有決定怎麼分，所以就平分吧。不論是臨時或中途組隊行動，這都是約定俗成的默契。」

……真傷腦筋。

不論怎麼想，我都沒有幫上忙。

反而是學長教了我許多知識，我才想付錢給學長呢。

原本我還想婉拒，但是學長出乎意料的堅定眼神，讓我把話吞了回去。

因為我感覺，這是利亞德學長不肯退讓的底線。

「……那我就心懷感激地收下了。可是我不知道該如何處理收到的原料，可以請學長買下來嗎？價格隨便學長開。」

學長的嚴肅表情緩和下來。

「這個啊，我家的藥店可以收購藥品類的原料，不過看你昨天的情況，今後你會繼續收集原料吧？那樣一來，因為我無法每次都跟著你，登記成為探索家讓協會收購，擁有自己的銷路應該比較好。」

哦？

……總覺得我會擔任前鋒。自從我學會體外魔法後，我就一直想過要登記成為探索家，如今可能正是機會。

不過我的確需要賺錢的管道。

入學時，我向家裡拿了五千利亞爾作為生活費。

之後我每個月前往王城的子爵別墅，就能領取生活補助兩千利亞爾，可是姊姊在家裡，我實在不想每個月回去拿錢。

「知道了。等抵達王城後，我立刻前往探索家協會，登記成為探索家吧！」

我決定趁這個機會，到探索家協會登記。

「立刻就去？……我也在協會登記過，我帶你去吧。」

學長一臉非～常擔憂地這麼提議。

然而我實在沒辦法接受。

說到第一次登記成為探索家，經常會受到惡劣的中階探索家前輩糾纏，然後兩人爆發爭執，這才是異世界轉生的固定套路。

我不會像姊姊一樣胡亂大鬧，但是這可是重大事件。我甚至做好心理準備，如果觸及了不能退讓的紅線，我不惜退學也要堅持下去。

而且我不能波及自己尊敬的學長。

「學長不用為我做這麼多啦！就算出了什麼問題，我也會靠自己解決一切！……只要想盡辦法就好。」

我咧嘴一笑，果斷推辭學長的窩心提議。

「……話說我忘記自己有事情要到協會一趟……我跟你一起去吧。」

學長散發不由分說的魄力宣示。

於是我讓學長以監護人的名義同行，前往協會登記成為探索家。

探索家登記

盧恩雷利亞王城在漫長的歷史中不斷擴建，目前沒有明確定義哪個範圍內算是王城。有可能指王城的所在，盧恩平原本身；也有可能僅指以下幾條道路範圍內的區域——包括從南到北貫穿王城中心，稱為第五大道的中央大道；大約以五公里間隔的九條幹線，為方便起見稱為第一到第九大道；以及圍繞著由東至西貫穿王城中心、被稱為五號街道的貿易街道鋪設，同樣方便起見稱為一號到九號街道。

順帶一提，王宮在第一大道與一號街道交叉口的內側，亦即位於廣大都市區域的東南端。因為王城從背靠盧恩河建立的王宮，持續朝西北方擴大。

探索家協會總部位於第四大道與四號街道的交叉口，接近貫穿盧恩雷利亞王城東南西北的幹線道路。

要管轄這麼大的王城，探索家協會的辦事處當然不只一間。

因此在東南西北，總計四個地點設置了分部。包括離王立學園不遠，第一大道與五號街道的王國東部。

當初我原本要前往離學園較近的東王城分部。

不過在利亞德學長的建議下，才會跑到位於王城中央的協會總部。

『王立學園學生將來可是王國重鎮，所以登記成為探索家的話，協會總部會依照慣例派遣高層。在分部發射魔鳥、等高層前來的期間，分部長會親自款待約兩小時。假如想接受款待，在東分部登記也可以，如何？』

聽利亞德學長這麼說，我決定親自前往總部。

我現在還是剛離開鄉下的年幼學生，目前沒沒無聞。對方肯定也認為不值得浪費這些時間。當然，我也沒有閒到願意和分部長聊些無關痛癢的廢話。

◆

探索家協會總部是一棟嶄新的三層樓房，似乎以混凝土建造而成。

走進入口後，中央有一座櫃檯，兩位身穿沉穩深藍色制服的女性職員並坐在一起。

簡直就像前世的一流公司櫃檯小姐。

除了我們以外，沒有其他探索家。

「和我想像的氣氛不一樣……」

聽到我嘀咕，學長禮貌地問我：

「嗯？不然你是怎麼想像的呢？」

「就是有一扇嘎吱作響、老舊鬆動的木門，一推開就見到白天在大廳喝酒的探索家前輩，眾人同時露出打量的視線望向我們。其中有一名以臭脾氣聞名的老牌探索家，別名『新人殺手強尼』，一開口就嗆得不得了地說：『這裡不是你們這種小鬼該來的地方！』即使我們低聲下氣地拜託，對方依然不肯放我們過去。最後甚至主動攻擊，我們只得被迫迎戰，結果不外乎讓對方搞清楚誰比較厲害。或者即使輸了，也因為毅力可嘉，對方才同意放行——我本來還以為會有這種儀式呢。」

我向學長解釋固定套路。

「羅威努領地的分部是這樣的嗎？治安沒問題吧？為何職員不制止呢？」

學長聽完我的解釋（妄想）後，擔心我們領地的治安。

「不不不，我不是在說我們領地……遇到那種情況不外乎是職員小姐見狀，一臉『又來了』假裝視而不見；或是出現當過探索家、血氣方剛且臉上有疤的肌肉光頭男職員。只聽他大吼一聲：『你們吵死了！要打去別的地方打！』結果連他也參戰，大廳內打成一團。最後大家開始拚酒量——大概像這樣吧？」

「……我決定這一輩子都不去羅威努子爵領地的分部。我不認為自己能夠通過強尼的儀式。」

結果在學長的心目中，我們子爵領地活像山賊的巢穴……

「這不是利亞德先生嗎。採集結束後前來我們總部一趟，請問有什麼事嗎？難道發現了新品種的原料？」

職員像一流公司的櫃檯小姐，見到學長一副剛採集完的打扮，高雅地詢問。

看來說對了學長的長相與名字。

這座王城這麼寬廣，她究竟記住了多少探索家啊……

「和我原先想像的櫃檯不一樣……」

「……今天是來委託你們收購原料，還有我學弟要登記成為探索家，我陪他一起來。」

學長沒理會我的嘀咕。

「利亞德先生特地陪學弟來登記……？不好意思，可以請教您的大名嗎？」

一流的櫃檯小姐臉上掛著精準控制，不折不扣的商業笑容問我。

她的眼中帶有些許打量的神色。

咦？難道學長很有名嗎？

「我是前幾天剛進入王立學園就讀的亞連・羅威努。今天為了我這個左右不分的鄉下人，特地請學長跑一趟。敬請多多指教。」

向櫃檯小姐問候的那一刻，面試就已經開始了。

我想起前世反覆讀過，面試要訣書籍上寫的注意事項，同時禮貌地低頭鞠躬。

在我的三十度鞠躬抬頭前，開口的櫃檯小姐身旁的另一位小姐站起身並迅速登上二樓。

「歡迎您的光臨，請往這邊走。」

一流的櫃檯小姐在我們前方精神飽滿地走上樓梯，不過丟下櫃檯不管沒問題嗎……

◆

櫃檯小姐推開上有黃銅鉚釘的厚重木門，然後帶領我們進入起碼有十坪大的三樓會客室。

寬廣的會客室內，正中央面對面擺設了可供三人坐的沙發。其中間僅以低矮的桌子隔開，裝潢十分簡單。

在我這個日本人看來，除了浪費空間以外毫無意義，不過這就叫做奢侈吧。

「請在此稍候片刻。」

櫃檯小姐這麼說著，然後離開會客室。

「嗯？亞連？你怎麼站著啊？」

放下背上的簍子後，坐在沙發上的學長一臉疑惑地問我。

「既然帶我們來到這麼大的會客室，代表等一下的人來頭不小吧。學長姑且不論，我毫無成績可言，可不能大搖大擺地坐在沙發上等待。」

學長似乎在協會總部也是知名人物，而我透過學長的介紹才會在這裡。

所以我不能讓學長蒙羞。

「……那也是你說的『禮儀』精神嗎？」

學長果然直覺敏銳。

我點了點頭。

「讓您久等了。」

我維持筆直的站姿，過了十分鐘後。

剛才先一步上樓的櫃檯小姐推開門。

她並未進入室內，反而是另一名男性走進房間。

對方一副好好先生的表情。他與其說是探索家，散發的氛圍更像溫和的公務員。

雖然對方略顯福態，身段卻毫無破綻。

……原來是這種套路啊。

由於學長擔心地陪我前來，我原以為會出現將白髮紮在後方，一副高手氛圍的壯年男性，然後以壓力面試給我來個下馬威，結果似乎不是。

不過依然不能大意。

對方可能藉由滴水不漏的氛圍誘使學生疏忽大意，讓學生得意忘形、滔滔不絕說出自己的所有相關情報。換句話說，最好將對方當成擅長寬鬆面試的高手。

面對這種面試官，最忌諱痛快地毛遂自薦，還自我感覺良好！

如果抱持這種想法在家裡等待結果，最後肯定會希望落空，還收到官腔官調、讓人一肚子火的未錄取通知說：「很抱歉這次無緣與您合作……」

哼。

知道我前世在面試中，見過多少次這種無情的官腔嗎？

那時候連履歷表都得用手寫耶？現在回想起來，根本就是白費力氣。

登記成為探索家總不會落選吧？然而當著學長的面，我可不能出言不遜。

我在海外房市崩盤之後，在號稱「百年一遇的不景氣」時代，面試失敗次數高達三位數，最後才順利擠進一流食品飲料公司。如今的我，身體充滿當時的緊張感。

◆

「歡迎兩位的蒞臨，利亞德先生，以及亞連・羅威努先生！我是探索家協會的副會長，名叫薩特瓦・斐悠爾德。來來來，請坐吧！」

寬鬆面試官一臉笑咪咪，宛如代替打招呼般使出一記左刺拳。

曾經是日本人的我，才不會傻到真的坐下去。

這可是廣大的尤格利亞王國探索家協會第二把交椅，他都還沒坐下呢。

「……亞連，他說可以坐……你不坐嗎？」

前輩一臉擔心，向我確認：「可別坐喔？」

「學長別擔心，寬鬆面試早在我的意料之中。」

為了讓學長放心，我身體正面朝向面試官小聲地回答。

「……好久不見了，薩特瓦先生。這算是他的一種儀式，請您別在意，繼續說吧。還有我說過很多次，可以不用稱呼我『先生』。」

聽到學長的話，薩特瓦面試官才一臉笑容地坐在沙發上。

「我是來自王立學園的亞連・羅威努！失禮了！」

「哇！」

確認對方坐下後，我聲音宏亮地開口。音量大到足以嚇身旁的學長一跳，並且以四十五度鞠躬三秒鐘，然後才坐在沙發上——

其實是假裝的。

學長剛才坐著的沙發，看起來軟得不可思議。

如果整個人靠上去，肯定會往後仰使得下巴高舉，看起來盛氣凌人。

我在大腿幾乎碰到沙發的位置，利用強化身體維持坐空氣椅的姿勢。

「……原來如此，這就是傳聞中『常在戰場』的心得吧。在實際親眼看見前，我原本還半信半疑……哎呀，真是了不起呢。」

一如所料，薩特瓦似乎對我讚譽有加。

我繃緊神經。

「向長輩表達敬意是理所當然的事情。」

「……原來如此，真是深奧呢。大名鼎鼎的佐爾德．拜因佛斯惠賜的教誨，能不能也傳授我呢？哇哈哈！」

薩特瓦眼角的皺紋豐富多變，大方地笑著說。

果然來了……

如果我這時高調地說明常在戰場的精神，最後肯定會被拒於門外。而且那是我為了掩飾自己轉生的事實，情急之下瞎編的鬼話，根本沒有內涵可言。

「不會，我年紀還小，身分還不足以指導他人。」

「您又這麼謙虛……目前整座王城都在討論亞連先生以及佐爾德先生呢。」

「……看來是謠言不脛而走……真傷腦筋呢。」

「是這樣嗎？但是亞連先生在王立學園的實戰測驗中，可是榜首的S級分呢。這是不爭的事實呀？」

「不不不。偷偷告訴您，其實只是那位主考官宿醉，不小心給錯分而已。您這麼誇我，實在不敢當。」

「哇哈哈！竟然說王立學園入學考的成績是考官宿醉給錯分嗎！哎呀，您連幽默感都這麼豐富，真是服了您啊！」

就像這樣，我以謙虛躲過薩特瓦三句話不離褒獎的攻勢。在我重複無意義到極點的日本式問候時，薩特瓦這麼說：

「哎呀，真是欽佩您呢。年紀輕輕就有這等實力與成績，卻絲毫沒有驕傲自滿的跡象。您肯定有非常崇高的目標，必須極為自律才有可能達成吧。另外聽說您今天要來登記成為探索家嗎？像這樣的人才特地來登記，請問有什麼目的嗎？」

……果然問我來登記的原因。

意思是打招呼到此結束嗎……

由於突然前來面試，我並未準備充分的原因。

真要說的話，我只是想賺錢才來販售原料，然而以應徵面試而言，這種回答肯定是零分。

學長特地幫我引薦，我這麼說等於丟學長的臉。

我心想該如何表達自己的熱情，同時注視窗外流動的白雲。此時剛才一直當背景板的學長開口，提供絕妙的助攻。

「噢，我正好有機會和他一起採集原料，他似乎對採集有興趣，所以我建議他在協會登記，確保自己的銷路。」

……破局破得好啊，學長！

而且學長身為第三者，幫我說出難以啟齒的真正目的——賺錢，正好方便我集中火力，展現自己的熱情。

能幹的男人果然想得不一樣。

「就是這樣！昨天有幸與學長一起採集並且過夜，學長廣闊又淵博的知識讓我佩服不已，使我也想透過探索家的活動提升自我，才會立志成為探索家。」

學長不知為何表情僵硬，不過我說的是事實，有什麼辦法。

薩特瓦點頭稱是。

「原來如此。利亞德先生在王城探索家協會的確也頗負盛名。而且老家還是王城內規模最大，經營魔法藥品的蓬萊商會。經過老家的磨練，具備深厚的藥學知識，以他的年紀而言，採集草藥類原料的本領堪稱王城第一。實際上他發現多數新品種原料，加上其他成就，在學中已經升到了B級呢。當然與王立學園畢業的金字招牌相比，B級探索家簡直不值一提……非常可惜，由於長期採集委託拖得太久，升上三年級時落到了B班。」

……之前學長說「老家的藥店」，我還以為是鎮上藥房這種規模，看來學長是相當大型的商會公子。

學長果然是相當知名的探索家。

而且原本就讀A班，即使降級也情願優先做自己想做的事……

我瞄了一眼學長，只見他難為情地搔了搔臉頰。

即使出身顯赫，依然行事低調，以真正的自己面對我，我再次尊敬學長的風範。

「我不只尊敬學長的博識，同時還有熱情。我陪學長採集了整整一天，學長非常開心地教我許多事情。或許在學長眼中，只是微不足道的基本原料，可是從學長的舉止，能看到對原料的敬意，以及不忘對採集樂在其中，可以感受到學長身為探索家的熱情。」

學長的表情再度變得僵硬。

薩特瓦露出充滿期待的眼神問我：

「哦？亞連先生這番話的意思是，您自認略遜利亞德先生一籌嗎？」

「何止一籌。今天我能跨出身為探索家的第一步，全靠學長幫忙。學長可以說是我託付全部信賴的對象呢。」

「你在說什麼啊，亞連！薩特瓦先生，他說的話可別當真喔？其實他的思想有點奇特……他應該受過像這樣維護前輩顏面的教育，也就是俗稱的場面話，哈哈哈！」

「咦？可是我說的是——」

我正想這麼辯解，學長伸手制止我，強行改變話題。

「話說請看這個！這是他一擊打倒的角兔毛皮與角！不愧是王立學園入學考的實戰測驗榜首。明明是第一次討伐魔物，他卻非常冷靜從容，在衝下山崖擦身而過之際，一擊打倒了逃往山崖上的角兔！而且他說自己第一次上場，導致用力過猛，原本要瞄準角的根部，結果卻打偏了呢。哎呀，他的戰鬥直覺實在太厲害了，若是我絕對做不到！不愧是那個『常在戰場』的祕密武器，亞連．羅威努呢。」

薩特瓦很感興趣地端詳毛皮與角後開口：

「這隻角兔挺大的呢。雖說角兔不算強，具備屬性的個體動作很敏捷，連C級探索家都不見得能這麼俐落地狩獵。」

「說得沒錯。我從昨天純屬偶然！湊巧！陪亞連第一次採集，他才會這麼捧我，其實他和我是完全不同次元的人物。千萬不要對他說的話太當真！也不要到處宣揚剛才這番話！」

我隱約察覺學長想結束這場面試，原本還想靜觀其變，但是見到薩特瓦的眼角皺紋透露出興趣，忍不住脫口而出：

「話說學長還說過『這傢伙』兩人吃有點太大，可是還是得儘量吃光。我同樣忘不了，學長這句話流露對生物的感謝之意……學長的態度也讓我銘記在心——」

聽得利亞德學長抱著頭。

糟糕……看到薩特瓦眼角的皺紋，我不小心喋喋不休……

「哇哈哈，這就是俗話說的物以類聚呢。話說兩位是怎麼認識的？」

「對了！其實是因為學長住在王立學園的普通宿舍——」

～十五分鐘後～

「哎呀，真是有意思呢。另外我也明白利亞德先生的擔憂。雖然由於職務因素，必須向會長報告，我也不會胡亂吹噓。」

即使薩特瓦這麼幫學長說話，學長依然像燃燒殆盡的拳擊手，在沙發的角落垂頭喪氣，一動也不動。

◆

在我被寬鬆面試的專家扒光底細，回去的路上——

原本活力充沛的學長步履蹣跚，同時開口：

「好累……雖然很想立刻回去睡覺……還得向老家報告今天的事……」

「……不好意思，學長。其實我原本想避免開口，可是看到薩特瓦先生眼角饒富興趣的皺紋，不知為何就想展現學長的優秀……那該不會是類似操控精神的魔法吧……？」

剛才我痛快地稱讚學長的優秀，還「自我感覺良好」，回程路上我才發現，自己製造了一大堆足以讓對方婉拒我的理由。感覺重蹈覆轍的我，不安地詢問學長。

「……我沒聽過這種魔法……你不是故意開玩笑的吧？」

學長露出怨懟的眼神瞪我，同時深深嘆了一口氣。

看來果然沒有操控精神方面的魔法……

「反正木已成舟，沒辦法。雖然掀起了一陣騷動，也只能順其自然了……」

我盡可能開朗地對一臉憂鬱的學長說：

「不過薩特瓦先生也說過，除了會長不會告訴任何人。況且我剛才有說那麼多八卦嗎？」

概括而言，我今天只說自己偶然認識學長，然後一起去採集，並且深受感動才來登記成為探索家。

「……希望是這樣。昨天我也說過，你最好認清自己的影響力有多大。薩特瓦先生那句話反過來說，就是他至少會告訴會長。只要向任何人走漏，應該沒多久就會傳開……好了，我要回老家一趟，所以先失陪了。」

學長這麼說著，在共乘魔法車的車站停下腳步。

雖然氣氛不太對，我依然覺得該說這句話，於是向學長行四十五度最敬禮，同時表達感激。

「利亞德學長！多虧學長，從昨天開始一整天，我過得非常愉快！真的很感謝您！」

學長又深深嘆了一口氣，然後一臉看開的模樣，爽快地笑著回答我：

「哈哈哈，你的『行禮』真的很犯規耶。讓我覺得許多事情都無所謂，想原諒你呢……我也好久沒有由衷享受採集了，都是多虧你啊。明天早上開始的鍛鍊，就要請你多多指教嘍？」

「那當然！」

◆

販售原料的報酬多達五千利亞爾。

換算成日圓的話超過五十萬。

細項包括角兔毛皮，價值兩千五百利亞爾。

學長找到的發光蕈類波波爾菇，價值一千五百利亞爾。

其他原料總計一千利亞爾。

我和學長對半分，一人賺得兩千五百利亞爾。

多虧全程有學長陪伴，一開始我還不好意思，不過今天早上學長強烈要求我們五五開，所以我滿足地收下了。

順帶一提，從中間斷成兩半的角果然無法當作原料，但是可能有收藏家願意買下來，因此暫時寄放在協會。

另外我還帶角兔的後腿肉回去。這是要給索蘭的伴手禮，所以我留下來沒賣。

由於突然外出採集又過夜，我沒有打聲招呼就少吃一頓她的早餐。

希望這能讓她心情好轉……

另外我順利成為G級探索家。

當初甚至要打破王立學園學生的慣例，一開始就讓我登記為C級，不過我說依照慣例登錄為D級即可，如果可以甚至G級更好。可是薩特瓦說，本次面談是為了評定適當的等級，屬於他的工作範疇，而他不肯同意。

我本來就很突兀，關於我的奇怪謠言到處亂傳。要是再打破慣例，誰曉得會出現什麼謠言。

我繼續堅持，結果薩特瓦可能會錯意，居然還說：「那我和會長討論，讓您登記成為B級。」這句話聽得我宣稱要放棄登記，準備站起來。

薩特瓦這才急忙表示：「我知道了，那就登記為D級！」不過交涉中屈居下風，先讓步的人就輸了。

因此我宣布自己除了G級探索家以外都不接受，然後不論他怎麼規勸都不聽，最後才順利獲得G級執照。

只要協會評價為G級，應該能稍微平息莫名爆紅的謠言吧。

順帶一提，雖然裝飾花樣有差，所有等級的執照材質都是紙。

以前似乎有明顯的差距，最高級的A級是祕銀，往下的原料越來越廉價，依次為白金、黃金，最低的G級則是木板。現在為了削減經費與避免麻煩，便廢除了這種制度。

我試著詢問薩特瓦，浪漫與經費何者比較重要？他倒是果斷地表示：「兩者都很重要。」

他似乎對我登記為G級懷恨在心。

反正G級探索家今後應該不會遇見這麼高層的人，所以無所謂。

順便說一下，探索家沒有特別認定的前鋒工作。

登記探索家的內幕

在亞連與薩特瓦面談的協會總部第一會客室裡，沒有王立學園在入學考使用那種監視魔器。

因為考慮到貴賓來訪，可能會討論機密資訊。

會客椅距離牆壁有一段距離，而且沒有任何繪畫與花瓶。這是為了強調「這間房間很安全，不用擔心」的一種表現。

◆

「所以……怎麼樣啦？」

尤格利亞王國探索家協會會長謝爾布．蒙斯特，以犀利的眼光瞪著部下薩特瓦，同時催促他報告。

謝爾的外表十分粗獷。

一身壯碩的肌肉，頂著大光頭，從右臉頰到下顎還有一道很大的傷疤。

他從G級探索家一步步升級，是遠近馳名的魔物獵人，最後成為頂尖的A級探索家。

四十歲時，他身為探索家的名氣達到頂峰，在王國騎士團再三懇求下，以小隊長的待遇成為騎士團員。

他在騎士團依然充分發揮卓越的戰鬥能力，而且還升上軍團長。

可是不論騎士團的名氣如何響亮，終究是官職。

又是紀律又是寫報告，不合他的作風。正好探索家協會再度邀請，他便趁此機會果斷辭去王國騎士團一職，以反聘的形式再度成為探索家協會會長。

上任時，他身為探索家與騎士團員的眾多功勞皆獲得認可，由國王授與一星勳章。

一星在探索家中屬於S級，王國境內獲得此一榮譽證明的探索家屈指可數。

另外根據獲頒的勳章，理論上還存在雙星SS級，以及三星SSS級。

不過能得到這麼多勳章的人，不太可能是這年頭的現任探索家。這種傳說級探索家頂多在故事中出現過幾位。

當初接獲目前在王城蔚為話題的「亞連・羅威努」要來登記的報告時，身為會長的謝爾打算親自出面。

然而兩位副會長立刻阻止了他。其一是薩特瓦，另一位則是奧迪隆。

奧迪隆將滿頭白髮紮在後方，渾身散發高手氣息。實際上壯年的他的確是位劍術高手。

亞連想像中「長這樣的人會對我進行壓力面試嗎？」，湊巧與他的人物形象一致。

儘管此二人成績平平，都是王立學園畢業的A級探索家。

兩人分別當官員與騎士，同時撥時間當探索家，締造幾項有價值的功勞後升上A級。

不過王立學園畢業生一畢業，就會自動成為C級。

要論達成委託的次數與水準，都無法與從G級一步步升上的謝爾比較。

與如今依然活躍一線，出面狩獵魔物的謝爾不同，兩人事實上已不再從事探索家活動。

而且兩人不負王立學園畢業生之名，具備優秀的實務能力。謝爾會長經常轉頭就不見蹤影，負責擦屁股的就是他們。

從精力與外表看得出來，謝爾的個性較為衝動。

幾年前有個王立學園學生半開玩笑地來登記當探索家，當時其他幹部正好沒空，謝爾會長基於興趣特地前往東王城分部接待。

結果該學生的態度傲慢又不誠實，脾氣大的謝爾當場發飆，痛揍了那名學生一頓。

更糟糕的是，在場還有幾位多年熟識的探索家，謝爾丟下倒地不起的學生，在分部的餐廳開始和老朋友拚酒，後來引發相當嚴重的問題。

『我當時腦子一熱就動手了，但是我不後悔。』

之後的調查中，謝爾如此供述。

不用說，忙著到處滅火的薩特瓦與奧迪隆，後來禁止謝爾參與王立學園學生的登記面談。

不過謝爾也對單純的學生面談沒興趣。真要說的話，之前他從未主動參與面談……

『連葛多芬老頭都對那小鬼另眼相看耶？你們根本不明白那老頭有多厲害！這時候就由我出面吧！』

謝爾這麼說著，準備衝出房間。薩特瓦急忙將他推了回去，奧迪隆從後方架住。而且坐櫃檯的米卡與瑪雅兩人也緊緊抓住他的腳，好不容易才制止他。

剩下的問題在於由誰負責面談。

謝爾不情願地放棄後——

『……傳聞中那小鬼完全不怕老頭的殺氣，甚至還口齒鋒利地要還以顏色。現在就算奧迪隆出面，大概也測不出他的實力。薩特瓦，你去吧。』

於是決定由奧迪隆與薩特瓦其中一人出面。

◆

「所以怎麼樣啦？」

無法親自出馬的謝爾嘔著一口氣，語氣粗魯地問薩特瓦。

順道一提，原本也考慮過兩人，甚至三人出面，不過最後還是打消了念頭。面談一名學生居然驚動協會三巨頭出馬，實在是有損身價。

「我覺得……他很討人喜愛，但是很可怕。」

能幹官僚出身的薩特瓦首先說明結論，然後開始詳細的報告。

「首先是傳聞中的『常在戰場』，印象不如原先意料中粗暴。剛才由於會長在鬧，我花了一點時間才進入會客室，但是他始終筆直站著，正面朝向入口。我走進會客室的瞬間，他的眼神閃過一絲打量的神色，卻毫不畏縮。即使我自我介紹並敦促他坐下，他不知為何依然無意就座。我無耐之下只好先坐，而他確認我坐下後才主動自報大名，然後有禮貌地低頭表示『不好意思』才坐下。他說向長輩表示敬意是理所當然的事情。」

「……哦，他似乎比想像中更正經呢。」

「不愧在王立學園入學考的實戰測驗中奪得榜首。聽說他對葛多芬老先生不禮貌，我原本擔心不論他多有才能，成長空間也有限……看來是我杞人憂天……」

謝爾與奧迪隆的評價分歧。

「於是我試著先緩和氣氛，引述他的傳聞，同時稱讚他的實力與成績。然而他始終謙虛，不只沒有自滿的跡象，甚至毫不喜形於色，說的全都是對自己能力欠佳而感到難為情。」

「唉～！雖然是不壞啦……但是小鬼應該對自己更有自信，得意忘形才對。最近的小鬼真是無聊啊。」

「哦？他不會不知道自己是實戰測驗的榜首吧……年紀輕輕卻如此自律，真是難得。」

謝爾搖搖頭，奧迪隆則點了點頭。

「會長您別開口，畢竟您曾經痛揍過得意忘形的小鬼……從昨天到今天早上，他好像是第一次採集與狩獵，而且首次上陣兼找食物就狩獵到角兔。據說是利亞德從後追趕，再由亞連下手。亞連衝下山崖，趁擦身而過時以木刀攻擊逃往崖上的角兔，還一擊打斷了角兔的角呢。」

然後薩托瓦將亞連寄放，折成兩段的角放在桌上。

「啊～？就算目的是肉，角斷成這樣不就沒用了嗎？要是我就會一把抓住，然後再拔下牠的角就是了。」

「哦？是具備屬性的角兔嗎？不愧是王立學園入學考的榜首，戰鬥技能堪比C級呢……首次上陣就有這種成績，潛力十足。」

與越來越佩服的奧迪隆不同，謝爾一臉無所謂地掏了掏耳朵。

…………

真要說的話，薩特瓦頗中意亞連。

為了避免謝爾對亞連太有興趣，然後引發麻煩，薩瓦特其實思考過說明的順序，以及解釋的方式……

由於謝爾的態度實在讓人看不下去，薩特瓦決定投其所好，說些他想聽的內容。

「會長，您可是S級探索家，何必與來登記的學生較勁呢……話說我剛才沒提到……雖然他坐在沙發上，上半身不知為何以不自然的姿勢浮在半空中，大腿幾乎碰到沙發。該怎麼說呢，平靜的姿勢就像即將衝出草原的肉食野獸吧。在他回去之前將近一小時，不論如何笑咪咪對話，姿勢都始終不變。我不知道這代表什麼，不過剛才那句『向長輩表達敬意是理所當然的事情』是他以這種姿勢坐下後才說的。」

聽到這裡，奧迪隆一臉茫然，謝爾卻突然開心地咧嘴一笑。

「什麼啊，果然有有趣的故事嘛，剛才怎麼不早講咧。這還用問嗎，不就『誰會笨到大搖大擺坐在沙發上等待長輩』，或者『要是你敢出言不遜，我立刻揍你一頓』吧。連葛多芬老頭都對他另眼相看，我就猜他不是普通的乖乖牌……後來他揍你沒？」

謝爾出乎意料地窮追不捨，薩特瓦只好再度調整話題。

「怎麼可能出手呢？他又不是會長。對了、對了，後來我問他為何想當探索家，結果似乎是受到利亞德的影響。根據他的說法，他陪利亞德去採集，深受利亞德的博學感動，因此也想透過當探索家達成自我成長。」

「為什麼沒有揍你啊，真可惜。誰要聽這種敷衍了事的動機啊，對不對？」

「哦哦。他的未來早就一片光明，這麼說一點都不誇張。儘管如此他依然特地當探索家吃苦，這種積極的心態真是優秀。看得出來，他年紀輕輕就懂得親臨現場的重要性呢。」

謝爾再度興致索然地掏耳朵，奧迪隆則再次表示佩服。

既要避免謝爾過度看中亞連，又不能讓他太瞧扁亞連，因此薩特瓦謹慎地挑選用字遣詞，同時繼續說明。

在進入協會前，薩特瓦是優秀的中階官吏，所以特別擅長這種調節能力。

「對啊。而且重要的是，亞連還宣稱受到學長的熱情感化，說這些原料對利亞德而言可能微不足道，利亞德卻樂在其中地採集。亞連表示，利亞德身為探索家，不忘享受眼前的採集樂趣，因此十分尊敬利亞德的熱情。」

「哦？真是佩服他耶。不在乎委託難度或原料高不高級，只為享受狩獵的樂趣。畢竟蠢蛋實在太多，不是愛錢就是渴求名譽，連大前提都弄錯了。」

「會長說得沒錯。一流探索家不論做什麼工作，都不忘記熱情，一如利亞德。」

謝爾與奧迪隆第一次意見一致。

「我最想稱讚亞連的地方，是他對別人的評價。聽說亞連昨天在宿舍前偶遇出門採集的利亞德，當場要求同行。儘管如此，他依然宣稱利亞德多麼值得尊敬。不僅附加具體事例，眼睛還炯炯有神地說個不停。短短一天就能從別人身上發現這麼多優點，要有謙虛的內心，以及與生俱來的觀察眼力才辦得到吧。」

「嗯～……其實只要揍一頓喝杯酒，大概就能看出對方的人品。不過他能當場立刻決定同行，應該可以稱讚他積極吧？」

「薩特瓦先生說得沒錯。而且能坦率稱讚別人的優點，反過來也等於絕對相信自己。」

會長對亞連的評價逐漸好轉。

薩特瓦謹慎判斷謝爾的反應，並且繼續開口：

「一開始不論我怎麼稱讚亞連，他總是謙虛以對，絕不輕易卸下堅固的心防。我心想他才年僅十二歲就這麼懂事……結果一聊到利亞德，他頓時變回純真少年。不只提到自己的資訊，連從未聽過的部分都滔滔不絕呢。」

想起亞連當時口沫橫飛的模樣，薩特瓦打趣地一笑。

「當然，考慮到他今後身處的環境，糊塗可能是他的弱點。不過與之前毫無破綻的氛圍不同，他偶爾會犯迷糊，完全不像王立學園的學生，有種難以言喻的可愛……所以我對他的評價才是『討人喜愛的少年』。」

「哦～比起一臉菁英樣，中規中矩回答的小鬼，我對他倒是有幾分好感。」

順利引導謝爾給予亞連正面評價，薩特瓦感到滿足。

於是他決定說出有些難以啟齒的事情。

「……然後關於他的探索家等級……」

「嗯？噢噢，你動用自己的權限，給了他C級嗎？他似乎的確在活動，並非徒具形式，其實還可以吧？」

奧迪隆也點了點頭。

然而薩特瓦依然不敢開口。

「你怎麼這副表情啊？……難道他向你索求B級嗎？拜託，這也太放水了吧？……不過你既然這麼看中他，我也不會拒絕。但是我有條件，至少要讓我見他一面。雖說他是學園的希望，我完全沒見過他，要我動用會長權限給來登記的小鬼B級，其他探索家會有意見。反過來說，我親自和小鬼聊一遍，只要我認為他值得B級，就算別人抱怨，我都會讓反對聲音閉嘴。」

光聽薩特瓦說明似乎還不過癮，只見謝爾的手指骨劈啪作響。

不過奧迪隆表示反對。

「我反對。儘管可以想像他潛力十足，沒有理由這麼急著幫他升級。一旦開了先例，溺愛小孩的權勢貴族肯定會爭先恐後吵著要走後門，屆時探索家等級肯定會失去意義。」

他的意見非常有道理。

可是薩特瓦依舊沉默。

「拜託，難道是A級嗎——」

這時薩特瓦才下定決心報告：

「……這個……應他的要求，最後登記成為G級。」

「……啥？……什麼意思啊？這連謙虛都算不上吧？G級不就是最底層的小咖，做些照顧小孩之類的雜務嗎？你不是很看重這小鬼，為何不拒絕他這種愚蠢要求？」

連謝爾都感到不解。

「……當初我也詢問他是否要登記為C級，可是他說依照慣例登記為D級即可，甚至是G級也無妨，堅持不需要特別待遇……由於他對等級太漠不關心，我才一時情急，彷彿存心要考驗他地表示：『那麼推薦你成為B級如何？』因為他透過利亞德的話題完全卸下心防，還滔滔不絕地告訴我必要資訊，我才會不小心輕視他……結果他剛才和藹可親的笑容瞬間消失，立刻站起身以冷酷無比的聲音撂話說要『取消登記』，還往門口走去……」

「拜託～薩特瓦，你真難得會犯這種錯誤耶。根據你之前的說法，那小鬼根本不在乎虛有其表的等級嘛。」

「……他可能覺得……自己以誠意相待，卻受到愚弄了吧。」

謝爾與奧迪隆同時對薩特瓦露出責備的眼神。

「這完全是我的失誤。好不容易在利亞德的勸說下，他才再度就座，可是之後不論我怎麼勸說，他都堅持拒絕G級以外的等級……先前他敞開胸襟說，想透過活動提升自己，更對探索家一職充滿熱情，結果我卻糟蹋了他的誠意，因此不得不接受他的條件。」

謝爾嘆了一口氣。

「唉～普通的方法果然對他行不通嗎……所以才說讓我去吧？不過木已成舟也沒轍。那小鬼也受到你的挑釁，多半會堅持己見，改天再和他聊聊看吧。有如此優秀的幹勁與才能卻從事無聊的工作，根本是浪費時間。」

從G級一步步往上爬的謝爾又加了一句：「這一點我最清楚。」

然而薩特瓦的表情依然怏怏不樂。

「關於這一點……他似乎打從心底對G級感到開心……在我屈服於他、同意登記為G級後，他立刻高興得不得了。我問他為何這麼開心，他滿臉笑容地表示：『這樣就澈底享受探索家的樂趣了。』……見到他的笑容，我頓時對他心生畏懼。我猜他可能早就預見這種結果，所以才會接受面談。至少他一找到破綻，就打算趁虛而入……他的態度轉變之大，讓我只能得到這種結論。過程中他說的話極為自然，讓我毫無感覺，說不定這都是他的刻意誘導。他發自心底的笑容讓我不禁這麼想。」

謝爾笑了笑。

「咯咯咯，王立學園的實戰榜首將薩特瓦玩弄於股掌，還要澈底享受探索家的樂趣嗎？真是有趣啊！」

謝爾使勁握緊拳頭猛然起身。

糟糕，他對亞連的評價過高了！

薩特瓦急忙潑他冷水。

「話說他還講過這番話！聽到利亞德提議將角兔盡可能吃光，他覺得利亞德不忘感謝生物，對利亞德的態度十分感動呢！」

「感謝生物～？拜託，說這什麼喪氣話啊。這種人當得了探索家嗎？」

聽得謝爾頓時洩氣。

該不會冷水潑過頭了吧？

「另外他對探索家執照也有意見，說以前每一級的證照材質不一樣明明比較浪漫，問我經費與浪漫何者比較重要。」

謝爾猛然站起來。

「這句話說得好！什麼經費啦、預算啦，聽了就煩。老想這些無聊事情要怎麼工作啊！」

糟、糟糕，讓他太抬舉亞連了嗎？

「話、話說回來——」

～十五分鐘後～

「唉～！結果搞半天還是不知道那小鬼是什麼樣的人嘛！所以才說讓我親眼確認啊！總之動用我的權限，私下評分先給那小鬼A級，然後趕快讓他升級！這樣一來，總有一天我有機會親眼查明吧！」

由於短時間內心情劇烈波動，謝爾已經澈底對情緒起伏感到過敏。

即使薩特瓦當過菁英中階官員，也無法適當控制這種狀態的謝爾。

就這樣，在薩特瓦巧妙地點到為止下，謝爾對亞連的關注遠超過報告本身。

順帶一提，所謂的私下評分，就是羅威努家的奧利佛曾經提過，協會會審核探索家的人品與見識。

雖說是「私下」，其實眾所周知有這個制度。

等級不只看探索家對協會的貢獻，人品更是主要評分的標準。這才是一般當探索家為何很久才能提升帳面等級的最大原因。

亞連．羅威努憑藉鋼鐵般的意志，駁倒由格利亞王國探索家協會副會長薩特瓦．斐悠爾德，還放棄王立學園學生的特權，在協會登記為G級探索家。

這項傳聞瞬間傳遍王城。因為會長謝爾聽了薩特瓦報告後，在王城酒吧等地加油添醋地大肆宣揚。

傳聞中還提到，亞連．羅威努與蓬萊商會的繼承人利亞德．古夫修有交情……而且利亞德當時似乎也在場。

◆

於是我和普通人一樣，從G級展開探索家的職業生涯。

雖然對薩特瓦過意不去，這件事情沒什麼深層哲學或目標。我既不想出人頭地，也對諸如在王城近郊採集草藥，或是打掃王城內部之類的低等級委託比較感興趣。

我只是單純對這個世界好奇。包括王城的街道，以及什麼樣的人在生活中想些什麼。還有周邊地形、植物與魔物的分布。當然也包括探索家這個職業。

我求知若渴。由於前世我的內心枯槁，現在彷彿補償心態作祟，追求各種體驗。

我的內心飢渴不已，想多了解這個世界，並且盡情品嘗。

佐爾德・拜因佛斯的調查報告

「怎麼啦，瑟希莉雅？妳不是要確認亞連考上與否才回來嗎？就算亞連沒考上，妳回來得也太早了……難道發生什麼事了嗎？」

見到妻子突然返家，貝爾伍德・馮・羅威努子爵感到不解。甚至顧不得自己幫種植的茄子澆水的興趣。

「亞連考上了A班，可是遭校方懷疑作弊，王城可能會派人調查。亞連的作弊疑雲應該是冤枉，但是我擔心突如其來的訪客會讓你自亂陣腳，為了避免節外生枝，才走山路捷徑提前趕回來。我們不能扯亞連的後腿，找格立姆與佐爾德來吧。」

「妳、妳、妳說什麼！亞連竟然考上了！而且還考上A班！還、還、還有作弊的嫌疑？妳說走山路抄捷徑，難、難道是穿過舊路回來的嗎？那裡可是多斯法納司的地盤啊！」

子爵慌張不已。

◆

「葛多芬老先生。」

聽到莫潔卡的聲音，葛多芬回頭一瞧。從她的表情看得出來，那並非好消息。

這裡是教職員辦公室。

室內有一張散發光澤的原木桌，一旁則是一張皮革沙發。硬梆梆的感覺符合葛多芬的喜好。

「非常抱歉，沒能招攬佐爾德．拜因佛斯。」

「唔嗯，老夫早就知道這件事不好辦……是誰拔得頭籌了？」

莫潔卡的表情進一步扭曲。

「不，他堅決婉拒任何招攬。似乎任何陣營都端不出他滿意的條件。」

莫潔卡這麼說著，將一張紙放在桌上。

上頭記載著以下事項：

佐爾德．拜因佛斯
人物評價以及招攬情況相關報告
能力（S）
人物（S）

招攬難易度（S）

然後莫潔卡手上拿著一份厚重的資料開始報告。

「該從哪裡開始說起呢……」

苦惱的莫潔卡開口。

◆

首先，情報部門的西撒肩負調查與招攬佐爾德的任務。他接到命令後，過了十三天抵達羅威努子爵宅邸。

羅威努子爵的宅邸位於庫勞比亞城郭都市，要是從多勒袞列德出發，路上的驛站村連魔法車維修廠都沒有，而且非常偏僻，得從鄉村道路翻過幾座山。除了馬車以外沒有更好的交通工具，因此著急也無可奈何。

西撒抵達後，由羅威努子爵親自迎接。

向子爵道賀亞連公子考上A班後，子爵並未驚訝，一臉理所當然。

詢問原因後，子爵回答：「因為亞連最近終於拿出真本事了。」

因此至少可以從這件事判斷，家人認為亞連有考上A班的實力。

西撒表明調查佐爾德先生的來意後，子爵便全面提供協助。

接著是亞連・羅威努的成績為何突飛猛進。
原因在於佐爾德先生設計的「絕對上榜計畫」。
於是西撒得到了一份課表。
從上午八點到晚上七點，中間沒有休息。
午餐只吃便攜式緊急固體食物，還同時預習下午的課程。對亞連這種年紀的少年而言，課表非常緊湊。
西撒質疑，為何他能承受如此緊湊的課程？佐爾德則笑著回答：「是少爺自行決定課程，我只負責照辦。」
而且佐爾德的課程內容也讓人讚嘆。
這是亞連最後一次王國共通學科測驗的模考成績。
而這是亞連在王立學園入學考的學科測驗成績。
讓負責出題的人分析後，結論是課程內容完全針對亞連・羅威努設計。
出題者認為，應該沒有課表比這個更能有效提升亞連的成績。
還認為增加得分的範圍，以及課表的內容整合得十分完美。
佐爾德先生則表示：「這是少爺自己確認考古題後，想出來的課表。」
實在很難相信，這是十二歲少年能自行想到的應考策略。不過佐爾德先生也只表示：「這是本人的幹勁問題。」完全避重就輕。
根據以上內容，推測佐爾德先生的教育理論核心是培養獨立心態，並非單純設計課表，而是引導本人自動找出課題，並且學會解決。

不過這份課表在考官之間引起討論。因為這無法解釋，亞連怎麼解出那道轉換魔力數理學的應用題。

這一點西撒也確認過。後來得知，祕密在於佐爾德先生的上課方式。

佐爾德先生上課時，並非向學生解釋，而是與學生討論，一同想出答案。

關於轉換魔力數理學，貌似也是當時討論的主題。佐爾德先生大笑表示：「當時和少爺激烈辯論了相關問題，同時討論得相當深入呢。所以這種程度應該是小意思。」

佐爾德先生乍看之下溫和，似乎也有熱血的一面。

不過在大考前，乍看之下有不少多餘的行為。西撒提出疑問時，佐爾德先生不置可否地說：「您說得沒錯。但是短期目標與中長期計畫不能混為一談，這是少爺的結論。」

應該可以合理推斷，他果然著重於人物的全方位培養，而非局限在眼前的大考。

至於另一個相關問題，為何亞連從三個月前成績突飛猛，佐爾德先生的回答是：「少爺只是正好在那時候做好心理準備。」

只要做好心理準備，佐爾德先生有自信三個月就讓考生摸到及格線。

還可以解釋成不拘泥於眼前的上榜，專注於培養內心。

根據以上事由可以得到結論，佐爾德先生身為家教的實力在國內屈指可數。

接下來關於他這個人。

佐爾德先生上課甚至穿尿布，連上廁所休息都不用。聽起來很荒唐，但是西撒確認後，他倒是很乾脆地承認：「誰會在生死攸關的戰場上還想著上廁所？」

起先對佐爾德・拜因佛斯的印象是溫和的老人，實在很難聯想到「常在戰場」的印象。

於是西撒刻意語帶挑釁，質疑亞連・羅威努遭受懷疑作弊的事實。

在這份報告中，西撒還為自己的失策道歉。

剛才佐爾德先生臉上的笑容立刻消失無蹤，只見他瞪大眼睛，義正嚴詞地表示：「少爺絕對不可能作弊。如果貴校得出這樣的結論，老兵我會立刻切腹。」

他說這句話時散發嚇人的殺氣，可不是在開玩笑。

……報告書上以顫抖的文字如此記載。

最後是受人矚目的鞠躬動作。

那果然是一套固定姿勢的樣子。

名稱叫做「行禮」。

儘管詳細內容不明，站著行禮叫做「立禮」，坐著則叫做「坐禮」，還根據敬意的程度分為「點頭」、「敬禮」與「最敬禮」，依照鞠躬的方式與行禮時間細分。

而且報告中還指出，比起「行禮」本身，更應該關注其深奧的思想。

行禮終究只是表達「禮」的一種方式。「禮」者，乃「人應遵守之道」。嘗試將這種無比深奧的主題化為體系，就是行禮。

亞連・羅威努與佐爾德先生在上課與下課，都一定會執行這種體系化的「禮」。

◆

「連行禮這部分，佐爾德先生都解釋：『是向少爺現學現賣。』」

莫潔卡如此下結論。

剛才葛多芬一直默默聽莫潔卡報告，但是實在按捺不住而開口：

「妳說什麼？再怎麼說也不可能吧……」

「沒錯。佐爾德先生應該也很清楚，我們並不相信他的說詞。他甘願當幕後推手，豎立亞連‧羅威努的人設，不願主動出面。根據佐爾德先生的言行可以推測，他的個性清廉正直，器量宏大。不只是金錢，可能連地位或名譽都難以打動他。實際上，包括以破例的薪資聘請他擔任王立學園名譽教授、授勳、國王頒發動章等以我的身分可以開出的條件，他全部都以『自己沒有這樣的器量』堅決婉拒。」

「……真是什麼樣的人都有呢。」

葛多芬搖搖頭表示。

「是啊。只能說世間真的很寬廣。看情況還得考慮是否要請陛下出馬。」

聽得葛多芬點頭同意。

王城之旅的內幕

羅威努子爵家僱用的園丁奧利佛，難得前往探索家協會羅威努分部。他已經退休長達十年，但是這種老舊建築彷彿時間停止流動，依然與他以前當探索家時無異。

鬆動老舊的門嘎吱作響，奧利佛推開門進入。結果一群裝備陳舊的老牌探索家，視線一齊望向奧利佛，還露出打量的視線盯著他。

這裡還是老樣子沒變呢，奧利佛不禁苦笑。

◆

「還以為是誰，這不是『膽小鬼奧利佛』嗎？你不是讓貝爾伍德老爺撿回去後退休了？還是被開除了要重操舊業？」

上下打量奧利佛的其中一人，老牌探索家強尼向奧利佛開口。一旁較為年輕的探索家們聽到這句話，頓時感到好奇。

「強尼先生，『膽小鬼』是什麼意思？」

「嗯？噢，這樣啊，你們不認識奧利佛嗎？時間過得還真快……這傢伙啊，雖然在這種鳥不生蛋的鄉下當探索家，卻對粗活一竅不通。他從來不接討伐類的委託，專門找採集相關工作，花了足足十五年才升到D級，簡直是怪人。」

強尼如此表示後，四周的年輕探索家明顯露出輕蔑的神色。

探索家這一行最忌諱受人輕視。而且庫勞比亞山林有多彩多姿的魔物出沒，是這一帶的主要收入來源，自然養成以實力決定一切的風氣。

強尼急忙揮揮手解釋：

「等一下，你們可別誤會喔？他的確對武藝一竅不通，畢竟他說過不只魔物，連小型野生動物都不想宰殺。不過他堅拒討伐類的委託，依然能在羅威努分部升到D級呢。反過來說，他在採集類委託的實力遠遠超過D級，你們這些菜鳥可沒資格瞧不起他。」

聽到強尼的解釋，四周的年輕探索家略顯驚訝。

「哦～對探索家向來不留情面的強尼先生竟然如此盛讚，這代表奧利佛先生很了不起呢。」

強尼抓了抓頭，嘴裡嘀咕：

「嗯～要說厲害是真的厲害……畢竟他都退休十年了，分部長依然惋惜不已，說沒有探索家的採集實力比得上奧利佛。不過在我看來，他不算厲害的探索家，屬於怪人一類。」

他口中的怪人當然是稱讚之意。

「我沒有你說的那麼了不起啦。」

奧利佛揮手否定，同時環顧小而別緻的分部內。

很快就見到要找的人。對方坐在可以享用簡餐的吧檯旁，大白天就在喝酒。奧利佛坐在熟人旁邊後開口：

「好久不見了，迪歐先生。今天我奉老爺的命令前來，點名委託你。」

名叫迪歐的壯年探索家皺起眉頭，毫不掩飾不情願的表情。

◆

「其實亞連少爺為了參加『王立學園』的入學考，明天要出發前往王城。少爺甚至想獨自出發，不帶任何隨從，誰曉得少爺在想什麼。雖然另外準備了能擔任保鏢的車夫，老爺還是擔心，所以希望您保護少爺抵達多勒袞列德。」

果不其然是麻煩的委託，咱嘆了一口氣。

咱聽過羅威努家么子亞連的傳聞。聽說他從小在寵愛中長大，是個性豪放的小孩。

「又是這種麻煩事……瑟希莉雅夫人知道這件事嗎？」

奧利佛搖了搖頭。

「在亞連少爺大考結束前，夫人都住在王城，目前還沒回來，所以夫人應該不知道。畢竟是少爺昨晚突然提出的要求，老爺也慌了手腳。」

這也難怪。雖然咱毫無興趣，連就讀幼年學校的小孩都知道，王立學園入學考是相當重要的測驗，與貴族家的興亡密切相關。

如此重大的測驗，怎麼可能聽從任性小孩的要求，讓他獨自旅行。那位瑟希莉雅夫人肯定不會同意。

「非咱不可嗎？咱先聲明，C級探索家的咱護送至多勒袞列德，費用可不便宜，而且還是指名委託，報酬起碼得要八千利亞爾起跳喔？這樣既能向他人樹立榜樣，而且分部長也無法同意更低的金額吧？羅威努家的經濟應該沒有這麼寬裕。」

咱的弦外之音是「去找別人」。

奧利佛一臉苦笑。咱和他是老交情，他大概早就料到咱會面露難色。

「連那個漫不經心的老爺都猜到讓少爺獨行，肯定會挨夫人的罵。或許不該這麼說，但是如果這件事情捲入您，或許能緩和兩人之間的爭執。」

別將咱捲入他們夫婦之間的爭吵好嗎……這句話迪歐吞了回去。

「既然這麼想，何不阻止小孩一時興起的冒險？」

咱如此表示後，奧利佛便面露微笑。

「最近的亞連少爺真的穩重許多。而且少爺還說：『這對我的成長不可或缺。』見到這樣的少爺，我也能體會老爺為何願意點頭了。所以我才像這樣特地前來勸說您啊。」

見到奧利佛一臉笑咪咪，咱再度嘆了一口氣。表裡如一又和善的他這樣開口拜託，咱實在很難拒絕。況且咱要是真的推辭，少爺萬一在路上出事，咱可無顏面對瑟希莉雅夫人。

早知道會這樣，咱就該接個討伐委託，離開鎮上。迪歐如此心想，不情不願地接受。

◆

假如委託咱保護羅莎莉亞大小姐，咱很樂於接受。畢竟比亞連少爺大四歲的她，可是鼎鼎大名的天才。

以前咱拜訪過羅威努宅邸，當時曾經見到羅莎莉亞大小姐與瑟希莉雅夫人練武。大小姐的外表楚楚動人，像綻放在野外的波斯菊，不過武術才能非比尋常，堪比年輕時的夫人。畢竟即使輸給夫人許多次，大小姐依然笑著站起來再度挑戰，她的堅強內心讓咱看得入迷。

倘若是大小姐——

咱對羅莎莉亞大小姐的未來充滿憧憬，一把年紀了依然心動不已。

後來聽說大小姐沒考上，咱再度體會到那所王立學園有多無趣。

相較之下，亞連是典型的小少爺，別人對他的評價都是不務正業。

他的過人武術才能比兩位哥哥優秀許多，卻非常討厭念書，總是找各種理由翹課，連跑力鍛鍊與空揮等基礎訓練都照翹不誤。

不管天賦有多高，咱看過太多自己埋沒一身天賦的例子。連自己都超越不了，這種人的成長空間也有限。

剛才奧利佛說，少爺最近變了一個人。不過咱也不年輕了，才不會期待他的空話。

咱很清楚，人沒有這麼容易改變。咱的內心早就枯槁，不足以抱持「希望」。

咱無法忍受他繼承夫人血脈，以及夫人一手拉拔長大，結果依然是庸才。

因此咱暗自決定，委託別放太多心力，盡可能與他保持距離。

◆

「抵達多勒袞列德的路上就麻煩您了。」

別人眼中不務正業的小少爺，禮貌地向我如此低頭致意。他的穩重態度讓咱有點驚訝，不過這不算什麼。當然，他這樣比仗著自己貴族的身分，高傲自大好得多，可是在咱看來有種缺乏上進心的感覺。

他要是像孩子一樣，纏著咱講冒險故事也很煩，所以咱儘量避免視線接觸，平淡地擔任保鏢。幸好小少爺對咱不太關心，在馬車內專心看書。而且好幾個小時一動也不動，他念書的專注力讓咱有點驚訝……

第二天下午發生了異狀。咱們遭遇一群名叫紅蜘蛛的魔物，於是咱停下馬車，然後輕易以長槍刺穿。

「好厲害啊，迪歐！……在抵達多勒袞列德前，可以陪我練槍術嗎？拜託你！」

見到這一幕後，小少爺像小孩一樣露出期待的眼神表示。他從原本良家少爺的生硬語氣，變成符合年齡的純真少年。

不過我冷淡拒絕了他的要求。

「咱目前的委託可是保鏢。」

要是弄傷他就麻煩了，而且他肯定很快就會放棄。其實咱毫不期待，然而咱不想見到瑟希莉雅夫人的小孩半途而廢。

但是小少爺依然不肯罷休。

「那可以趁休息時在開闊場地練習嗎？拜託你，我想體驗槍術的厲害。」

咱表示他即將面臨大考，萬一害他受傷就慘了。還有如果習慣長槍的間距，可能對測驗產生不良影響。咱找了許多理由推辭，可是小少爺冷靜反駁，絲毫沒有放棄的跡象。無可奈何之下，咱只好屈服了。

「只能一次。用這根木棍練習，而且咱不會使用刺擊技。要是戳到要害，可能會造成難以挽回的傷勢。」

咱不情願地表示後，小少爺完全像小孩一樣，露出惹人喜歡的笑容。

「謝謝你，迪歐！我好期待啊。」

當天在紮營地點，咱在日落前毫不留情地打得他落花流水。咱可受不了抵達多勒袞列德的路上，被迫像玩耍一樣陪他練劍。

然而小少爺不論被打敗幾次，都笑嘻嘻地站起來再度挑戰。而且每次都會想出新點子，直到咱擔心他受傷，才主動喊停。

隔天以及後天，小少爺都拜託我陪他練劍。咱陪他鍛鍊的同時告訴自己別期待他，他肯定快就會感到厭煩，準備放棄。但是小少爺直到最後都沒有放棄，一直練到抵達多勒袞列德為止。

而且，儘管每天面對長槍練得傷痕累累，他依然在旅館用功直到深夜的樣子。

隔天早上他還比任何人都早起，在旅館前練習空揮。而且路上一定會離開一次馬車，每天跑相同距離。除此之外的時間，他依然發揮驚人的專注力，如飢似渴地看書。

見到他詳細閱讀那本厚重的卡納爾迪亞魔物大全，咱很想吐槽，大考真的會考這麼細嗎？之前不務正業的傳聞究竟是怎麼回事？咱對此一頭霧水。

「謝謝你，迪歐。多虧你，一路上我累積了不錯的經驗……雖然我一次也沒贏過。」

在多勒袞列德離別之際，小少爺苦笑著這麼說。不過他的眼神透露出懊悔之意。

沒錯，他一直想從咱的手上贏過一次。

雖然第一天被咱打得落花流水，他依然不放棄。後來咱也跟著起勁，在他勉強承受的範圍一直打贏他。而他始終不放棄求勝，一直想出新點子。

憑藉天生的直覺發揮理解力，以及思緒縝密的頭腦，雙管齊下的他短時間便適應面對長槍的間距。

毫無疑問——他會變強。

「剛開始被迫陪小少爺過兩招，咱覺得麻煩透頂，不過你相當有毅力，而且也有才能。不久就會累積經驗，憑你應該沒有問題。」

一路上咱始終愛理不理，最後終於忍不住，冷冷地這麼鼓勵。既然瑟希莉雅夫人沒提到咱，咱也不知道該透露多少詳情。

對他而言，咱只是偶然接下保鏢任務的探索家迪歐。

「列車晚上發車，不過我想在這座城裡逛逛，所以我們就此道別吧。總有一天我會還你這份人情，再會了，迪歐。」

小少爺惡作劇似的噘起嘴，然後輕輕戳了一下咱的胸口並轉過身去，頭也不回地消失在人群之中。

考試加油啊——

面對他的背影，咱在心中暗暗幫他加油。

倘若是他……應該能啟動瑟希莉雅夫人早已停滯不前的時間——

咱感到一股即將湧出胸口的「希望」閃閃發光，然後前往探索家協會多勒袞分部。

目的是接受以前一直沒考的B級升級測驗。以前咱嫌麻煩，不願意特地跑來多勒袞列德，不過咱也不能一直原地踏步。

小少爺會在「那所學園」做什麼，畢業時又會成為什麼樣的人呢——

走在擁擠的人潮中，咱開心地想像，感覺腳步好輕快。甚至足以讓咱想起，當年同樣也遙想過瑟希莉雅夫人光輝燦爛的未來。

王城觀光

王立學園入學考的前一天，今天預定休息兼準備，所以我特地騰出來。

結束早晨的基礎鍛鍊，我來到座位上吃早餐，姊姊向我提議在王城觀光。

不論念書還是實戰，考前能準備的我都盡力了。現在才掙扎也無濟於事，還不如呼吸王城的空氣習慣這座城的氣氛，明天才能保持平常心考試，我覺得這樣更有意義。

當然還有一個目標，也就是討姊姊歡心，以免後顧之憂。

「姊姊，我今天騰出時間當作休息日。我想先熟悉王城的氣氛，所以可以陪我在王城觀光一整天嗎？」

我如此試探後，姊姊頓時眼神充滿期待。自從我說考上後要住學園宿舍，姊姊的心情一直差到不能再差。

「呀——！真的嗎？真的可以嗎？」

她的單純……不對，耿直個性惹過麻煩，卻也是她的優點。

一旁的母親聽了一臉苦笑。

「真是的，搞不清楚誰才是姊姊，誰又才是弟弟呢。亞連，明天就是重要的大考日，沒必要勉強自己陪姊姊喔？」

聽母親這麼說完，姊姊便一臉不安地看我。

「沒關係，現在再掙扎也沒什麼意義。而且逛逛這座城，使勁想像自己上榜後住在這裡的景象，反而更有加分效果。我還分不清左右，所以就麻煩妳帶路嘍，姊姊。」

聽到我這麼說，姊姊再度露出笑容，然後拍著胸脯。

「交、交給姊姊吧！那麼、那麼，我們要去哪裡呢？亞連，你有想去的地方嗎？說到受歡迎的觀光地點，有王宮對外開放的部分、王立美術館、大教堂，還有能環視王城的舊西城牆監視塔遺址……」

我想了一會兒後回答：

「我想想……姊姊說的這些景點，總有一天我也想去看看……不過我想去普通一點的地方，能知道這座城的建立過程，以及居民的氣氛。啊，姊姊剛才說的舊西城牆監視塔，我倒想去看看。總覺得有些東西要從高處觀察才會發現。」

姊姊嘻嘻一笑。

「你從小就喜歡爬上高處呢。我想起你還不會用魔法的時候，就爬上很高的樹木，結果下不來而哇哇大哭呢～」

聽到姊姊說這種事蹟，我有點難為情。我從覺醒前的確就喜歡爬高。總覺得可以自由自在，彷彿自己長了一對翅膀。

不過覺醒後，我腦中閃過一句前世的諺語——笨蛋與煙喜歡高處。這讓我感到有些複雜……可是不論別人怎麼想，我現在依然喜歡登高。我已經決定今生要小心呵護這種喜愛的心情。

「那麼今天就先前往舊西城牆遺址，之後在街上隨意逛逛吧！時間寶貴，我先去換衣服！」

姊姊哼著歌走上階梯，前往自己位於二樓的房間。母親則從她身後開口提醒：

「羅莎？如果妳又亂脫洋裝，在收拾好之前不准出門喔。」

如此苦笑的母親轉身面對我，並且帶著笑容這麼說：

「話說回來……你究竟是誰？」

冷不防的問題頓時讓我僵住。雖然母親面露笑容，眼神卻毫無笑意。剛才明明還很和睦，不知不覺中氣氛緊繃得彷彿有針在扎。

我舔了舔嘴唇。

我說自己想起前世的記憶，母親肯定不會相信。就算她相信了……今後我還能繼續維持相同的家人關係嗎？

可是胡亂說謊又騙不了她。

心臟在胸口怦通怦通狂跳，緊張導致我口乾舌燥。

「我……我就是亞連啊，母親。其實是一次**偶遇**改變了我……詳情我不想再多說。」

我勉強這樣回答後，母親盯著我的眼睛五秒左右，然後放鬆緊繃的氣氛吁了一口氣。

「說得也對……你的確是亞連沒錯。不論吃飯的方式，還是鍛鍊魔力的習慣，包括受到我質問時舔嘴唇的習慣也和以前一樣。抱歉問了你奇怪的問題。因為在媽媽眼中，你的劇烈變化彷彿變了一個人……」

彷彿看著結束漫長旅程，返家的小孩一樣——

說到這裡，母親露出少女般的笑容。

「話雖如此，偶遇嗎？呵呵。我想起以前第一次見到貝爾的時候呢。由於一些原因，我和老家切斷了關係，所以沒向家人報告我和貝爾的婚事……要是說了，不知道他們會怎麼想呢。可能會像現在的我一樣，見到孩子不知不覺間離開自己……感到十分寂寞吧。」

見到母親如此說著，臉上有幾分寂寞的笑容，我感到胸口陣陣抽痛。

◆

舊西城牆監視塔正好位於王城中央附近。這座王城背靠位於東南方的大河盧恩河而建，從王宮的角度來看，王城不斷朝西北方擴建。

目前的西城墻位於這個舊城牆的更西側。

這座監視塔以石材建成，從塔下仰望，可以清楚感受到往日的偉容。

不過除了塔的基礎以外，與塔連結的舊西城牆如今早已拆除。不只因為妨礙王城開發，而且舊城牆的石材兼具高物理與魔法抗性，當然也十分昂貴，留下來當成觀光資源實在太可惜了。

問我為何會知道這些？

因為一群等待工作上門的導遊聚集在塔下，他們一臉色咪咪地接近姊姊，然後自顧自地向我們解說。

「我帶妳從塔頂介紹王城吧，小姐！大優惠，費用只要一利亞爾！給妳打〇．五折，妳覺得怎麼樣啊？」

「少來、少來，別找那種菜鳥，交給我這個老手吧！不只帶妳參觀塔，等一下還請妳到美味的餐廳用餐！完全免費！豁出去給妳優惠！」

……什麼免費啊，存心來把妹的吧？

「謝謝各位叔叔。不過我今天想自己向剛來王城的弟弟介紹，得讓弟弟見識姊姊可靠的一面。對不對，亞連！」

姊姊如此婉拒導遊叔叔後，眾人紛紛陶醉地嘆了一口氣。他們邊拍我的肩膀邊表示：「有個體貼的姊姊真好啊，小弟！」「叔叔好羨慕你啊！」然後三三兩兩散開。當然，剛才拍我肩膀的大叔在手上注入全身的力量與魔力。不過我也以魔力防禦就是了。

之後我們排隊登上監視塔。這裡的高度大約有八十公尺吧。

記得比薩斜塔與奈良五重塔都超過五十公尺。如果有心要蓋，應該能蓋得更高……雖然王城所在的盧恩平原寬廣，卻起伏不大。這種高度應該足以遠望地平線，直到看不清為止。可能建造時就十分重視實用性。

這座塔建於千年前，當時究竟是什麼樣的時代呢？從現在放眼望去的寬廣王城很難想像，但是當時戰爭與魔物的威脅肯定比現在更嚴重。

「你有在聽嗎，亞連？」

與年紀不相符的想法閃過腦海時，我在吹拂的風勢下瞇起眼睛，此時姊姊戳了戳我的手肘邊。我一臉苦笑，向姊姊表示剛才心不在焉。

姊姊鼓起臉頰說：「真是的～」然後她伸手指著東方。

「我剛才說，那邊像是大森林的地方就是王立學園。那裡戒備十分森嚴，設計成從塔頂也看不清內部的動靜。」

我朝姊姊手指的方向望過去，的確有一座像是蓊鬱森林的區域，可是只看得見有幾棟建築物，內部動靜則不得而知。

「從那裡往南不遠，就可以見到王宮。那邊可以見到的是——」

姊姊像這樣繼續流利地介紹王城的主要地點。她對魔器以外幾乎不感興趣，卻為了帶我觀光而幹勁十足。可能為了來這座舊西城牆監視塔遺址，事前做了不少準備。

「然後——」

姊姊說到這裡頓了半晌，並且瞇起眼睛面露微笑。

「翻過遠處那座白雲繚繞的山脈，遙遠的彼端就是多勒袞列德；我們誕生長大的羅威努領地則在更遠的另一端。來到這麼遠的地方和你站在一起，突然覺得好不可思議呢。」

我對難得多愁善感的姊姊笑了笑，姊姊便再度鼓起臉頰。

「討厭啦～！有什麼好笑的？」

再度定睛看向王立學園的方向後，我開口表示：

「抱歉笑了出來，姊姊。不過……可能沒多久就不會覺得我在王城很不可思議喔？」

我露出無畏的笑容告訴姊姊後，姊姊頓時滿臉笑容摟著我的手。

「很帥喔！亞連！」

之後我們走下監視塔。

原本那麼遙遠的王立學園，看起來彷彿近在咫尺。

◆

姊姊事先查過附近有間高級餐廳，我們走下塔後，就在此處享用午餐。餐廳外觀以柔和的暖色磚建成，不知為何讓人想起義大利風格。即使我們兩名小孩上門，店家依然畢恭畢敬，其實我感到不太自在。畢竟我前世是平民，今生則出身超鄉下的子爵領地。

餐點則讓姊姊隨意幫我點她推薦的。味道方面當然遠比鄉下子爵領地的菜色更好，但是我知道ＴＯＫＹＯ料理的水準，所以老實說不值得大驚小怪。

其實我覺得味道怎麼樣都無所謂。這裡隨處都能感受羅威努領地，以及日本都沒有的未知原料與香料。我再次感到這裡不是那座鄉下小鎮，當然也不是地球。

我非常期待今後在這座大得離譜的王城，尋找Ｂ級美食之類。

……晚餐在氣氛更加平易近人的店裡用餐吧……我暗暗下定決心。

之後我們在時髦雜貨舖與時裝店林立的街上閒逛，正好路過姊姊經常購物的時裝店前方。

「那我們順便進去看看吧！謝謝姊姊今天陪我參觀王城，我送妳禮物！」

我告訴姊姊後，激動不已的姊姊竟然不顧旁人眼光，在馬路上大哭，於是我急忙安慰她。

「嗚嗚～因為這是你第一次送我禮物啊。我好高興～」

饒了我吧……

見到年紀這麼大還愛哭的姊姊，我露出抽筋的表情。這時有一名五官端正的男子露出皓齒走過來。他衣著時髦，年紀大概是二十歲出頭，一臉「很受女性歡迎」的表情。

「喂喂喂，怎麼在人來人往的大街上弄哭這麼漂亮的小姐呢？小姐，方便的話，我聽妳傾訴好嗎？我們去王城最近流行的咖啡廳『羅斯汀包廂』吧。平時沒有預約進不去，不過我在那裡特別吃得開。」

男子這麼說著，然後眨了眨眼睛，遞給姊姊一條看起來相當高價的手帕。

然而姊姊完全不理睬他，反而擔心我的錢包。

「不過這裡的東西有點貴喔？我偶爾會從事魔器相關的工作，還可以來這裡消費，可是你只有零用錢吧？前方也有我喜歡的雜貨舖，在那裡買吧。」

我一邊煩惱該如何回應那名男子，同時先回答姊姊：

「這樣啊……我原本打算來到王城後，近期成為探索家之類的賺點錢。不過老實說，目前手頭的確不寬裕，所以預算上限最好在兩百利亞爾左右。」

附帶一提，一利亞爾大約等於一美金。

結果帥哥發現姊姊不理他，便繞到姊姊正面，對我露出挑釁的視線後進一步開口：

「呵，才兩百利亞爾，真是丟臉。我在你這個年紀，早就能每個月自由運用三千利亞爾了喔？小姐，我幫妳挑件適合妳的洋裝吧。對了，我還沒自我介紹，這是我的名字。」

男子這麼說著，然後遞出一張名片。他似乎是某間販售珠寶的公司社長，名叫東尼。

「哎呀，太優秀也挺傷腦筋呢。由於我的工作能力太強，老爸在我二十二歲時便將一整間店交給我經營呢。」

東尼先生撩起瀏海表示，同時臉上毫無困擾之意。

糟糕……以前我不敢說，現在的我才懶得理這種仗勢欺人的笨蛋，不過姊姊肯定無法忍受別人瞧不起我。

好不容易與姊姊愉快地度過一天，眼看姊姊的心情明顯惡化。雖然她的嘴角露出淺笑，依然瞞不過我的眼睛。

姊姊應該不至於為了這點小事揍人，不過這個白目大少爺要是得寸進尺，就有可能見血。蠻橫的探索家之流四處橫行，而且受傷還能透過魔法或是魔法原料製成的創傷藥輕易治療，因此這個世界對空手打架非常寬容。但是我不確定在王城是否也如此……

「我、我們趕快進去吧，姊姊！如果姊姊看上什麼，我的預算可以拉到兩百五十利亞爾！不過姊姊配什麼都合適吧！」

我心驚膽跳地如此說完，姊姊的心情才稍微好轉。她害羞笑著說：「咦？……亞連，你什麼時候嘴巴變得這麼甜了啊？」

不過大少爺聽到我這句話後笑了笑，一副原來如此的態度。

「怪不得像妳這樣美麗的小姐，身邊居然有如此不登對的男性，原來是弟弟啊？他看起來是從鄉下來王城玩，妳在陪他觀光嗎？」

大少爺這麼說之後，再次對我露出看起來爽朗，卻有點可疑的笑容。

「像你這種鄉下人可能不知道，你姊姊正面臨一輩子都不見得有一次的奇蹟呢。現在你應該毫不在意地離開，放妳姊姊自由。這才是王城人的聰明應對，知道嗎？」

東尼先生大概對自己的外表與頭銜很有自信，連姊姊當著弟弟的面強裝漠不關心的態度都看不出來。而且他甚至跟進店裡。

這傢伙怎麼神經這麼大條啊……？

此時散發柔和的氛圍，看起來像店員的人物一臉笑容主動上前。

「哎、哎呀，這不是羅莎莉亞小姐嗎？歡迎光臨，請問這一位是？」

不愧是姊姊看上的店，似乎經常光顧。店員都記住姊姊的長相與名字的樣子。

「啊，向妳介紹一下，貝涅妲小姐。這位是我弟弟亞連。以前明明很可愛，一段時間沒見，如今變得很可靠呢。現在我和他正在王城觀光，同時在約會喔～」

聽到姊姊這句話，店員頓時綻放笑容。

「哎呀哎呀，原來是您啊！我聽羅莎莉亞小姐提過您好多次。我是這間店的店主貝涅妲，能見到您是我的榮幸，亞連先生。」

……我完全不明白，為何姊姊總是向時裝店店主提到自己的弟弟，不過和藹可親的貝涅妲小姐笑咪咪地自我介紹。

我和姊姊當然沒在約會，而且「見到您是我的榮幸」也有點嚇到我。可能是姊姊一如往常發揮弟控本色，說話的時候加油添醋了吧。

「您好，我是羅莎姊姊的弟弟亞連。姊姊一直受您照顧了。」

我四平八穩地打招呼後，貝涅妲小姐微微一笑，然後望向東尼先生。

「……話說這一位是？」

「羅莎莉亞這個名字真美，很符合妳呢。這是我的名片。」

東尼先生這麼說著，然後隨手遞給貝涅妲小姐一張名片。

「哦哦，說到桑瑪樹珠寶店，是王城中也歷史相當悠久，桑瑪樹商會旗下的珠寶店呢。年紀輕輕就這麼優秀啊。那麼，請問您和羅莎莉亞小姐的關係是……？」

店主貝涅姐小姐臉上掛著營業笑容這麼詢問後，東尼先生便撩起瀏海表示：「我們剛才經歷了一場命運的邂逅。」

我小聲地詢問姊姊：

「那個，要是妳對東尼先生不感興趣，果斷地拒絕他不就好了嗎？」

結果姊姊的表情有些困擾。

「嗯～是沒錯啦……因為我剛才在發呆，他似乎以為強勢一點就能騙我上鉤。要是我真的理睬他，最後一定會動手毆打他解決，所以才儘量無視他～我的心情一旦煩躁起來，就容易下手不知輕重，而且一旦驚動到警察，就會浪費約會的時間嘛。」

姊姊小聲地這麼回答我，然後可愛地吐了吐舌頭。

原來如此，姊姊也有自己的考量呢。由於東尼先生太蠢，姊姊已經做好見血後引來警察的覺悟，但是說不定可以避免衝突。

就像這樣，我開始對未來產生希望時，貝涅姐小姐似乎隱約發現我們的煩惱，於是出於好意這麼說：

「原來如此。既然是珠寶店，我以為與您的工作有關係……不過仔細想想，羅莎莉亞小姐就讀特級魔器研究學院，像桑瑪樹這種中小企業，不可能提供附加特殊效果的訂單吧。」

然而聽到姊姊的特級魔器研究學院頭銜，東尼先生非但沒有嚇到，甚至連眼神都跟著改變。

「原來妳是那所王立學園的畢業生！而且還就讀成績優異者才擠得進去的特級魔器研究學

院！……啊啊，神啊，我終於遇見命運的對象了！……感謝我吧，店主。既然**羅莎莉亞**經常上門，我會向老爸建議，讓這間店從今天開始加入桑瑪樹商會，成為旗下一員。以後妳就不是這種窮人光顧的時裝店店主，而是專門做一流生意的真正經營者的一員了。」

然而貝涅妲小姐立刻搖頭拒絕東尼先生的「好意」。

「……聽起來是難得的機會，可是不好意思，我對目前的工作很自豪。」

順帶一提，儘管這個國家目前還留有貴族的階級制度，卻不會強烈懲處對貴族的「不敬」言行。不只王立學園收平民，之前我也提過，許多平民都有貴族血統。

在好的層面上，包含經濟能力，王國靠實力主義運作。

特別是王城號稱隨便丟塊石頭都能砸到貴族，要是太在意「階級」，社會大概就無法運作。

雖然對勢力龐大的侯爵家之類可能不適用，這麼大的貴族不可能連隨從都不帶，就來到平民光顧的時裝店。

東尼先生的強勢態度有這樣的背景。

「哼，個人經營的小時裝店還這麼狂妄。羅莎莉亞，今天妳儘量挑選喜歡的洋裝。別怕，我是妳將來的伴侶，一切由我買單，不必客氣。」

他這麼說著，眼看要伸手摟住姊姊的腰，我急忙介入。

其實就算這樣置之不理，這個男人即使遭到姊姊血祭也是活該，怨不得人。可是我如果假裝沒看見，等於在幫他自殺。

我拽起東尼先生伸向姊姊的手，平靜地告訴他：

「今天我和姊姊難得自己人相聚，不好意思，能請您別再糾纏她嗎？」

然而他完全不肯理會我的最後通牒。

「好、好痛！……你似乎誤以為羅莎莉亞的實力是你的力量。這座王城可是弱肉強食，力量就是正義的世界喔？不用擔心，你是羅莎莉亞的弟弟，我會像弟弟一樣對待你……不過在那之前，似乎有必要教育你一番——讓你知道誰才是老大。」

這麼說著，他開始凝聚魔力，同時大吼：「唔喔喔喔喔喔！」

可是輸出太低，完全掙脫不了。

「怎、怎麼可能！我可是盧恩雷利亞綜合高級學校的畢業生耶！在王城內有錢又優秀的人才能念這間學校！而且我還是校內公認魔力值與輸出量最高的人！這種小鬼怎麼可能壓制得了我，不可能！」

這時候店主貝涅妲小姐嘴裡嘀咕：

「唔～嗯，難怪羅莎莉亞小姐說過：『春天開始，要和就讀王立學園的弟弟一起生活呢～』彷彿弟弟考上那所王立學園很理所當然呢。之前我還半信半疑，但是弟弟大老遠來王城參加王立學園入學考，前一天居然還和姊姊一起在王城觀光。我在王城做這麼多年生意，從來沒聽過這樣的人。哎呀，真是不好意思。」

「呵呵！……不過亞連說想和朋友一起住，要去住學園的宿舍呢……哈哈哈。」

拜託，這位店主怎麼一直踩雷啊！

見到姊姊的眼神越來越難看，我急忙開始向東尼先生發火，拚命轉移話題。

「你你妳、你這個臭傢伙～！剛才對姊姊這麼沒禮貌，我絕對饒不了你！你要是再囉哩八嗦，就讓我對付你！」

其實東尼先生根本沒有囉哩八嗦。我再使勁拽起他的手，他便痛得哼哼叫。

聽到我這句宛如正義夥伴的臺詞，店內響起掌聲與口哨。

拜託別這樣……我快羞死了。

「姊、姊姊就讀特級學院，弟弟確定會考上王立學園！我怎麼沒聽過有這種天才姊弟！你，不對，小兄弟，你究竟是誰啊？」

「哼，我叫亞連·羅威努。有意見的話，下星期來王立學園的宿舍吧！」

我這麼說著，溫柔地將東尼先生趕出去，並且關上店門。

門外傳來聲音說：「羅威努家族？……我怎麼聽都沒聽過！」

◆

「哎呀，您的應對真是精采。聽羅莎莉亞小姐說，您的個性爭強好勝，同年紀的領民稱呼您為『猛犬』呢……年紀輕輕就有如此紳士風度，我真的很佩服。」

店主這麼說著，然後搖了搖頭。

看來在這個世界，拽起手趕出店外算是「紳士」的舉動。

被店主揭開覺醒前的丟臉過去，我頓時臉紅到耳根。

羅威努領地似乎非常鄉下，民風尚武。而且母親的教育方針還很大膽，曾經說過：「小孩子打架很正常，即使是領主的小孩也一樣。不，正因為是領主的小孩，吃了虧更要親手還以顏色。」因此覺醒前的我個性容易衝動，少年時非常調皮。

不過一年前，我的魔力器官還不成熟，與本領不錯的同年紀小孩還能打得有來有回；發育完畢後，鄉下年輕人都不是我的對手，所以最後一年很和平。順帶一提，覺醒前的「亞連」覺得沒有人陪他打鬧很沒意思，這種想法超級中二……

連現在回想起來都很難為情。

「那、那是太年輕犯下的錯。這一年我才沒有打架。」

我這麼辯解，然後害羞地抓了抓頭，姊姊便嘻嘻一笑。

「母親對打架很寬容，卻對欺負弱小很嚴厲呢～我想起你五歲時，曾經大喊：『不准欺負姊姊！』然後撲向我的同學。你總是跟比自己強的小孩對打，所以魔力器官發育完畢後才會找不到對手。」

……這些往事我同樣不願意想起。如今回想起來，那三個男生應該喜歡姊姊，希望姊姊注意自己，所以才會惡作劇吧。雖然姊姊完全不理睬他們。

不過我當時不知道九歲男生的複雜心情，為了保護姊姊而找對方打架，結果當著姊姊的面被暴怒的男生們痛揍一頓。後來姊姊反過來暴打他們，導致我活得像小丑。

雖然姊姊為我的行動感到高興，卻告訴我：「下次要贏喔？」之後從隔天開始對我進行地獄特訓——

總之沒有人是贏家，這段往事十分痛苦。

「話說今天姊姊陪我參觀王城，我想送一些禮物答謝她……但是很不巧，我的預算只有兩百利亞爾，請問預算內有什麼適合姊姊的東西嗎？」

剛才一直偏離話題，不過我再度轉移話題。

「當然有。羅莎莉亞小姐是老主顧，您剛才也讓我見識到有趣的一幕，所以給您特別優惠，敬請選擇喜歡的商品吧。」

我堅決婉拒貝涅妲小姐。雖然很感謝她的好意，我必須自掏腰包買禮物送姊姊，否則就失去送禮的意義了。況且姊姊似乎也不缺錢。

我如此表示後，姊姊便開心地摟住我的手。

「原來如此，是我思慮不周。可是越來越覺得您不像十二歲呢。您的想法真的很堅定，怪不得姊姊認為您一定能考上王立學園。」

貝涅妲小姐感到佩服般的如此表示，然後為我介紹了幾款大致在預算內的商品。姊姊認真煩惱後，最後選了一條絲巾。

之後我們在氣氛輕鬆的餐廳享用晚餐，並且早早回家。

雖然發生了一些小插曲，我喜歡王城的氣氛，以及人們活力十足的表情。城市地區位於中心，四周似乎也有貧民窟，今天一天難以掌握王城全貌，不過豐富的包容力也刺激我的好奇心。

明天就是王立學園入學考——

後記

這次非常感謝各位讀者閱讀拙作《劍與魔法與學歷社會～前世是書呆子的我，今生要隨心所欲自由自在地活～》。

哎呀哎呀，最近真是深刻感受到，人生中凡事都機會難得呢。

去年春天我連想都不敢想像，自己寫的故事竟然有機會像這樣以書籍的形式問世。

老實說，即使像這樣完成第一集的原稿，寫後記時我也覺得好神奇，簡直就像某個遙遠異世界的故事一樣。

我從小就很喜歡小說與漫畫。

想像那些描繪了某個劍與魔法的世界，名為冒險、自由與青春，無邊無界的世界，我就感到心情雀躍。吹拂而過的風，以及充滿魅力的角色們，讓我真實地感受他們的存在。對我來說，這些是不可或缺的娛樂。

總有一天，希望自己也能撰寫這樣的故事——

我知道自己心中存在這種模糊不清的想法，不過每天過著忙碌的生活，然後忘了這一點。

本作品《劍與魔法與學歷社會》，就是筆者有一天偶然決定後開始撰寫。

其實我沒有浮現什麼預感，或是某些重要的契機，真的純屬偶然作出的決定，卻不知為何強烈地認為「就是現在」，記得自己心中湧現一股神祕的能量。

「好，寫吧！」假如不是那一天自己下定決心，然後開始撰寫，我今後說不定也不會創作。另一方面，就算更早強迫自己開始也沒用，我覺得可能會中途受挫。

西方有句諺語叫做「心急水不沸」。意思是頻繁掀開鍋蓋確認，那麼不論多久都煮不開。收集材料放進鍋中後，我認為必須暫時專心做別的事，同時等待「時機」來臨。

本作品在許多人士的支持下，終於有機會以這種形式出版。

感謝以責任編輯為首的角川ＢＯＯＫＳ諸位詢問書籍化的意願，並且引導我這個完全外行人寫作。還有同意為本作品設計角色的插畫家まろ老師。感謝老師以超乎我想像的形式，為故事增添色彩。還有每天支持我生活的家人，以各種形式鼓勵我。當然也包括從網路連載就閱讀拙作，並且支持我的各位讀者。容我利用這裡向各位表示感謝之意。

真的非常感謝各位。

本故事才剛剛開始。亞連的常識有點偏離故事中的世界，他會如何面對「自己究竟想做什麼」這個問題，如何開啟第二人生呢？就連筆者也很期待後續。

根據風捎來的傳聞，本作品似乎正企劃推出漫畫版。要是有確切的資訊，我會再找地方向各位報告。

話說回來……人生無論何事，都機會難得呢。

二〇二三年七月吉日　西浦真魚

國家圖書館出版品預行編目資料

劍與魔法與學歷社會 : 前世是書呆子的我,今生要隨心所欲自由自在地活/西浦真魚作 ; 霖之助譯. -- 初版. -- 臺北市 : 臺灣角川股份有限公司, 2024.07-
冊 ; 公分. -- (Kadokawa fantastic novels)

譯自 : 剣と魔法と学歴社会 : 前世はガリ勉だった俺が、今世は風任せで自由に生きたい
ISBN 978-626-400-226-4(第1冊 : 平裝)

861.57 113006555

劍與魔法與學歷社會

§前世是書呆子的我，今生要隨心所欲自由自在地活§

1

西浦真魚
Illustration まろ

Kadokawa Fantastic Novels